बच्चों को रोगों से कैसे बचाएँ

बच्चों को
रोगों से कैसे बचाएँ

डॉ. प्रेमचंद्र स्वर्णकार

प्रभात
प्रकाशन

प्रकाशक
प्रभात प्रकाशन प्रा. लि.
4/19 आसफ अली रोड, नई दिल्ली-110002
फोन : 011-23289777 • हेल्पलाइन नं. : 7827007777
इ-मेल : prabhatbooks@gmail.com ❖ वेब ठिकाना : www.prabhatbooks.com

संस्करण
2024

पेपरबैक मूल्य
चार सौ रुपए

मुद्रक
आर-टेक ऑफसेट प्रिंटर्स, दिल्ली

———— ★ ————

BACHCHON KO ROGON SE KAISE BACHAYEN
by Dr. Prem Chandra Swarnakar

Published by **PRABHAT PRAKASHAN PVT. LTD.**
4/19 Asaf Ali Road, New Delhi-110002

ISBN 978-93-5322-268-0

₹ 400.00 (PB)

मेरी यह पुस्तक,
समर्पित है,
आदरणीय **ललित जीजाजी**
एवं
इंदु दीदी को,
जिन्होंने मेरे चिकित्सा कर्म के साथ–साथ
मेरे चिकित्सीय लेखन को भी
हमेशा प्रोत्साहन दिया।

शुरुआत से पूर्व

स्वस्थ बच्चों से ही बनेगा स्वस्थ भारत

शिशुओं और बच्चों की रोग प्रतिरोधक शक्ति पूर्ण विकसित नहीं होती। विशेषकर ऐसें बच्चों में तो और भी नहीं, जिन्हें शुरू के कुछ महीने माँ का अमृत-तुल्य दूध नसीब नहीं होता। प्रतिरोधक शक्ति कमजोर होने से ऐसे बच्चों में कई तरह के संक्रामक रोग आसानी से हो जाते हैं। इसी तरह कुपोषणग्रस्त बच्चों में भी बीसों तरह के ये रोग सरलतापूर्वक घर कर जाते हैं और इस प्रकार के रोग प्रायः गंभीर रूप धारण करके अधिकतर बच्चों को मौत के आगोश में भी खींच लेते हैं।

यह दृष्टव्य है कि हमारे देश में लगभग आधे बच्चे किसी-न-किसी रूप में कुपोषणग्रस्त हैं, साथ ही अशिक्षा के कारण और जानकारियों के अभाव में बहुत से लोग सही वक्त पर अपने बच्चों का इलाज नहीं करवा पाते हैं और कई बार तो यह भी होता है कि दूरस्थ गाँवों में उन्हें चाहकर भी उचित इलाज उपलब्ध नहीं हो पाता। ऐसे में यदि घरवालों को सुरक्षा के तरीकों की कुछ जानकारी हो तो बहुत से बच्चों की जानें बचाई जा सकती हैं। केवल रोटा वायरस द्वारा आँत्रशोथ (उल्टी-दस्त) से पीड़ित 1000 बच्चों में से 5 की मृत्यु हो जाती है, लेकिन यदि इन्हें ओ.आर.एस. पिलाया जाए तो बहुत से बच्चों को बचाया जा सकता है।

यद्यपि टीकाकरण अभियानों से हमने कई पोलियों जैसी बीमारियों पर काफी नियंत्रण पा लिया है, लेकिन मीजल्स न्यूमोनिया, डायरिया और टिटेनस या डिप्थीरिया जैसे बहुत से रोग अभी भी बच्चों में हो जाते हैं और ये रोग उनकी जान के दुश्मन बने हुए हैं। यही कारण है कि हमारे देश में **शिशु मृत्यु दर में अपेक्षित कमी अभी भी नहीं आ सकी।**

लंदन से प्रकाशित एक रिपोर्ट के अनुसार **विश्व में हर साल दस करोड़ बच्चे अपनी पाँचवीं वर्षगाँठ मनाने के पूर्व डायरिया, मीजल्स, न्यूमोनिया और मलेरिया जैसी सामान्य बीमारियों का शिकार बन जाते हैं।** यद्यपि संयुक्त राष्ट्रसंघ शिशु मृत्यु दर को वर्ष 2015 तक 66 प्रतिशत तक कम करने के लिए कटिबद्ध था, लेकिन फिर भी अपेक्षाकृत परिणामों की प्राप्ति नहीं हो सकी है। इसी तरह बच्चों में कुपोषणजन्य रोग भी विकासशील देशों में एक बड़ी समस्या बने हुए हैं। विभिन्न स्त्रोतों से प्राप्त जानकारियों के

अनुसार भारत के विभिन्न प्रांतों में 47 प्रतिशत से लेकर 53 प्रतिशत तक कुपोषित बच्चे हैं। इन आँकड़ों के फेर में ज्यादा न भी पड़ें, तब भी यह तो मानना ही पड़ेगा कि अभी हमारे देश में बच्चों को मिलनेवाला पोषण और चिकित्सा सुविधाएँ विकसित राष्ट्रों की अपेक्षा बहुत कम हैं। इसलिए हमारे यहाँ शिशु मृत्यु दर भी अधिक है। अत: आवश्यकता है लोगों को सुविधाएँ देने के साथ ही जागरूक बनाने की और **इस तरह की पुस्तकें इस कार्य में काफी मदद कर सकती हैं। इसी उद्देश्य से मैंने इस पुस्तक की रचना की है। पुस्तक की विशेषता यह है कि इसमें बच्चों को होनेवाले रोगों का वर्णन कर इनसे सुरक्षित कैसे रहें, यह तो बतलाया ही है, साथ ही बच्चों में कई रोगों की जड़, कुपोषण के रोगों और उन्हें दूर करने के तरीकों का भी विस्तार से वर्णन किया है।** प्रथम भाग में मैंने शिशुओं और बच्चों में होनेवाले प्राय: सभी खतरनाक और साधारण बीमारियों के लक्षण, पहचान और बचाव इत्यादि के बारे में बतलाया है, साथ ही प्रथम भाग में ही बच्चों के कुपोषणजन्य रोगों जैसे सूखा रोग, मरासमस, क्वार्शिओरकर इत्यादि के बारे में विवरण दिया गया है, द्वितीय भाग में बच्चों की इन रोगों से हिफाजत के लिए संतुलित आहार और शिशुओं के आहार में सावधानियों के संबंध में सभी जानकारी समाहित हैं। एक अध्याय मैंने भोजन की स्वच्छता (Food Hygiene) पर भी लिखा है, क्योंकि खाने में साफ-सफाई भी बच्चों को बहुत सी बीमारियों से सुरक्षित रखती है। मध्याह्न भोजन के संबंध में भी कुछ सुझाव दिए गए हैं। बच्चों को रोगों से बचाव के लिए टीके एक अस्त्र की भूमिका निभाते हैं, अतएव टीके क्या हैं और उन्हें कब, कौन से टीके लगवाए जाएँ, इस पर एक बड़ा अध्याय दिया गया है। इनके अलावा बच्चों को दुर्घटनाओं से कैसे सुरक्षित रखें, यह भी अंत के अध्याय 32 में बतलाया गया है। विषय को रोचक बनाने के लिए कई सजीव चित्र भी दिए गए हैं, मेरा मानना है कि यदि बच्चे स्वस्थ रहेंगे तो फिर पूरा परिवार, समाज और देश स्वस्थ रहेगा।

मुझे विश्वास है कि बड़े परिश्रम से तैयार यह पुस्तक आम लोगों को अपने बच्चों को रोगों से सुरक्षित रखने में सहायक सिद्ध होगी और मेरी अन्य पुस्तकों की तरह यह पुस्तक भी लोकप्रिय और जन उपयोगी साबित होगी। पुस्तक की तैयारी में श्री संतोष बरदिया, श्री सचिन असाटी, श्री रवि जैन एवं श्री एस.के. जायसवालजी का आभारी हूँ, साथ ही वालंटरी हेल्थ एसोसिएशन ऑफ इंडिया (VHAI) का भी कुछ चित्रों के लिए हृदय से आभारी हूँ। अब मुझे अपेक्षा रहेगी आपके अमूल्य सुझावों की।

सादर सस्नेह आपका ही

—डॉ. प्रेमचंद्र स्वर्णकार

एम.बी.बी.एस., एम.डी.

संपर्क : गायत्री नगर, (टंडन बगीचा)
दमोह (म.प्र.) पिन : 470661
दूरभाष : 07812-221854
e-mail : drswarankarprem@gmail.com

अनुक्रम

द्वितीय-भाग

सुरक्षा, कुपोषण और विभिन्न रोगों तथा दुर्घटनाओं से

प्रथम-भाग

बच्चों के गंभीर और साधारण रोग

1

श्वसन संस्थान के संक्रमण और न्यूमोनिया (Pneumonia)

(जाने बच्चों में न्यूमोनिया इत्यादि के बारे में)

बच्चों के श्वसन संस्थान के रोग बहुत ही सामान्य हैं, लेकिन यदि ध्यान न दिया जाए तो न्यूमोनिया जैसे संक्रमण से बच्चे या शिशु की शीघ्र मृत्यु हो सकती है। पूरे विश्व में इस तरह के रोगों से प्रति वर्ष 39 लाख मौतें होती हैं और **इनमें से 90 प्रतिशत मृत्यु केवल न्यूमोनिया से होती हैं।**

भारत में शिशुओं की बढ़ी हुई मृत्यु दर में न्यूमोनिया जैसे रोगों की प्रमुख भूमिका है। यहाँ के अस्पतालों में 13 प्रतिशत शिशुओं की मृत्यु श्वसन संबंधी रोगों से हो जाती है, जबकि बहुत से शिशु अस्पताल आने के पूर्व चल बसते हैं। स्वास्थ्य संगठन के अनुसार पूरे विश्व में 987000 मौतें प्रतिवर्ष इस तरह की बीमारियों से होती हैं। इन आँकड़ों के अध्ययन से श्वसन रोगों की गंभीरता प्रकट होती है। अत: छोटे बच्चों में न्यूमोनिया जैसे रोग मृत्यु के लिए घातक बनें, इसके पूर्व ही उनका इलाज जरूरी हो जाता है। इसलिए आम लोगों को भी इन खतरनाक रोगों की सम्यक जानकारी होना जरूरी है।

रोग के कारण—रोग कई तरह के जीवाणुओं (Bacterias) और विषाणुओं (Viruses) द्वारा फैलता है। इनमें प्रमुख हैं स्ट्रेप्टो काकस-न्यूमोनी, जो न्यूमोनिया रोग का कारण बनता है। इसी तरह बारडेटेला परट्यूसिस कुकर खाँसी उत्पन्न करता है। इसी तरह कार्नी बेक्टीरियम डिपथीरी भी है, जो गलघोंटू नामक खतरनाक बीमारी का कारण बनता है। कई वाइरस भी श्वसन संस्थान के रोग उत्पन्न करते हैं, जैसे कि एडीनो वाइरस फेफड़ों का संक्रमण और गले की सूजन उत्पन्न करता है। मीराल्स वाइरस छोटे बच्चों में शरीर में फुंसियों के साथ श्वसन संबंधी तकलीफें पैदा करता है। सिन साइटियल (Syncytial) नामक रोगाणु शिशुओं और छोटे बच्चों में फेफड़ों की श्वसन नलिकाओं में सूजन और गंभीर किस्म का न्यूमोनिया उत्पन्न करता है। यदि

इलाज न दिया जाए तो न्यूमोनिया अकसर बच्चों में जानलेवा साबित होते हैं। इन सभी रोगों में श्वसन क्रिया की दर बढ़ जाती है और श्वसन में रुकावटें उत्पन्न होती हैं। इस कारण रोगी की जान जाने का खतरा उत्पन्न हो जाता है।

संक्रमण को अवसर देनेवाले कारक (Factors)—संक्रमण कम उम्र के शिशुओं में अधिक होते हैं। कुपोषित एवं सामान्य से कम वजन के बच्चों या शिशुओं में भी संक्रमण (Infection) अधिक होता है। अकसर तीन वर्ष से कम उम्र के बच्चे इन रोगों के ज्यादा शिकार बनते हैं।

श्वसन संस्थान के रोगों को बढ़ावा देनेवाले कुछ कारक (Risk Factors) और भी होते हैं, जैसे भीड़ भरे गंदे स्थानों में रहना। संतुलित और पौष्टिक भोजन का अभाव, नवजात शिशु का वजन कम होना, प्रदूषित वातावरण के अलावा माँ यदि सिगरेट का सेवन करती है तो बच्चे को श्वसन संस्थान के संक्रमण होने की संभावना बढ़ जाती है। शहरी बच्चों में ये संक्रमण गाँव-देहात के बच्चों की अपेक्षा अधिक होते हैं। **इसका कारण प्रदूषण होता है** और यह प्रदूषण उत्पन्न होता है पेट्रोल-डीजल के धुँए एवं विभिन्न कारखानों की चिमनिओं से निकले गंदे धुँए के कारण। ज्यादा ठंडे स्थानों में बच्चों को रखने से भी ऐसे संक्रमणों को बढ़ावा मिलता है। नई खोजों के अनुसार **वातानुकूलित (एअरकंडीशंस) कक्षों में अधिक समय रहने से भी श्वसन संबंधी रोगों की संभावना बढ़ती है।** यहाँ यह तथ्य भी उल्लेखनीय है कि विकसित राष्ट्रों में भी श्वसन संबंधी रोगों पर प्रभावी नियंत्रण नहीं हो सका है, इस कारण वहाँ भी बच्चों में इन रोगों की दर विकासशील देशों की तुलना में थोड़ी सी कम है।

संक्रमण के प्रसार के माध्यम—खाँसने, छींकने या साँस लेने छोड़ने के दौरान रोग के जीवाणु या विषाणु हवा में पहुँचकर एक व्यक्ति से दूसरे व्यक्ति में प्रवेश करते हैं।

फेफड़ों के संक्रमण मुख्य रूप से दो प्रकार के होते हैं—एक उर्ध्व श्वसन संस्थान के रोग, इनमें साधारण सर्दी (Common Cold) तथा फेरिंजाइटिस (Pharyngitis) तथा ओटिस मीडिया (Otis Media) शामिल है।

दूसरे तरह के संक्रमण होते हैं—**श्वसन संस्थान के निचले हिस्से के संक्रमण** (Lower Respiratory Infection) ये संक्रमण अधिक गंभीर होते हैं। इनमें **न्यूमोनिया** प्रमुख है।

रोग के लक्षण—नाक बहना, खाँसी, गले में खराश, श्वास लेने में कठिनाई एवं कानों में दर्द भी हो सकता है। कुछ बच्चों में सामान्य सर्दी के लक्षणों के पश्चात् ये संक्रमण गंभीर रूप ले सकते हैं। संक्रमण (Infection) फेफड़ों तक पहुँचकर न्यूमोनिया उत्पन्न कर सकता है, जिसका यदि इलाज न किया जाए तो रोगी की मृत्यु तक हो सकती है। हमारे जैसे विकासशील देशों के बच्चों में श्वास नलिकाओं के संक्रमण,

जैसे खसरा (मीजल्स) और कुकर खाँसी भी होते हैं। इनका कारण यह है कि कई बार लोग अपने बच्चों का उचित टीकाकरण नहीं करवाते हैं।

अपने बच्चों की करें हिफाजत संक्रामक रोगों से ध्यान रखें, बच्चों में न्यूमोनिया एवं श्वसन संस्थान के अन्य संक्रमण खतरनाक हो सकते हैं।

रोग की गंभीरता को कैसे पहचाने—

1. **श्वसन क्रिया का निरीक्षण**-एक मिनट में श्वास की संख्या को घड़ी की मदद से गिनते हैं।
    - दो महीने के शिशु में यदि श्वसन क्रिया की दर 60 या इससे अधिक है, उसे सामान्य से ज्यादा अथवा तीव्र माना जाएगा।
    - दो माह से 12 महीने के शिशु में यदि श्वसन दर 50 या इससे अधिक है तो उसे तीव्र समझा जाता है।
    - 1 वर्ष से 5 वर्ष के बच्चे में यदि श्वसन क्रिया की दर 40 या अधिक है तो उसे तीव्र मानेंगे।
2. बच्चे की छाती यदि श्वास अंदर लेने के दौरान भीतर खिंचती दिखे तो यह न्यूमोनिया का लक्षण है।
3. जब बच्चा श्वास छोड़ता है तो श्वास में रुकावट के कारण व्हीज (Wheez) या सीटी की आवाज आती है।

4. देखें कि बच्चे का शरीर ज्यादा गरम तो नहीं है अर्थात् उसे बुखार तो नहीं है। उक्त लक्षणोंवाले शिशु या बच्चे को तुरंत चिकित्सक को दिखाकर इलाज लेना चाहिए, क्योंकि शिशुओं में, विशेषकर दो माह से कम के शिशु में न्यूमोनिया अत्यंत खतरनाक हो सकता है।

न्यूमोनिया (Pneumonia) रोग में फेफड़ों की स्थिति

सामान्य

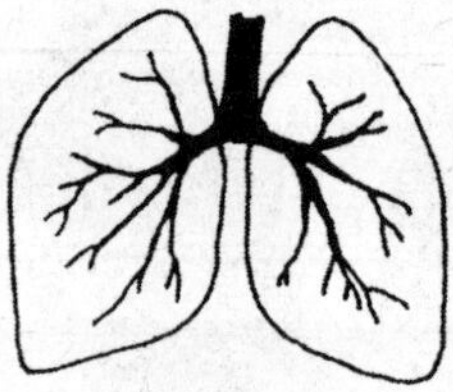

निमोनिया में

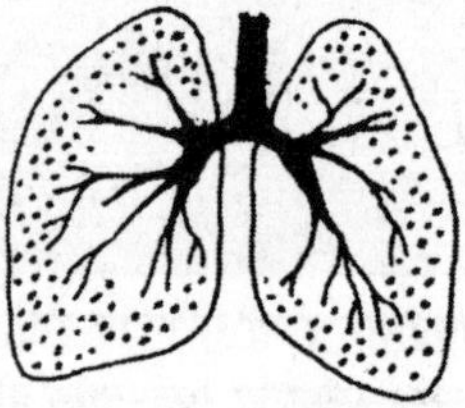

न्यूमोनिया का यदि तुरंत इलाज न किया जाए तो यह खतरनाक हो सकता है।

इलाज—रोग के इलाज के लिए रोग प्रतिरोधक दवाएँ (Antibiotics) जैसे सल्फा मेथाक्सेजोल (100 मि. ग्रा.) और ट्राइमे-थोप्रिम (20 मि.ग्रा.) की गोलियाँ अथवा सीरप (पीने की दवा) देते हैं। इसे स्वास्थ्य कर्मचारी की सलाह पर तुरंत शुरू कर सकते हैं। मात्रा निम्नानुसार है—

उम्र/वजन	गोली की प्रतिदिन की मात्रा	शिशुओं के सीरप की मात्रा (1 चम्मच/5 मि.ली.)
दो माह (3. 5 कि.ग्रा.)	एक गोली दो बार	आधा चम्मच दो बार
2 से 12 महीने (3. 5 कि. ग्रा.)	दो-दो गोलियाँ दो बार	एक-एक चम्मच दो बार
1 से 5 वर्ष (3.5 कि. ग्रा.)	3 गोलियाँ प्रतिदिन दो बार	डेढ़ चम्मच (7.5 मि.ली.) दिन में दो बार

कई चिकित्सक सिप्रोफ्लाक्सेसिन या एम्पीसिलिन या एमाक्सीसिलिन का भी उपयोग करते हैं, लेकिन कोट्राइमोक्साल दवा ज्यादा उपयोग की जाती है। इसे 5 दिनों तक देना चाहिए। एक-दो दिन में स्थिति नहीं सुधरती तो बच्चे को अस्पताल में भर्ती करना ठीक रहता है। दो महीने से छोटे शिशुओं को कोट्राइमेक्साल की जगह बेंजिल पेनिसिलिन या एम्पीसिलिन दी जाती है।

बच्चे में अधिक गंभीर दशा के खतरनाक लक्षण—

- माँ का दूध न पी सकना अथवा अन्य द्रव न पी सकना।
- झटके (Convulsion) आना।
- श्वास में रुकावट और चेहरा नीला (Cynosis) पड़ना।

ऐसे शिशु या बच्चे को तुरंत अस्पताल में भरती करना चाहिए।

रोगों से बचाव या सुरक्षा (Prevention)

1. बच्चों को स्वच्छ वातावरण में रखना, जहाँ प्रदूषित हवा, धूल या धुँआ न हो।
2. पर्याप्त संतुलित आहार देना, क्योंकि कुपोषण भी ऐसे रोगों की जड़ है।
3. बच्चों को समय से डी.पी.टी. और मीजल्स (खसरा) के टीके लगवाना भी बचाव का प्रमुख जरिया है।
4. **बच्चे को हिब (इन्फ्लूएंजा-बी) का टीका लगवाएँ।**

भारत सरकार सन् 1992-93 से श्वसन संस्थान के रोगों पर नियंत्रण के लिए एक कार्यक्रम भी चला रही है। यहीं यह बात भी समझ लेना जरूरी है कि 1 वर्ष तक की उम्र के बच्चे को शिशु (Infant) कहते हैं और एक वर्ष से ऊपर के शिशु को बच्चा (Child) कहा जाता है और दो माह से कम के शिशु को छोटा शिशु माना जाता है। जैसा बतलाया गया है, दो माह से कम के शिशु को कोट्राइएक्साल दवा न देकर बेंजिल पेनिसिलिन देते हैं, लेकिन यह ध्यान जरूर रखें कि शिशु की 6 सप्ताह उम्र होने पर पेंटावेलेंट टीका जरूर लगवाएँ।

❑

2

पोलियो (Poliomylitis)–बाल पक्षाघात

(बच्चों को अपंग बनानेवाला बहुत ही खतरनाक रोग)

पोलियो रोग से प्राय: सभी परिचित हैं। अभी तक दुनिया के लाखों-करोड़ों व्यक्तियों को यह बीमारी अपंग बना चुकी है और कई लाख बच्चों को मौत की नींद भी सुला चुकी है। हाँ, यह बात अलग है कि अब टीकाकरण अभियानों के कारण बीमारी का प्रकोप काफी कम हो गया है, लेकिन एक वक्त था, जब इस रोग ने दुनिया के सैकड़ों देशों में आतंक मचा रखा था। शासकीय आँकड़ों के अनुसार भारत में 1986 में इस रोग के 16550 रोगी पाए गए और 535 की मृत्यु हुई।

सन् 1954 में पोलियो के टीकों की शुरुआत होने के पश्चात् विकसित देशों में इस रोग की समाप्ति हो गई, लेकिन 1980 तक यह बीमारी एक सौ पच्चीस विकासशील देशों को अपनी गिरफ्त में लिये थी, जो सघन टीकाकारण एवं पल्स पोलियो अभियानों के चलते वर्ष 2003 में मात्र 6 देशों में पाई गई। दुर्भाग्यवश इसमें हमारा देश भारत भी एक था। अन्य देशों में—अफगानिस्तान, पाकिस्तान, इजिप्ट, नाइजर और नाइजीरिया थे।

हमारे देश में, जहाँ सन् 2002 में 1242 रोगियों की सूचनाएँ मिलीं, वहाँ 2003 में मात्र 88 रोगी मिले। यद्यपि भारत में अभी भी कुछ मामलों की सूचना यदा-कदा मिलती रहती है, लेकिन फिर भी पोलियो के मामलों में पूर्वापेक्षा अत्यंत कमी आई है। सन् 2004 में मात्र 3 पोलियो के मामलों की सूचना मिली। अब भारत को पूर्णत: पोलियोमुक्त करने की योजना विश्व स्वास्थ्य संगठन की है। भारत दुनिया से पोलियो के विरुद्ध लड़ाई में प्रमुख भूमिका निभा रहा है। चूँकि यहाँ 5 वर्ष से नीचे के बच्चों की बहुत बड़ी संख्या है। अत: भारत से पोलियो जैसी बीमारी का पूरी तरह उन्मूलन पूरे स्वास्थ्य विभाग और विश्व स्वास्थ्य संगठन के लिए भी एक बड़ी उपलब्धि होगी, लेकिन रोग के उन्मूलन के लिए न केवल स्वास्थ्य कर्मियों को पोलियो की रोकथाम और टीकाकरण की जानकारियाँ होनी चाहिए बल्कि प्रत्येक व्यक्ति को इसकी जानकारी होनी चाहिए, तभी यह रोग जड़ से समाप्त हो सकेगा।

सन् 2000 और 2004 में विश्व के देशों से प्राप्त पोलियो की सूचनाएँ		
देश	2003	2004
भारत	225	8
पाकिस्तान	103	12
अफगानिरत्तान	8	2
नाईजीरिया	355	133
नाईजर	40	12
ईजिप्ट	1	1

पोलियो क्या है ?

यह एक विषाणु (Virus) जन्य ऐसा संक्रमण है, जिसमें बच्चे का मुँह से लेकर मल द्वार तक का मार्ग (संपूर्ण अन्नपथ) प्रभावित होने के साथ मस्तिष्क, मेरुरज्जु और तंत्रिकाएँ भी रोगग्रस्त हो सकती हैं। **इस कारण बच्चों को पक्षाघात् या लकवे की शिकायत भी हो सकती है।**

प्रत्येक रोगी को पक्षाघात की बीमारी नहीं होती, बल्कि 1-20 प्रतिशत रोगियों को लकवा होता है। वास्तव में लकवा या अंगघात की गंभीरता विषाणुओं द्वारा मेरुरज्जु और तंत्रिकाओं को पहुँचाई गई क्षति पर निर्भर होती है।

कारण—पोलियो रोग का कारण तीन तरह के विषाणु होते हैं, जिनको टाइप—1, 2, 3 कहते हैं। लकवावाला पोलियो (Paralytic Polio) विषाणु के टाइप-1 के कारण होता है। पोलियो के विषाणु पानी में 4 महीनों तक और मल (Faeces) में 6 महीनों तक जिंदा रह सकते हैं। यही कारण है कि साफ-सफाई के अभाव में मुँह द्वारा पाचन तंत्र में पहुँच जाते हैं।

संक्रमण का संग्राहक—संक्रमण का संग्राहक केवल मनुष्य ही होता है। इसका वाहक प्राणी या जीव-जंतु नहीं होता।

संक्रमण के स्त्रोत—विषाणु रोगी के मल में एवं गले और मुँह के स्त्राव में पाए जाते हैं।

रोगी कब संक्रामक होता है—पोलियो के लक्षण आने के सात दिन पूर्व से 10 दिन बाद तक रोगी अन्य स्वस्थ बच्चों में रोग फैलाने में अधिक सक्षम होता है। रोग के विषाणु रोगी के मल में 3 सप्ताह तक मौजूद होते हैं। कुछ मामलों में तो ये 3 से 4 महीने तक मौजूद रहते हैं।

रोगी की उम्र—वास्तव में यह रोग 1 वर्ष से कम उम्र के शिशुओं और 5 वर्ष तक के बच्चों में अधिक होता है। 50 प्रतिशत मामले शिशुओं में ही पाए जाते हैं। सबसे अधिक पोलियो के रोगी 6 महीने से 3 वर्ष की उम्र के मध्य के होते हैं।

लिंग—रोग लड़कों में अधिक और लड़कियों में कम होता है। **लड़कों में रोग लड़कियों की अपेक्षा 3 गुना अधिक होता है।**

खतरे के कारक (Risk Factors)—कई कारणों से शरीर में मौजूद विषाणु सक्रिय हो जाते हैं, जैसे कि बच्चे की पेशियों में इंजेक्शन लगाना, चोट का लगना। ऑपरेशन इत्यादि के बाद भी बच्चे को लकवे की शिकायत हो सकती है।

इसी तरह माँ का दूध न मिलने से घटी हुई रोग प्रतिरोधक शक्ति भी रोग को आमंत्रण देती है। इसी तरह यदि बच्चे को एक प्रकार के विषाणु द्वारा संक्रमण होता है और यदि उसे टीका न दिया जाए तो उसे दुबारा दूसरे प्रकार के विषाणु द्वारा पोलियो हो सकता है। इस रोग के होने के बावजूद भी रोगी को टीका देते हैं।

रोग किस मौसम में अधिक होता है—लगभग 60 प्रतिशत रोगी बरसात के मौसम में मिलते हैं। अर्थात् जून से सितंबर तक अधिकतम बच्चे पोलियोग्रस्त होते हैं। इसका कारण यह समझा जाता है कि बरसात में विषाणु से दूषित जल, भोजन और मक्खियाँ अन्य मौसम की अपेक्षा अधिक होती हैं। एक कारण और यह भी है कि रोग के विषाणु ठंडे मौसम में लंबे समय तक जिंदा रहते हैं।

रोग का प्रसार (अ) मल द्वारा—बतलाया गया है कि रोग के प्रसार का प्रमुख माध्यम विशेषकर विकासशील देशों में मल पदार्थ (Stool) और मल द्वारा प्रदूषित 'उँगलियाँ, भोजन सामग्री, दूध एवं दैनिक उपयोग के बर्तन इत्यादि हैं। उचित साफ-सफाई और सावधानियों के अभाव में रोग के विषाणु इन शिशुओं में पहुँच जाते हैं और रोग उत्पन्न करते हैं।

(ब) विषाणुयुक्त बिंदुकों द्वारा संक्रमण (Droplef Infection)—इस तरह का संक्रमण तब मिलता है, जब रोग में प्रभावित बच्चों के सीधे संपर्क में अन्य स्वस्थ शिशु या बच्चा आता है। रोगी बच्चे के गले में पोलियो के विषाणु या वाइरस मौजूद होते हैं और जब तक खाँसता, छींकता है तो बिंदुओं द्वारा विषाणु अन्य स्वस्थ शिशु या बच्चे के शरीर में पहुँच जाते हैं। इस तरह का प्रसार प्रायः विकसित देशों में देखने को मिलता है। जहाँ साफ-सफाई के चलते मल द्वारा पोलियो का संक्रमण नहीं होता है।

रोग का उद्भवन काल (Incubation Period)—पोलियों के संक्रमण से लेकर लक्षण आने तक 7 से 14 दिन का समय लगता है, लेकिन यह समयावधि कभी-कभी 3 से 35 दिनों के मध्य भी हो सकती है।

पोलियो की बीमारी से पक्षाघात (लकवा) हो सकता है

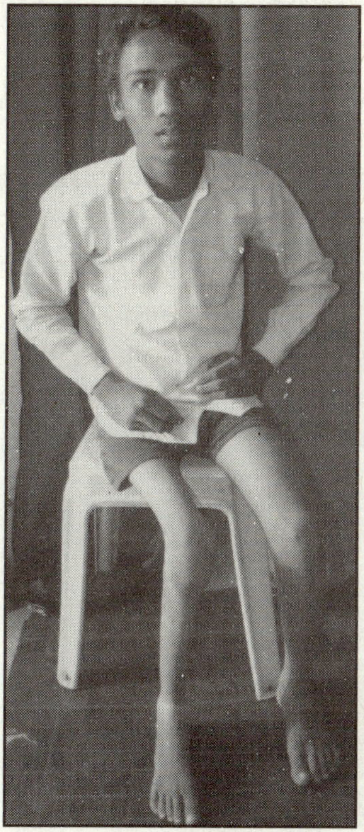

पोलियोग्रस्त बच्चा

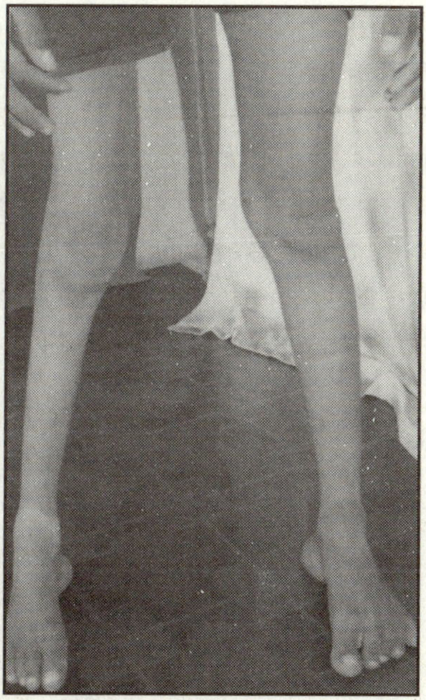

पोलियो से प्रभावित पैर पतला पड़ जाता है।

क्या करता है पोलियो का विषाणु शरीर में ?—पोलियो के 90 प्रतिशत रोगियों में कोई स्पष्ट बाह्य लक्षण नहीं दिखते अर्थात् वे अलाक्षणिक होते हैं। 8 प्रतिशत को रोग मामूली रूप में प्रभावित करता है और 1 से 2 प्रतिशत गंभीर रूप में प्रभावित होते हैं अर्थात् उन्हें लकवा या पक्षाघात् जैसी जटिलताएँ उत्पन्न हो जाती हैं। विषाणु मस्तिष्क में सूजन (Meningitis) उत्पन्न करता है, साथ ही यह मेरुरज्जू और मस्तिष्क के अंदरूनी भाग (Cortex) को संक्रमित करता है, जिससे तंत्रिका कोशिकाएँ नष्ट हो जाती हैं। इस कारण अंगों में लकवा (Paralysis) की स्थिति बनती है।

रोग के विभिन्न लक्षण—लक्षणों को हम तीन वर्गों में बाँट सकते हैं।

(अ) हलकी बीमारी (Minor Polio)—यह 4 प्रतिशत से 8 प्रतिशत में होती है। इसमें बुखार, सिरदर्द, उल्टी एवं दस्तों की शिकायतें हो सकती हैं, लेकिन ये

लक्षण थोड़े से इलाज से या स्वत: ठीक हो जाते हैं।

(ब) लकवारहित पोलियो (Non Paralytic Poloio)—यह 1 प्रतिशत रोगियों में पाया जाता है। इसके लक्षण हैं गरदन में कड़ापन और दर्द होना। इसके साथ पीठ में भी दर्द होता है। यह 2 से 10 दिनों तक होता है, फिर रोग ठीक हो जाता है।

(स) लकवावाली बीमारी (Paralytic Polio)—यह लगभग 1 से 2 प्रतिशत रोगियों में होती है। रोग में केंद्रीय तंत्रिका तंत्र अर्थात् मस्तिष्क मेरुरज्जू एवं तंत्रिकाएँ प्रभावित होने से अलग-अलग तरह का लकवा लग जाता है, लेकिन रोगी बच्चे को बुखार भी साथ में आता है। अन्य लक्षण है—उल्टी होना, सिरदर्द, गले में दर्द, कमजोरी, पेट दर्द, इत्यादि। गरदन से पीठ की पेशियों में कड़ापन आना भी इसका लक्षण है। लकवा कमर से शुरू होकर टाँगों में आगे तक जाता है। कुछ अन्य तरह के पोलियो में बच्चे का चेहरा बिगड़ जाता है। उसे निगलने और बोलने में कठिनाई होती है। श्वसन संस्थान की पेशियाँ प्रभावित होने से वह साँस भी ठीक से नहीं ले पाता। इस कारण दम घुटने से बच्चे की मृत्यु भी हो सकती है।

आजीवन विकलांगता से बचें

पोलियो द्वारा पक्षाघात से अपंगता आने पर जीवन भर तकलीफ होती है

(पोलियो से बचना है तो शिशु को पोलियो की दवा जरूर पिलवाएँ)

संभव हो तो, इससे बचें

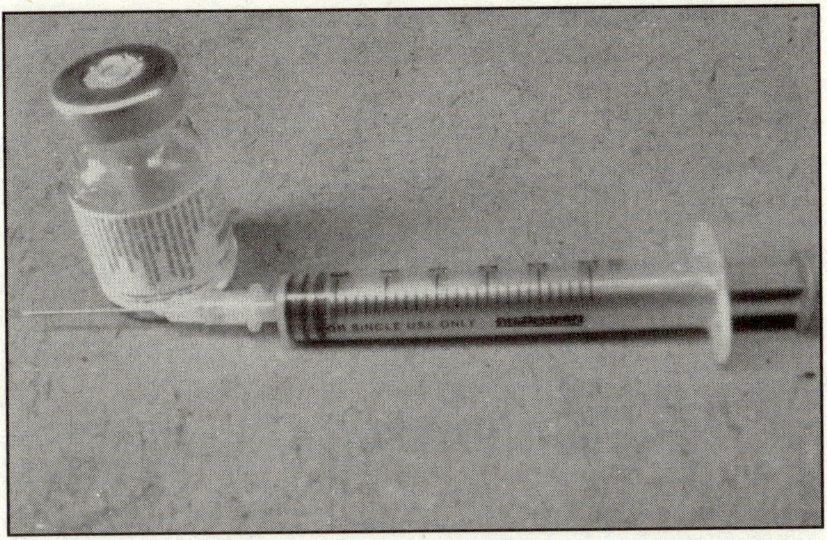

पोलियो के मौसम (विशेषकर जून, जुलाई, अगस्त) में छोटे बच्चों को इंजेक्शन लगवाने से बचें। इसकी जगह खानेवाली या पीनेवाली दवाइयों का इस्तेमाल करें, क्योंकि कभी-कभी इंजेक्शन लगवाने के बाद पोलियो संक्रमण के कारण टाँगों में पक्षाघात हो सकता है।

लकवा से प्रभावित अंगों की पेशियाँ कुछ दिनों बाद पतली पड़ने लगती हैं। यह लक्षण भी पोलियो की पहचान है।

रोग के लिए जाँचें—इसमें मस्तिष्क मेरुरज्जू द्रव (Cerebro Spinal Fluid) में विषाणुओं की कलचर जाँच की जाती है, साथ ही रोगी के मल में भी रोग के विषाणुओं की जाँच से रोग का निदान किया जाता है।

इलाज—बिस्तर पर आराम की सलाह के साथ दर्द निवारक औषधियाँ देते हैं। दम घुटने पर रक्त नलिका (Trachia) काटकर कृत्रिम श्वास नली डाली जाती है। रोग की तीव्रता घटने पर व्यायाम (Exercise) द्वारा चिकित्सा की सलाह देते हैं। इसके अलावा हड्डी रोग विशेषज्ञों द्वारा लकवाग्रस्त रोगियों को ठीक करने के लिए विशेष शल्य क्रियाएँ भी की जाती हैं। इससे विशेषज्ञों को कई मामलों में सफलता भी मिली है।

रोकथाम एवं नियंत्रण—रोग के बचाव और नियंत्रण में टीकाकरण (Vaccination) ही प्रमुख भूमिका निभाता चला आ रहा है और बच्चों को दो बूँद पिलानेवाली टीके की दवा से ही आज भारत में भी पोलियो जैसा रोग समाप्ति की कगार पर है। अत: इस टीके की जानकारी सभी को होनी चाहिए।

पोलियो के टीके (Vaccine)

दो प्रकार के टीकों का प्रयोग किया जाता है।

(1) पोलियो का निष्क्रिय सॉक टीका (Inaclivated Salk vaccine-IPV)

(2) मुँह द्वारा दिया जानेवाला साबिन पोलियो टीका (Oral polio Sabin Vaccine O.P.V.)

(1) पोलियो का निष्क्रिय सॉक टीका—इस टीके में तीनों प्रकार के पोलियो विषाणु रहते हैं, परंतु वे फॉमेलिन द्वारा निष्क्रिय बना दिए जाते हैं, ताकि वे रोग उत्पन्न न कर शरीर में पोलियो रोग से लड़ने के लिए प्रतिजन उत्पन्न करें। इनकी 4 खुराकें इंजेक्शन द्वारा दी जाती हैं। आजकल इस टीके का और अच्छा रूप उपलब्ध है। इस प्रकार के टीके का फायदा यह है कि यह शरीर को कोई नुकसान नहीं पहुँचाता अर्थात् संरक्षित होता है और सभी रोगियों को एवं गर्भावस्था में भी लगाया जा सकता है। इस टीके को डी.पी. टी. के साथ मिलाकर भी लगाया जा सकता है। (यह भी अब टीकाकरण में शामिल है)

(2) मुँह द्वारा दिया जानेवाला साबिन पोलियो टीका—इसका अविष्कार सन् 1957 में साबिन नामक वैज्ञानिक ने किया था, इस टीके में जिंदा, लेकिन कमजोर किए गए तीनों तरह के पोलियो विषाणु रहते हैं। तीनों विषाणुओं से अलग-अलग मात्रा मिलाकर ट्राइवेलेंट टीका बनाते हैं।

कब-कब पिलाते हैं—विश्व स्वास्थ्य संगठन एवं देश के टीकाकरण कार्यक्रम के अनुसार शिशु को 6 सप्ताह की उम्र में पहली खुराक पिलाते हैं। फिर 1-1 माह के अंतर से दो खुराकें और देते हैं। अब डी.पी.टी. के साथ ही पोलियो की खुराकें पिलाने लगे हैं। तीन खुराकों के पश्चात् बच्चे को 12 से 18 महीने के मध्य एक प्रभावी मात्रा भी पिलाई जाती है। टीके की दो या तीन बूँद मात्रा टीके के साथ आए ड्रापर की मदद से पिलाते हैं।

(1) छोटे-छोटे बच्चों और शिशुओं को देने में सरल है। इसको देने के लिए बहुत कुशल स्वास्थकर्मी की जरूरत नहीं होती।

(2) शरीर पर्याप्त मात्रा में प्रतिजन (Antibodies) उत्पन्न कर लेता है।

(3) अपेक्षाकृत सस्ता होता है।

(4) बड़े पैमाने पर उपयोग के लिए सुविधाजनक होता है।

इस टीके की कुछ खामियाँ भी हैं जैसे—(1) बहुत ही दुर्लभ मामलों में कभी-कभी यह टीका लकवावाला पोलियो रोग उत्पन्न कर सकता है। विश्व स्वास्थ्य संगठन के अनुसार दस लाख टीकों के लगाने पर एक बच्चा उक्त रोग से पीड़ित हो सकता है।

कैसे बचें पोलियो से ?

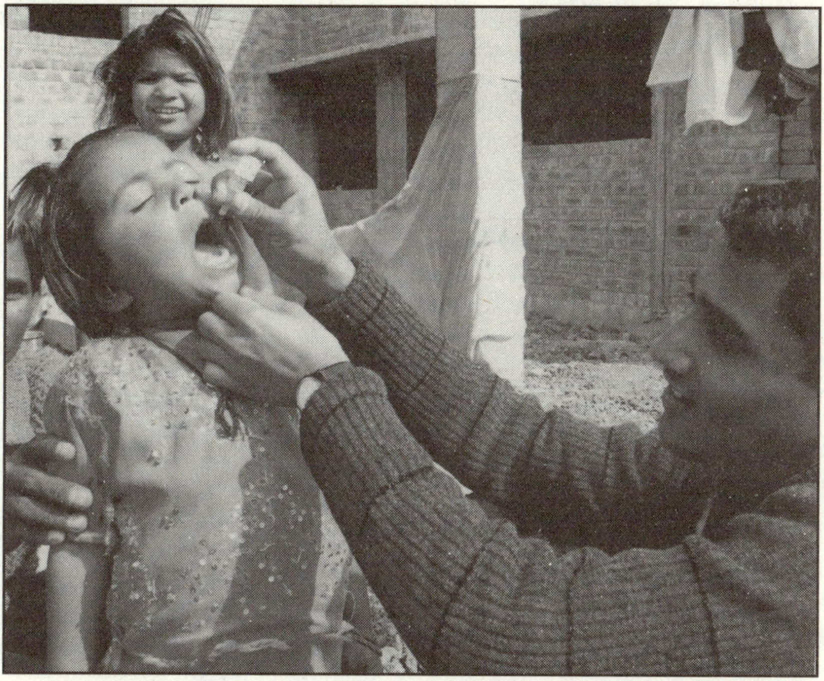

केवल दो बूँद दवा (टीका) बचा सकती है, पोलियो जैसे खतरनाक रोग से। अतः पोलियो का टीका लगवाने से मत चूकें।

किन परिस्थितियों में यह टीका नहीं देना चाहिए—(1) इसे जब बच्चे को तेज बुखार हो या दस्त लग रहे हों, तब नहीं देना चाहिए। जो बच्चे कार्टिको स्टेटायड दवाएँ ले रहे हों, उन्हें भी हम यह टीका नहीं पिलाते हैं। रक्त कैंसर के रोग से पीड़ित बच्चों को यह टीका नहीं देते हैं।

इम्यूनोगलोब्यूलिन से सुरक्षा—यद्यपि टीकों द्वारा पर्याप्त सुरक्षा प्राप्त हो जाती है, फिर भी जिन बच्चों को टीके नहीं दिए जा सकते हैं, उन्हें सामान्य आई जी (Normal Immuno Globulins) इंजेक्शन द्वारा देकर रोग से सुरक्षित बनाया जा सकता है। इम्यूनोग्लोब्यूलिंस शरीर की रोग प्रतिरोधक शक्ति बढ़ाते हैं।

भारत में पोलियो उन्मूलन के प्रयास और पल्सपोलियो/अभियान—देश में वृहत् पैमाने पर पल्स पोलियो अभियान सन् 1995 में 9 दिसंबर से 3 साल तक के बच्चों को टीकाकरण से शुरू किया गया था। इसका द्वितीय चरण 20 जनवरी, 1996 को पूरा किया गया। फिर विश्व स्वास्थ्य संगठन की सिफारिश के अनुसार इसमें 0 से 5 वर्ष तक

के बच्चों को शामिल किया गया और एक बार में डेढ़ करोड़ से ऊपर संस्थाओं/स्थानों में बच्चों को दवा पिलाते हैं। भारत के पल्स पोलियो अभियान में पूरे देश में एक साथ 0–5 वर्ष के बच्चों को मुखीय पोलियो की दवा पिलाई जाती है। यह मात्रा बच्चों के टीकाकरण कार्यक्रम के अतिरिक्त होती है। इस कार्यक्रम से देश में पोलियो की बीमारी रोकने में काफी मदद मिली है, लेकिन अभी देश से यह रोग पूर्ण रूप से विदा नहीं हुआ है। उम्मीद है कि अगले दो वर्षों में रोग का उन्मूलन हमारे देश से हो जाएगा। विश्व स्वास्थ्य संगठन का भी यही मानना है और यदि हमारा देश पोलियोमुक्त होता है तो यह बड़ी उपलब्धि होगी।

❑

3

धनुषटंकार अथवा धनुस्तंभ (Tetanus)

यह एक अत्यंत खतरनाक रोग है, जो **प्रसव के वक्त अभी भी हमारे यहाँ शिशुओं और महिलाओं की मौतों का कारण बनता है। विशेषकर देहातों में, जहाँ गर्भवतियों को टिटेनस टॉक्साइड के टीके नहीं लगाए जाते एवं सुरक्षित प्रसव की व्यवस्था नहीं होती, इस रोग की संभावनाएँ अधिक होती हैं।**

यह रोग भारत के साथ ही विश्व के सभी देशों में पाया जाता है, अर्थात् यह एक विश्वव्यापी रोग है, लेकिन हमारे देश में यह एक बड़ी जन स्वास्थ्य समस्या है। सन् 1984 में शासकीय आँकड़ों के अनुसार टिटेनस के 21682 रोगी पाए गए और 4077 मौतों की सूचनाएँ प्राप्त हुईं। शहरी क्षेत्रों की अपेक्षा ग्रामीण क्षेत्रों में रोगी अधिक पाए गए।

लेकिन **अब जागरूकता और सघन टीकाकरण अभियानों के कारण टिटेनस के रोगियों में क्रमशः कमी आ रही है।** 1990 से 1997 के बीच भारत में धनुषस्तंभ से मृत्यु में 23 प्रतिशत की कमी आई थी। यह उल्लेखनीय है कि अब यह बीमारी केवल विकासशील देशों में ही पाई जाती है, जबकि विकसित देशों में शायद ही कभी कोई रोगी मिलता है।

यह देखा गया है कि नवजात शिशुओं में भी टिटेनस के मामलों में भारी कमी आई है। अब देहातों के स्वास्थ्य केंद्रों में प्रति एक हजार नवजात शिशुओं में एक से भी कम शिशु में यह रोग पाया जाता है। ऐसा अनुमान है कि अभी भी देश में 70 हजार के लगभग नवजात शिशुओं में टिटेनस का रोग हो जाता है। विशेषकर उत्तर प्रदेश, मध्य प्रदेश, राजस्थान, उड़ीसा, बिहार और आसाम में नवजात शिशुओं में रोग की दर अपेक्षाकृत अधिक है। यहाँ 70 प्रतिशत प्रसव अप्रशिक्षित व्यक्तियों द्वारा करवाए जाते हैं, जो रोग का एक बड़ा कारण है। इसके अलावा बड़ों में टिटेनस की संभावनाएँ तब अधिक होती हैं, जब घाव पर मिट्टी, लीद, गोबर लग जाए या दूषित औजारों से ऑपरेशन किया जाए।

धनुस्तंभ रोग क्या है ?

यह एक जीवाणु क्लास्ट्रीडियम टिटेनाई द्वारा उत्पन्न ऐसा रोग है, जिसमें मांसपेशियों (विशेषकर जबड़ों की) में अकड़न और कड़ापन आ जाता है। उदर की ओर मेरुदंड की पेशियों में खिंचाव उत्पन्न होने से वह धनुष की भाँति अकड़ जाता है। पेशियों में तीव्र दर्द और ऐंठन होती है। रोगी को खाने-पीने में एवं छोटे बच्चों को दूध पीने में कठिनाई होती है। रोग का जीवाणु एक तेज विष (टॉक्सिन) उत्पन्न करता है, जिसके कारण ये लक्षण होते हैं। टिटेनस या धनुषटंकार के लगभग 40 से 80 प्रतिशत रोगियों की मृत्यु हो जाती है। अत: उक्त लक्षणवाले शिशुओं या बड़े रोगियों को तुरंत अस्पताल में भरती करवाना चाहिए।

टिटनेस अत्यंत खतरनाक रोग है
अंतः इससे सावधान रहें

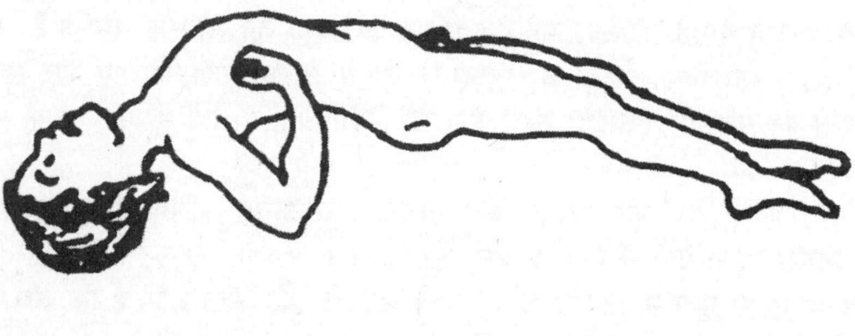

धनुस्तंभ (Tetanus) में बच्चे का शरीर धनुष जैसा अकड़ जाता है।

रोग का प्रसार कैसे होता है ?

जीवाणु एक खोल के अंदर सुरक्षित रहते हैं, इन्हें स्पोर कहते हैं। ये स्पोर्स धूल, मिट्टी, घोड़े की लीद, गाय-भैंस के गोबर इत्यादि में होते हैं। जब चोट लगती है तो ये स्पोर्स उसी समय या बाद में, उचित साफ-सफाई के अभाव के कारण घाव में प्रवेश कर जाते हैं। इसी तरह **दूषित ब्लेड, हँसिए या अन्य वस्तु से नवजात शिशु की नाल (cord) काटने से भी रोग के जीवाणु शिशु के रक्त में प्रवेश कर जाते हैं और यदि प्रसूता को टिटेनस टॉक्साइड के दो टीके नहीं लगे होते हैं तो फिर नवजात शिशु को रोग होने की संभावना बढ़ जाती है।** जैसा कि पूर्व में बतलाया गया है कि

शल्य क्रियाओं के पश्चात् भी रोगी इस रोग से ग्रसित हो सकता है। रोगाणु-दूषित औजारों के अलावा, टीका लगानेवाले धागे (Cat gut), पट्टी की सामग्री, टेलकम पाउडर द्वारा भी प्रवेश कर सकते हैं।

रोग की उद्‍भवन अवधि

रोग जीवाणुओं के शरीर में प्रवेश करने के पश्चात् 3 दिवसों से लेकर 21 दिवसों के मध्य कभी भी हो सकता है।

रोग से बचाव और रोकथाम

चूँकि यह एक खतरनाक जानलेवा रोग है, अतः प्रयास यह होना चाहिए कि रोग किसी को हो ही न। सौभाग्य से आज सुरक्षा के लिए कई तरह के टीके उपलब्ध हैं, जिनको समय रहते लगवा लिया जाए तो फिर रोग होने की संभावनाएँ न के बराबर रह जाती हैं।

रोग से सुरक्षा के लिए दो प्रकार से प्रतिरक्षा की जाती है—

(1) सक्रिय प्रतिरक्षा

धनुस्तंभ से सुरक्षा का सबसे आसान और निरापद उपाय है, प्रतिजीवी विष का टीका लगवाना। इसे टिटेनस टॉक्साइड भी कहा जाता है। इसकी छह सप्ताह के अंतर से 0. 5 मिली. की दो मात्राएँ पेशियों में लगवाई जाती हैं। इसके अलावा यदि प्रत्येक 10 वर्षों में इसकी एक अनुवर्धक या प्रभावी मात्रा लगवाई जाए तो एक स्वस्थ व्यक्ति भी रोग से सुरक्षित रहता है।

शिशुओं और बच्चों की सुरक्षा

शिशु को 6 सप्ताह की उम्र से, चार-चार सप्ताहों के अंतर से यदि डी.पी.टी. (डिफ्थीरिया, पोलियो और टिटेनस) की तीन मात्राएँ टीकों के रूप में दी जाएँ, फिर डेढ़ वर्ष की आयु में एक मात्रा एवं स्कूल जानेवाली उम्र (5 से 6 वर्ष के मध्य) में डीटी की एक मात्रा दी जाए तो बच्चा रोग से सुरक्षित रहता है। अब पेंटावेलेंट टीका लगाया जाता है।

इसी प्रकार गर्भवती स्त्रियों को प्रारंभ में टिटनेस टॉक्साइड के दो टीके एक-एक महीने के अंतर से लगवा दिए जाएँ तो जच्चा-बच्चा दोनों की इस रोग से सुरक्षा रहती है।

(2) परोक्ष प्रतिरक्षण

दुर्घटनाओं में घायल या जले हुए व्यक्ति को अस्थायी सुरक्षा मानव टिटनेसरोधी इम्यूनो ग्लोब्यूलिंस देते हैं।

मानव टिटनेसरोधी इम्यूनोग्लोब्यूलिंस सुरक्षित और श्रेष्ठ प्रतिरोधक है। इसकी 250 से 500 अंतरराष्ट्रीय इकाई (I. U.) बराबर मात्रा सभी आयु वर्ग को देते हैं। इसका कोई रिएक्शन या प्रतिक्रिया मानव शरीर में नहीं होती है।

इस विधि से 30 दिनों तक रोगी को सुरक्षा मिलती है। कई शल्य चिकित्सक ऑपरेशन के पूर्व भी रोगियों को इम्यूनोग्लोब्यूलिंस लगवाते हैं ताकि शल्य क्रिया के पश्चात् धनुषस्तंभ न हो।

इसके अलावा ए.टी.एस. की 1500 (I. U.) मात्रा भी रोग से सुरक्षा प्रदान करती है, लेकिन इससे केवल 7 से 10 दिनों तक टिटनेस से सुरक्षा मिल पाती है, साथ ही कई व्यक्तियों में ए.टी.एस. की गंभीर प्रतिक्रिया (Reaction) होती है, जिससे रोगी की जान भी जा सकती है। अत: इसका इस्तेमाल अब कम हो गया है। इसकी जगह मानव इम्यूनोग्लोब्यूलिंस ने ले ली है। टिटनेस के रोगी में अनुभवी चिकित्सक की देखरेख में ए.टी.एस. इंजेक्शन को दिया जाता है।

रोगी का इलाज

1. यदि घाव है तो उसे अच्छी तरह जीवाणुरोधी घोल द्वारा धोते हैं और पट्टी करते हैं।

   पेनिसिलिन नामक दवा के इंजेक्शन (पूर्व परीक्षण कर) भी रोगी में टिटनेस के जीवाणु नष्ट करने और उनकी वृद्धि रोकने के लिए लगाए जाते हैं।
2. जकड़न पर नियंत्रण के लिए पेशियाँ शिथिल करनेवाली दवाएँ देते हैं। आवश्यकतानुसार ऑक्सीजन, कृत्रिम श्वास प्रक्रिया इत्यादि भी दी जाती है।

यह दृष्टव्य है कि टिटनेस के रोगी का इलाज घर पर संभव नहीं हो पाता, अत: उसे शीघ्र ही उचित सुविधाओंयुक्त अस्पताल में भरती करना चाहिए।

❑

4

घटसर्प या रोहणी (Diphtheria)

(एक अत्यंत खतरनाक जानलेवा रोग)

गलघोंटू या घटसर्प, विशेषतः बच्चों में होनेवाला ऐसा रोग है, जो कार्नी बैक्टीरियम डिफ्थीरी नामक जीवाणु द्वारा फैलता है। ये जीवाणु सूक्ष्मदर्शी में दण्डे के समान दिखते हैं, अत: इन्हें दण्डाणु कहते हैं। यह जीवाणु एक तरह का बाह्य विष (Exotoxin) उत्पन्न करता है, जो शरीर के लिए घातक होता है और यह बाह्य विष ही शरीर में इस बीमारी के लिए जिम्मेदार होता है। तीन प्रकार के कार्नी बैक्टीरियम जीवाणुओं का पता अभी तक लगा है। रोग का संक्रमण मुख्यत: गले में, टांसिल (Tonsil), ग्रसनी और स्वरयंत्र अथवा नाक में होता है। इन अंगों में एक भूरी या पीली सी झिल्ली (Fals membrane) का निर्माण हो जाता है, जो साँस द्वारा ली जानेवाली वायु के जाने-आने में अवरोध पैदा करती है। घटसर्प के जीवाणु द्वारा उत्पन्न बाह्य विष रक्त में मिलकर हृदय और तंत्रिकातंत्र को भी प्रभावित कर गंभीर जटिलताएँ पैदा करता है। कई क्षेत्रों में रोग को गलघोंटू भी कहते हैं।

विश्व और भारत में रोग की स्थिति—इस रोग का विकसित देशों में उन्मूलन हो चुका है, अर्थात् यह रोग अब वहाँ कभी नहीं होता, लेकिन दुर्भाग्य से भारत जैसे विकासशील देशों में यह खतरनाक रोग अभी भी होता है। वह भी जागरूकता के अभाव एवं टीकाकरण में कमी की वजह से। 1996 में लाओस एवं थाईलैंड से डिफ्थीरिया या घटसर्प से ग्रसित कुछ बच्चों की सूचना मिली थी।

भारत में यह बीमारी क्रमशः कम होती जा रही है और यह संभव हुआ है अधिक से अधिक आबादी को टीकाकरण कार्यक्रमों के अंतर्गत लाने के कारण। जहाँ सन् 1987 में 12952 रोगियों की सूचनाएँ प्राप्त हुईं, वहीं सन् 2000 में मात्र 265 मामले पाए गए। इस **तरह 13 वर्षों में लगभग 99 प्रतिशत गिरावट दर्ज की गई।**

रोग का कारण—जैसा कि बतलाया गया है, यह रोग कार्नी बैक्टीरियम डिफ्थीरी

नामक एक जीवाणु द्वारा उत्पन्न बाह्य विष के प्रभाव से होता है। ये जीवाणु तीन प्रकार के होते हैं, लेकिन दण्डाणु का ग्रेविस प्रकार ही अधिक खतरनाक होता है। इसके द्वारा उत्पन्न बाह्य विष रक्त में मिलकर हृदय और तंत्रिकातंत्र को भी प्रभावित करता है। इस कारण हृदय में सूजन (Myocarditis) उत्पन्न हो जाती है एवं तंत्रिका तंत्र पर दुष्प्रभाव के कारण विभिन्न पेशियों में लकवा (Paralysis) की शिकायत हो जाती है।

संक्रमण के स्रोत—इस रोग में स्वयं रोगी एवं जीवाणु के वाहक (career) संक्रमण के स्रोत होते हैं। रोग के वाहक प्राय: 5 से 8 वर्ष के बच्चे होते हैं।

नाक से निकला स्राव अथवा गले एवं त्वचा के घावों या रोगी से निकले स्राव में रोग के जीवाणु मौजूद होते हैं, जो रोग को फैलाते हैं।

रोगी या वाहक की संक्रामकता—यदि रोगी व्यक्ति उपचार न ले रहा हो तो संक्रामकता की अवधि रोग प्रारंभ होने से लेकर कम-से-कम 14 दिन तक की होती है, लेकिन यह कुछ मामलों में 28 दिन या अधिक की भी हो सकती है।

किस आयु में रोहिणी या घटसर्प का संक्रमण होता है—यह रोग प्राय: 2 से 5 वर्ष के मध्य के बच्चों में होता है। एक वर्ष से कम के शिशु स्तनपान के कारण इस रोग की प्रतिरक्षा माँ के दूध से प्राप्त करते हैं। अपवादस्वरूप कभी-कभी वयस्कों को भी यह रोग हो सकता है

रोगी की प्रसार विधि (Transmission)—जैसा कि बतलाया गया है कि रोग के जीवाणु रोगी या वाहक बच्चे के गले और नाक के स्राव में मौजूद होते हैं। अत: जब वह खाँसता या छींकता है तो छोटे बिंदुक (Droplets) द्वारा संक्रमण पास में उपस्थित बच्चों में पहुँच जाता है।

रोग का अप्रत्यक्ष संक्रमण जीवाणुयुक्त खिलौने, पेंसिल, कपड़े इत्यादि दूषित वस्तुओं से फैलता है। इसके अलावा चाय के कप, गिलास, चम्मच, थर्मामीटर इत्यादि से भी रोग फैलना पाया गया है।

रोग की उद्भवन अवधि (Incubation period)—संक्रमण होने के दो से छह दिन के बीच रोग के लक्षण मिलने लगते हैं। कुछ मामलों में अवधि अधिक भी हो सकती है।

लक्षण—(1) चूँकि जीवाणु विष गलतुंडिका (Tonsils) ग्रसनी (Pharynx) और श्वांस यंत्र (Larynx) को प्रभावित करते हैं, अत: इस रोग में गले के अंदर सूजन (Sorethroat), निगलने में दर्द और कठिनाई होना, इत्यादि लक्षण होते हैं, साथ ही गले में छद्म झिल्ली बनने से रोगी के कंठ से घर्घर की आवाज निकलती है। बाद में रोगी की साँसें भी रुकने लगती हैं। यदि झिल्ली के हटाने का प्रयास किया जाता है तो उससे रक्तस्राव होने लगता है।

(2) रोगी के गले और जबड़ों के नीचे सूजन भी आ सकती है, साथ ही गले की लसिका ग्रंथियों का आकार बढ़ जाता है, जिससे गरदन, बैल की गरदन (Bullnecked) जैसी दिखती है।

(3) स्वर यंत्र प्रभावित होने से रोगी की आवाज भारी हो जाती है और उसे बोलने में कठिनाई होती है।

(4) रोगी को हल्का (Low Grade) बुखार भी रहता है।

उपर्युक्त लक्षण होने पर रोगी को शीघ्र ही शिशुरोग विशेषज्ञ या उपलब्ध चिकित्सक को दिखलाना चाहिए। इलाज में विलंब से बच्चे के जीवन को खतरा उत्पन्न हो सकता है।

इलाज—(1) इलाज में जीवाणु बाह्य विष को प्रभावहीन बनाने के लिए दस हजार इकाई से 60 हजार इकाई तक प्रति जीव विष (Anti Toxin) दिया जाता है।

(2) इसके अलावा जीवाणुरोधक दवाइयाँ जैसे पेनीसिलिन या इरिथ्रोमाइन देते हैं।

(3) रोगी को पूर्ण विश्राम की सलाह देते हैं ताकि हृदय संबंधी जटिलताएँ न हों।

(4) यदि रोगी की श्वास रुकती है तो फिर श्वास नलिका में छिद्र (Tracheostomy) करने की जरूरत पड़ सकती है।

रोग की जटिलताएँ (Complecations)—रोग के दण्डाणु का बाह्य विष हृदय को प्रभुावित कर उसमें सूजन उत्पन्न कर हृदय की गंभीर बीमारी पैदा करता है। इसी तरह तंत्रिकाओं को प्रभावित कर लकवे की स्थिति निर्मित कर सकता है, लेकिन यदि बीमारी के शुरू में जीवाणुरोधी दवाएँ दे दी जाएँ तो काफी हद तक जटिलताओं से रोगी को बचाया जा सकता है।

शिशुओं और बच्चों के ट्रिपल का टीका, जो इंजेक्शन के रूप में लगाया जाता है, तीन खतरनाक रोगों—टिटनेस, घटसर्प और कुकरखाँसी से उनकी रक्षा करता है

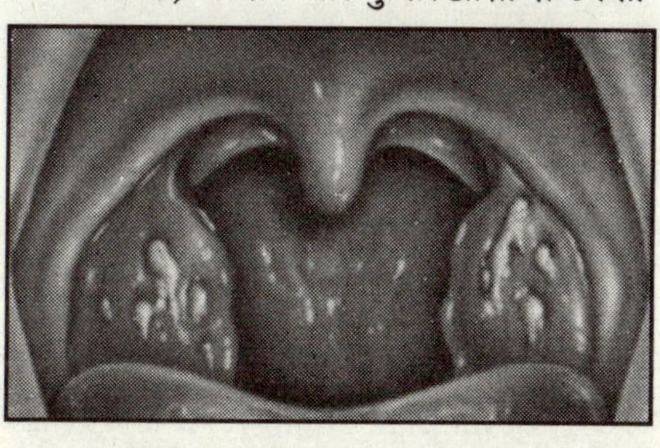

गले में टांसिल की स्थिति। गलघोंटू में यहाँ एक छद्‌म झिल्ली का निर्माण हो जाता है, जिससे बच्चे का दम घुटने लगता है।

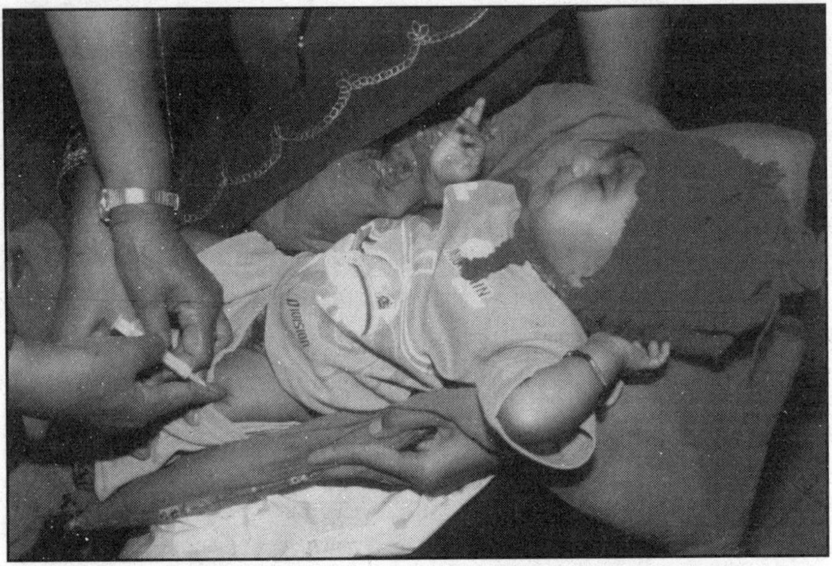

खतरनाक रोगों से सुरक्षा के लिए बच्चों को टीके अवश्य लगवाएँ (अब तो पेंटावेलेंट टीका आ गया है, जो पाँच बीमारियों (गलघोंटू, कुकर खाँसी, धनुषस्तंभ और हेपेटाइटिस-बी तथा एच. इंफ्लूएंजा) से आपके बच्चों को सुरक्षित रखता है।

गलघोंटू या डिफ्थीरिया रोग

गलघोंटू या डिफ्थीरिया

यह बैक्टीरिया से होनेवाला संक्रमण है, जो गले को और कभी-कभी नाक को संक्रमित करता है। इसकी छूत या सक्रमण हवा में खाँसने, छींकने और बात करने से फैलता है।

यह रोग सर्दी-जुकाम, बुखार, सिरदर्द और गला खराब होने से शुरू होता है। नब्ज की गति तेज होती है। यदि जाँच करें तो गले के अंदर और कभी-कभी नाक और होंठों पर पीले-सलेटी रंग की सतह या झिल्ली जम जाती है। बच्चे की गरदन सूज जाती है, जो पीछे की लसीका गाठों की सूजन से होता है। उसकी साँसों में से बहुत ज्यादा बदबू आती है। बच्चा बहुत कमजोर व बीमार दिखता है तथा साँस लेने में कठिनाई हो सकती है।

यदि आपको संदेह हो कि बच्चे को डिफ्थीरिया (गलघोंटू) है तो—

- तुरंत डॉक्टरी सहायता लें। डिफ्थीरिया के लिए एक विशेष प्रतिजीवविष दवा होती है।

- उसे घर के बाकी लोगों से अलग, दूसरे कमरे में लिटाएँ।
- गरम पानी में थोड़ा नमक डालकर उसे गरारे करवाएँ।
- उसे खौलते हुए पानी के वाष्पों के बफारे बीच-बीच में दिलवाएँ।
- यदि बच्चे का गला अवरोधित हो और वह नीला पड़ने लगे तो अपनी उँगली पर साफ कपड़ा लपेटकर उसके गले में से झिल्ली को साफ करें।

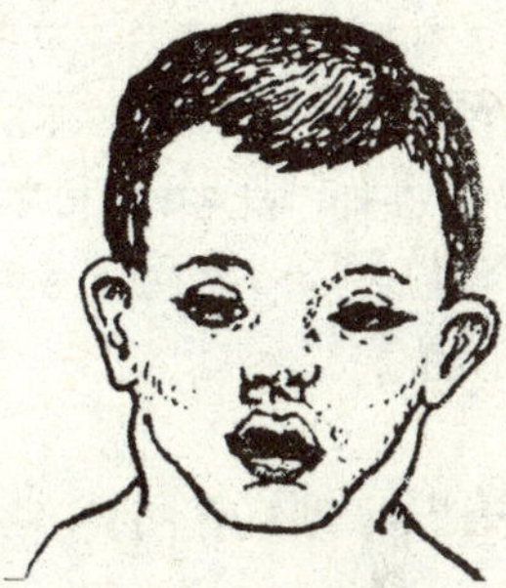

रोग की रोकथाम एवं नियंत्रण—

(अ) रोगी या जीवाणुओं के वाहक व्यक्ति से रोग अन्य बच्चों में न फैले, इसके लिए निम्न सावधानियाँ रखते हैं—

1. घटसर्प रोग की सूचना तुरंत स्थानीय अधिकारियों को देते हैं, इससे रोगी को तुरंत इलाज तो उपलब्ध कराया ही जाता है, साथ ही उस क्षेत्र में टीकाकरण इत्यादि बचाव के तरीकों का प्रचार भी संभव होता है।
2. रोगियों को अलग रखकर उपचार देते हैं, ताकि रोगी अन्य बच्चों में रोग न फैला सके।
3. जो बच्चे रोगी के संपर्क में आ चुके हैं अथवा उन्होंने प्रतिरक्षा के लिए टीके नहीं लगवाए हैं, उन्हें रोहिणी या घटसर्प का प्रतिजीव विष 500 से लेकर 1000 इकाई मात्रा देने से उन्हें यह रोग नहीं हो पाता, लेकिन इसके पश्चात् उन्हें डी.पी.टी. का टीका भी नियमानुसार लगवाना चाहिए।

(ब) यदि सभी बच्चों को यथा-समय घटसर्प से रक्षार्थ, डी.पी.टी. और पेंटावेलेंट के टीके लगवाए जाएँ तो वे इस भयानक और जानलेवा रोग से सुरक्षित रह सकते हैं। विकसित देशों में इस रोग पर पूर्ण नियंत्रण केवल सघन टीकाकरण के द्वारा ही संभव हुआ।

नई टीकाकरण तालिका के अनुसार शिशुओं को 6 सप्ताह की उम्र से डी.पी.टी. के टीकों की शुरुआत आवश्यक रूप से करवा देनी चाहिए। ये टीके डिफ्थीरिया के अलावा कुकर खाँसी और टिटेनस जैसी खतरनाक बीमारियों से भी सुरक्षा प्रदान करते हैं। 6 सप्ताह में शिशु को डी.पी.टी. की प्रथम मात्रा (0.5.m.l.) दिलवाने के बाद उसे

4 सप्ताहों के अंतर से दो मात्राएँ और दिलवानी चाहिए। इस तरह कुल 3 मात्राएँ देनी चाहिए। यदि किन्हीं कारणोंवश इन टीकों की शुरुआत में विलंब हो जाए तो इन्हें शिशु की 3 महीने की उम्र से शुरू किया जा सकता है और 3 मात्राओं के बीच अधिकतम अंतर छह सप्ताहों तक का रखा जा सकता है। इसके पश्चात् डी.पी.टी. की वर्धक मात्रा डेढ़ से दो वर्ष की उम्र में दिलवानी चाहिए। फिर जब बच्चा स्कूल जाना शुरू करता है, (5 वर्ष की आयु में) तब उसे केवल डीटी (डिफ्थीरिया और टिटेनस) की एक मात्रा दिलवाते हैं।

घटसर्प या रोहिणी (Diphtheria) के लिए शिशु जाँच (Schick test)

यह परीक्षण त्वचा के नीचे 0.2 m.l. प्रति जीव विष इंजेक्शन द्वारा पहुँचाकर करते हैं और इस जाँच से यह पता लगता है कि बच्चा इस रोग के लिए प्रतिरक्षित (अथवा रोग से सुरक्षित) है अथवा रोग के प्रति संवेदनशील है।

इंजेक्शन लगाने से यदि त्वचा पर कोई प्रतिक्रिया नहीं होती तो समझा जाता है कि बच्चा पूर्व से ही इस रोग से प्रतिरक्षित है और यदि इंजेक्शन लगाए गए स्थान की त्वचा लाल हो जाती है तो मानते हैं कि बच्चा रोहिणी या घटसर्प जैसे रोग के लिए संवेदनशील है। अत: उसे प्रतिरक्षा के लिए टीके लगाए जाते हैं।

❑

5

खसरा (Measles or Rebeola)

यह बच्चों में होनेवाला बहुत ही संक्रामक और खतरनाक रोग है, जो मिक्सो वाइरस समूह (Myxoviruses group) के विषाणु द्वारा उत्पन्न होता है। विकासशील देशों में यह बीमारी मृत्यु और बीमारी की जटिलताओं का एक बड़ा कारण है। यह रोग विश्व के प्राय: सभी स्थानों में पाया जाता है, लेकिन जहाँ बच्चों में रोग के टीके नहीं लगाए जाते, वहाँ रोग बड़े पैमाने पर फैलता (Epidemics) है। रोग की शुरुआत सर्दी जैसे लक्षणों से होती है, लेकिन इसमें शरीर में ददोरे उभरते हैं और गंभीर जटिलताएँ भी पैदा होती हैं।

रोग की समस्या—जहाँ कई विकाशसील देशों में इस रोग से मृत्यु दर 2 से 15 प्रतिशत है, वहीं ब्रिटेन जैसे विकसित देश में मात्र 0.2 प्रति 10,000 है। 1960 के आसपास जब रोग का टीका उपलब्ध नहीं था, तब खसरा से प्रतिवर्ष 13 करोड़ पचास लाख बच्चे रोग से प्रभावित होते थे और इनमें से 70 से लेकर 80 लाख बच्चे मर जाते थे। जबकि आज भी 3 करोड़ बच्चे रोग से ग्रसित होते हैं और इनमें से दस लाख बच्चे प्रतिवर्ष खसरा रोग से मरते हैं। खसरा कुपोषणग्रस्त बच्चों में और घनी शहरी आबादी में रहनेवाले बच्चों में अधिक होता है।

रोग का टीका खसरा को रोकने में अत्यंत प्रभावी सिद्ध हुआ है। टीका 85 प्रतिशत बच्चों में रोग का प्रसार रोकने में सक्षम है। श्रीलंका और थाईलैंड में कुछ ऐसे वयस्क रोगियों के मामले भी मिले हैं, जिनको खसरे का टीका नहीं लगा था।

भारत में रोग की स्थिति—भारत में यह रोग भी एक बड़ी स्वास्थ्य समस्या है। यहाँ 1991 में सात राज्यों में हुए अध्ययन के अनुसार इस रोग से मृत्यु दर 40 प्रतिशत थी। सन् 1997 में दो लाख सैंतालीस हजार रोगियों की सूचनाएँ प्राप्त हुई थीं, लेकिन व्यापक टीकाकरण कार्यक्रम के पश्चात् सन् 2001 में मात्र इक्यावन हजार सात सौ रोगियों की सूचनाएँ प्राप्त हुईं।

रोग का कारण—जैसा कि शुरू में बतलाया गया है, यह विषाणुजन्य रोग है, जो

'आर.एन.ए.' पैरा मिक्सो वाइरस द्वारा होता है।

संक्रमण का स्त्रोत—संक्रमण उत्पन्न करनेवाले विषाणु का स्त्रोत स्वयं खसरा रोग से ग्रसित रोगी होता है।

कैसे होता है संक्रमण (Infection)—चूँकि रोग के विषाणु रोगी की नाक के स्त्राव एवं गले एवं फेफड़ों में मौजूद रहते हैं, अत: रोगी जब छींकता है या बात करता है अथवा खाँसता है तो संक्रमणकारी विषाणु पास मैं मौजूद व्यक्तियों के शरीर में विषाणुयुक्त बिंदुक द्वारा पहुँच जाते हैं। रोगी के उपयोग की वस्तुएँ जैसे चम्मच, कप इत्यादि से भी बीमारी फैल सकती है।

रोगी के शरीर में ददोरे आने के 4 दिन पहले से लेकर ददोरे निकलने के 5 दिन पश्चात् तक वह संक्रमणकारी अर्थात् संक्रमण फैलाने में सक्षम होता है।

उद्भवन काल (Incubation Period)—संक्रमण के पश्चात् रोग 10 से 14 दिनों के मध्य हो जाता है। संक्रमण के दस दिनों पश्चात् रोगी को बुखार आना शुरू हो जाता है और 14-14 दिनों पश्चात् ददोड़े या दाने आना शुरू हो जाते हैं।

खसरा रोग के लक्षण—रोग की तीन अवस्थाएँ होती हैं, जिनके अलग-अलग लक्षण होते हैं।

(1) ददोरे आने के पहले की अवस्था (Pro dromol Stage)—इसमें तेज सर्दी-जुकाम जैसे लक्षण मिलते हैं। रोगी की नाक बहती है। ज्वर 39 डिग्री तक पहुँच जाता है। आँखें लाल हो जाती हैं और छींके भी आती हैं। बच्चा बहुत परेशान नजर आता है। उसे उल्टियाँ या दस्त हो सकते हैं।

खसरा रोग

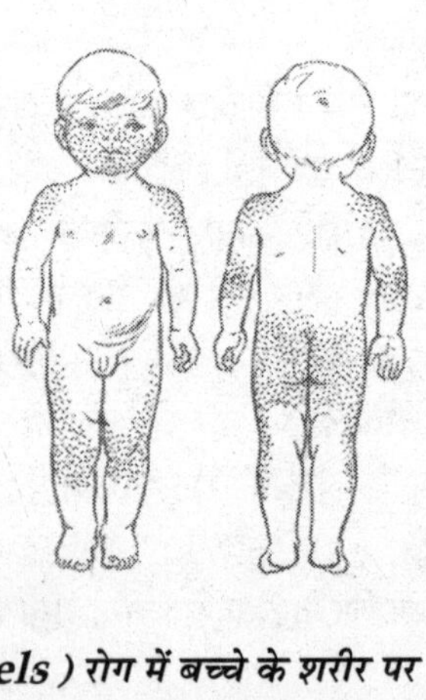

खसरा (Measels) रोग में बच्चे के शरीर पर दानों का फैलाव

रोगी के मुख के अंदर की श्लेष्मा में नीले-सफेद धब्बे दिखते हैं, जिन्हें कॉप्लिक धब्बे (Kopik's Spots) कहते हैं। ये 80 प्रतिशत बच्चों में पाए जाते हैं और खसरा रोग की प्रमुख पहचान इनसे की जाती है। यह अवस्था 3 से 4 दिन तक रहती है।

(2) ददोड़े आना (Eruptive Phase)—चौथे दिन धुँधले लाल रंग के ददोड़े पहले बच्चे के चेहरे और कानों के पीछे गरदन पर दिखलाई देते हैं। इसके पश्चात् ये गरदन के निचले हिस्से, हाथ-पैर और शरीर में फैल जाते हैं। ये ददोड़े 5-6 दिनों तक मौजूद रहते हैं, फिर गहरे निशान छोड़कर गायब हो जाते हैं।

(3) खसरा के बाद अवस्था (Post meesals stage)—बच्चे का वजन बहुत कम हो जाता है और वह कमजोर भी हो जाता है, यहाँ तक कि इसे संक्रामक बीमारियाँ जैसे क्षय रोग, दस्त लगने की शिकायतें इत्यादि हो जाती हैं। बच्चे की वृद्धि या बढ़त रुक जाती है।

रोग की जटिलताएँ—कुपोषित बच्चों में खसरा खतरनाक जटिलताएँ उत्पन्न करता है, विशेषकर वे बच्चे, जिनमें विटामिन 'ए' और प्रोटीन की कमी होती है। उन्हें श्वास नलिकाओं में सूजन, न्यूमोनिया, अतिसार जैसे लक्षण उत्पन्न हो जाते हैं, जिसके कारण रोगी बच्चे की मृत्यु भी हो सकती है। कुछ रोगियों में मस्तिष्क संबंधी जटिलताएँ जैसे—मस्तिष्क शोथ, झटके आना (Convul sions) इत्यादि बीमारियाँ हो जाती हैं और यदि तुरंत उचित इलाज न किया तो इनसे रोगी मर भी सकता है।

अतः इलाज के लिए शीघ्र शिशुरोग विशेषज्ञ या अनुभवी चिकित्सक को दिखलाना चाहिए ताकि रोग की जटिलताएँ उत्पन्न न हों।

खसरा की रोकथाम और नियंत्रण

(अ)—1. खसरा के लक्षण मिलते ही बच्चे को अलग रखते हैं।
2. बच्चे की आँखों को तेज प्रकाश से बचाते हैं।
3. बच्चे के उपयोग की वस्तुएँ अन्य बच्चों को उपयोग के लिए नहीं देते हैं।
4. नाक और गले के स्राव से युक्त कपड़ों और वस्तुओं की रोगाणुविहीन (विसंक्रमित) करते हैं। इसके लिए उन्हें उबालते हैं या दवा डालते हैं।

(ब) रोग का टीका (Vaccine)—रोग के प्रसार को रोकने एवं बच्चों को सुरक्षित रखने में टीका प्रभावशाली होता है। यह शिशु को 9 से लेकर 12 माह के मध्य

लगवाया जाता है। इसकी एक मात्रा 15 वर्ष तक (95 प्रतिशत मामलों में) सुरक्षा प्रदान करती है। यहाँ यह तथ्य भी उल्लेखनीय है कि जिन बच्चों को खसरा एक बार होता है, उन्हें फिर दोबारा जीवन में कभी यह रोग नहीं होता।

(स) इम्यूनोग्लोब्यूलिंस (Imunoglobulins) **का उपयोग**—रोगी के संपर्क में आए बच्चे को इम्यूनोग्लोब्यूलिंस कई मात्रा देकर उसे इस रोग से बचाया जा सकता है, क्योंकि ये बच्चों में रोगों से लड़ने की शक्ति बढ़ाते हैं, साथ ही रोगकारक विषाणु को प्रभावहीन भी बनाते हैं। वैसे खसरा रोग के लिए टीकाकरण ज्यादा प्रभावी होता है।

❑

6

कुकर खाँसी (Whooping Cough)

(बच्चों को परेशान करनेवाला खतरनाक रोग)

यह एक रोगाणु जन्य संक्रामक रोग है, जो बी. परट्यूसिस (Bordetella Pertusis) नामक जीवाणु द्वारा होता है। यह बच्चों में होनेवाला एक प्रमुख रोग है, जो पर्याप्त टीकाकरण (डी.पी.टी.) के अभाव में होता है। रोग में बुखार आता है और लंबे समय तक बहुत ही कष्टकारक खाँसी चलती है, जो विशेषकर रात्रि में तकलीफ देह होती है। खाँसते समय एक विशेष तरह की आवाज निकलती है। इसी कारण इसे कुकर खाँसी कहा जाता है।

रोग की समस्या—यह प्राय: प्रत्येक देश में पाया जाता है। पिछली शताब्दी में इस रोग से बच्चों में काफी अधिक मौतें हुआ करती थीं, लेकिन 1980 में रोग का टीका आ जाने के बाद रोग पर बहुत बड़ी सीमा तक नियंत्रण पा लिया गया, लेकिन विकासशील देशों में यह रोग अभी भी एक समस्या बना हुआ है। रोग से अधिकतर मौतें अफ्रीकी और एशियाई देशों में होती हैं।

कुपोषण एवं न्यूमोनिया जैसे रोगों से ग्रस्त बच्चों में कुकर खाँसी ज्यादा असर दिखलाती है। शिशुओं में इस रोग के कारण मृत्युदर 4 से 15 प्रतिशत तक है। विकासशील देशों में रोग होने का प्रमुख कारण पूरे बच्चों का उचित तरीके से टीकाकरण न हो सकना है।

सन् 2002 में विश्वस्वास्थ्य संगठन के एक आकलन के अनुसार विश्व में दो लाख पंचानबे हजार रोगियों की मृत्यु कुकर खाँसी से हुई थी और एक करोड़ से ऊपर रोगी कुकर खाँसी से प्रभावित हुए थे।

भारत में टीकाकरण के कारण क्रमश: इस रोग के रोगियों में कमी आई है। जहाँ सन् 1987 में एक लाख तिरसठ हजार रोगियों की सूचनाएँ प्राप्त हुई थीं, वहीं सन् 2000 में मात्र 26 हजार सात सौ रोगी पाए गए। इस तरह रोग में 83.7 प्रतिशत की कमी दर्ज की गई।

रोग का कारण—यह एक अत्यंत संक्रामक रोग है और जैसा कि ऊपर बतलाया गया है, बारडेटेला परट्यूसिस नामक जीवाणु से होता है। यह खाँसी द्वारा या बातचीत के दौरान निकले छोटे-छोटे बिंदुकों (Drops) द्वारा होता है। यह रोग सभी उम्र के व्यक्तियों में हो सकता है, लेकिन अधिकतर (90 प्रतिशत) 5 वर्ष से कम उम्र के बच्चों में होता है। **यह रोग बच्चों को अन्य बच्चों से खेलने या संपर्क में आने से होता है।**

रोग की उद्‌भवन अवधि (Incubation Period)—रोग की उद्‌भवन अवधि (Incubation Period) 7 से 14 दिन होती है। इसका अभिप्राय यह है कि रोग के विषाणु द्वारा संक्रमण के 7 से लेकर 14 दिन बाद रोग के लक्षण मिलते हैं।

रोग के लक्षण—रोग की पहली अवस्था में आँखों में लालामी (conjuctivitis) के साथ नाक बहना एवं बगैर बलगम की खाँसी आने जैसे लक्षण मिलते हैं। इसके बाद अकसर रात्रि में लगातार तकलीफदेह खाँसी आती है। रोगी को उल्टियाँ भी होती हैं। यह अवस्था भी लगभग 1 सप्ताह तक रहती है।

रोगी को पूरे 24 घंटे में 40 से 50 बार खाँसी के दौरे आते हैं। इनकी संख्या रात्रि में अधिक होती है।

रोग की जटिलताएँ—व्हूपिंग कफ या कुकर खाँसी कई बार बच्चों के लिए अत्यंत खतरनाक साबित होती है और कई तरह की जटिलताएँ उत्पन्न हो सकती हैं। जैसे कि—

1. आँखों में खून उतरना
2. बच्चों में गुदा (Anus) बाहर निकलना (Prolapse of rectum)
3. झटके (Convulsion) आना
4. श्वास नलिकाओं का गंभीर न्यूमोनिया होना।
5. फेफड़ों की श्वास नलिकाओं का चौड़ी और विकृत (cronchiectasis) होना

रोग की पहचान—प्रयोगशाला में रोग की पहचान की जाती है। आजकल पलोरोसेंट एंटीबॉडी टेस्ट से रोग की पहचान हो जाती है।

रोग का इलाज—चिकित्सक रोग में इरिथोमाइसिन नामक जीवाणुरोधी दवा लिखते हैं। खाँसी के लिए मेथाडोन जैसी दवाएँ दी जाती हैं। अधिक गंभीर रोगी एवं लगातार उल्टियों के लक्षणवाले रोगियों को अस्पताल में भरती करने की जरूरत होती है।

कुकर खाँसी की रोकथाम और नियंत्रण

(अ) रोगी से सावधानियाँ—कुकर खाँसी के रोगी का तुरंत इलाज शुरू करना चाहिए, साथ ही रोगी को एक अलग कमरे में रखना चाहिए ताकि संक्रमण परिवार के

बच्चों और अन्य सदस्यों में न फैले। रोगी के मुँह एवं नाक से निकले स्राव को जीवाणु नाशकों द्वारा संक्रमणविहीन बनाकर कचरे में डालना चाहिए। हमें यह ध्यान रखना चाहिए कि रोगी का जीवाणुरोधक दवाइयों से तुरंत इलाज, रोग को अन्य व्यक्तियों में ज्यादा फैलने से रोकता है।

(ब) टीका—जैसा कि बतलाया गया है, रोग से बचाव के लिए इसका टीका काफी समय से उपलब्ध है और वह प्रयोग भी किया जा रहा है। इसी टीके की वजह से रोग पर नियंत्रण में काफी हद तक मदद मिली है। यह दो तरह से दी जाती है, एक तो डी.पी.टी. के साथ, दूसरा केवल परट्यूसिस टीका होता है, जो सिर्फ कुकर खाँसी में देते हैं।

डी.पी.टी. (डिफ्थीरिया, परदयूसिस और टिटेनस) का टीका शिशु को 2 से 3 महीने के बीच शुरू कर, 6-6 सप्ताह के अंतर से तीन बार इंजेक्शन द्वारा लगाते हैं। फिर इसकी प्रभावी मात्रा डेढ़ से दो वर्ष के बीच लगाई जाती है। इस तरह बच्चे को ताउम्र कुकर खाँसी के संक्रमण से निजात मिल जाती है। मिर्गी के रोगी को यह टीका नहीं दिया जाता है। वैसे आजकल डी.पी.टी. के स्थान पर पेंटावेलेंट टीके का उपयोग होता है।

❑

7

छोटी माता (Chiken Pox)

छोटी माता एक बहुत ही संक्रामक, विषाणु द्वारा उत्पन्न रोग है। यह पूरे विश्व में पाया जानेवाला रोग है, जो एक विषाणु वेरीसेला-जूस्टर (Varicella-Zoster) द्वारा उत्पन्न होता है। भारत जैसे देश में यह संक्रमण अकसर बच्चों में हो जाता है और अंधविश्वासों के चलते, देहातों में लोग इसका इलाज न करवाकर पूजा इत्यादि करवाते हैं, जबकि कभी-कभी रोग की जटिलताएँ भी खतरनाक साबित होती हैं। कई बार रोग किन्हीं क्षेत्र विशेष में एकदम से अधिक बच्चों में फैलता है। यह रोग प्राय: जनवरी से लेकर जून के बीच फैलता है। कभी-कभी बच्चों के अलावा वयस्क भी छोटी माता के शिकार बन जाते हैं। एक बार इस रोग के संक्रमण के पश्चात् दुबारा यह रोग नहीं होता, क्योंकि रोगी के शरीर में रोग के विरुद्ध रोग प्रतिरोधक शक्ति उत्पन्न हो जाती है। छोटी माता के विषाणु को अब मानव हर्पीज वाइरस-3 कहा जाता है 1

रोग फैलने के माध्यम—रोग के विषाणु के स्रोत अथवा भंडार (Reservior) स्वयं छोटी माता से ग्रसित रोगी ही होते हैं। बीमारी के विषाणु रोगी की नाक से निकले स्रावों, गले के खखार एवं रक्त में मौजूद होते हैं, जो रोगी के संपर्क में आने से स्वस्थ बच्चों में पहुँच जाते हैं। रोगी के उपयोग में लाई गई वस्तुएँ भी संक्रमण फैला सकती हैं।

उद्भवन काल (Incbutaion Period)— रोग के लक्षण संक्रमण के पश्चात् 7 से 14 दिनों के मध्य उत्पन्न होते हैं। कभी-कभी यह अवधि 7 से 21 दिन भी हो सकती है।

रोग कब तक यह संक्रमण फैला सकता है—रोग की शुरुआत से एक सप्ताह तक रोगी अन्य स्वस्थ्य बच्चों में संक्रमण फैलाने में सक्षम होता है अर्थात् रोगी के शरीर पर ददोरे निकलने से एक-दो दिन पूर्व से लेकर 4-5 दिन बाद तक रोगी अन्य लोगों में यह बीमारी बाँट सकता है।

उम्र—रोग प्राय: दस वर्ष या इससे कम उम्र के बच्चों में ही होता है, लेकिन कुछ मामलों में किसी भी आयु के व्यक्ति को यह रोग हो सकता है।

रोग की प्रसार विधि—रोग, रोगी के नजदीक बैठने पर छोटे-छोटे विषाणुयुक्त बिंदुक (Droplets) द्वारा प्रसारित होता है। रोगी के पास या सामने बैठने से भी रोग का प्रसार या फैलाव होता है।

रोग के लक्षण—कई रोगियों में बहुत कम संख्या में ददोरे या द्रव से भरी पुटिकाएँ आती हैं और हल्का बुखार रहता है, जबकि बहुत से रोगियों में लक्षण गंभीर रूप धारण कर लेते हैं।

लक्षणों को दो अवस्थाओं में बाँट सकते हैं—

छोटी माता एवं चेचक के दानों में अंतर

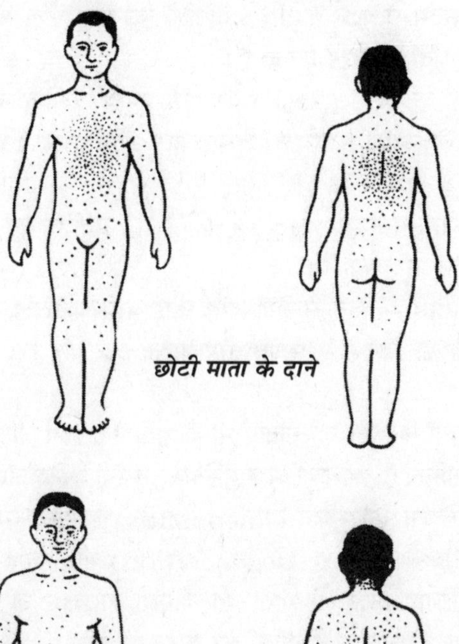

छोटी माता के दाने

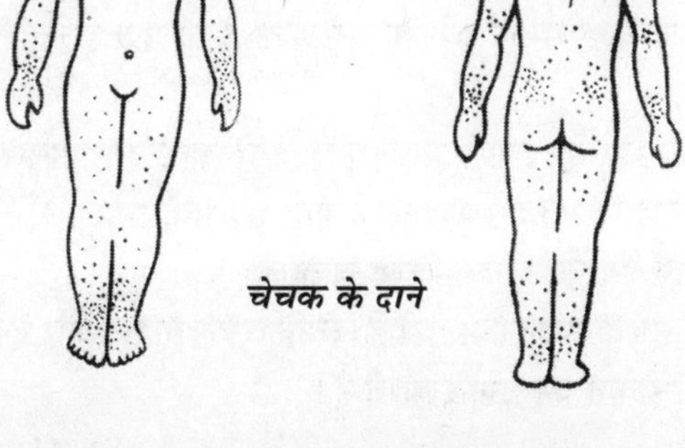

चेचक के दाने

(अ) ददोरे निकलने की पूर्वावस्था—इस अवस्था में रोगी को एकदम बुखार आता है। पीठ-दर्द के साथ कँपकँपी लगती है और कमजोरी महसूस होती है। बच्चों में यह अवस्था 24 घंटे रहती है, जबकि वयस्कों में 2-3 दिनों तक रह सकती है।

(ब) ददोरे या पुटिकाएँ निकलना—बच्चों में ददोरे (Rash) निकलना रोग का प्रथम लक्षण माना जाता है। ददोड़े की विशेषताएँ हैं—

1. ये ददोड़े पहले सीने और पेट पर आते हैं और एक से विन्यास (Symmetrical) में दिखते हैं, धड़ के पश्चात् ये चेहरे पर आते हैं, साथ ही काँख में एवं श्लेष्मा कला पर भी हो सकते हैं, लेकिन हथेली और पैर का निचला हिस्सा अप्रभावित रहता है।
2. ददोड़े एकदम से बढ़ते हैं और 5 दिनों में पूरी तरह फैल जाते हैं। शुरू में ये ओस की बूँदों की तरह दिखते हैं।
3. छोटी माता के ददोड़े (Rash) की एक प्रमुख विशेषता यह है कि ददोड़ों की तीनों अवस्थाएँ **(पेप्यूल, वेसाइकल और कुरट)** एक साथ दिखती हैं।
4. **बुखार**—रोग में बुखार बहुत तेज नहीं होता, परंतु हर बार, ददोड़े निकलते वक्त बुखार आ जाता है।

रोग की जटिलताएँ—बहुत से रोगी बगैर कोई बड़ी जटिलता के ठीक हो जाते हैं। इस रोग से प्रभावित सौ रोगियों में से एक रोगी मरता है अर्थात् इस रोग की मृत्यु दर 1 प्रतिशत है।

लेकिन कुछ रोगियों में गंभीर जटिलताएँ भी हो सकती हैं। इन जटिलताओं में गंभीर न्यूमोनिया, रक्तस्राव शामिल है, साथ ही कुछ मस्तिष्क संबंधी जटिलताएँ भी निर्मित होती हैं। **उदाहरणार्थ**—मस्तिष्क की सूजन (Enephalitis) इत्यादि। रोग में यकृत की कोशिकाओं का विनष्टीकरण (Fatty Degeneration) भी होता है।

यदि गर्भवती महिला को छोटी माता की बीमारी हो जाए तो गर्भस्थ शिशु में जन्मजात विकृतियाँ पैदा हो सकती हैं। शिशु का वजन भी कम हो जाता है। यदि माता को बच्चे को जन्म देने के कुछ समय पूर्व यह रोग होता है तो पैदा होनेवाले शिशु में भी बीमारी हो जाती है।

रोग की पहचान—इसके लक्षण कुछ-कुछ बड़ी माता और खसरा से मिलते-जुलते हैं, लेकिन कुछ लक्षण एकदम स्पष्ट भी होते हैं। प्रयोगशाला में पुटिकाओं के अंदर के द्रव की जाँचकर रोग का निदान किया जाता है।

उपचार—विशेष उपचार उपलब्ध नहीं है। चिकित्सक बुखार और दर्द की दवाओं के साथ जटिलताओं को रोकने का प्रयास करते हैं।

रोग की रोकथाम एवं नियंत्रण—सामान्यतः इस रोग पर नियंत्रण करना पूर्णतः संभव नहीं होता, क्योंकि रोग का टीका भी अभी तक उपयोग में नहीं आ पा रहा है। फिर भी निम्न बातें ध्यान में रखना चाहिए—

1. स्वास्थ्य विभाग को रोगी की शीघ्र सूचना देना।
2. रोगी को अन्य बच्चों और लोगों से एक सप्ताह तक अलग रखना।
3. रोगी द्वारा उपयोग की गई वस्तुओं को सुरक्षित तरीके से अलग करना या उन्हें उबालकर अथवा जीवाणुरोधी घोल द्वारा विसंक्रमित करना।
4. जिन स्थानों पर रोग फैल रहा हो, वहाँ के व्यक्तियों को रोग से बचाव के तरीके बतलाना।

❑

8

गलसुआ (Mums)

(एक साधारण रोग, जो खतरनाक भी हो सकता है)

बच्चों में कुछ रोग अकसर हो जाते हैं। उनमें से एक गलसुआ का रोग है। यह रोग पूरे विश्व में पाया जाता है और रोग अकसर शीत ऋतु में होता है। यह एक विषाणु अथवा वायरस द्वारा उत्पन्न होनेवाली बीमारी है। इस रोग को अकसर साधारण समझा जाता है, लेकिन कभी-कभी इससे कर्णमूल ग्रंथियों की कुछ परेशानियाँ एवं अन्य जटिलताएँ भी उत्पन्न हो जाती हैं।

रोग क्या है—जैसा कि बतलाया गया है, यह एक विषाणुजन्य तीव्र संक्रामक रोग है, जिसमें दोनों कानों के नीचे स्थित कर्णमूल ग्रंथियों (Parotid Glands) में सूजन आ जाती है। इस सूजन को दबाने से दर्द होता है, लेकिन इस सूजन में मवाद नहीं बनती है।

रोग का कारण—रोग पेरा मिक्स विषाणु (Paramix Virus) द्वारा उत्पन्न होता है और यह संक्रमण गलसुआ के एक रोगी से दूसरे रोगी में पहुँचता है। अत: संक्रमण के स्रोत स्वयं गलसुआ के रोगी ही होते हैं। अत: यह एक संचारी रोग है।

यह एक उल्लेखनीय तथ्य है कि गलसुआ के 60 प्रतिशत रोगियों के प्रकट रूप में कोई लक्षण उत्पन्न नहीं होते, लेकिन **उनके शरीर में रोग के विषाणु मौजूद होने के कारण ये रोग फैलाने में सक्षम होते हैं।**

गलसुआ का रोगी लक्षण प्रारंभ होने के 6 दिन पूर्व से लेकर, कर्ण मूल ग्रंथियों की सूजन कम होने तक रोग का प्रसार अन्य रोगियों में कर सकता है, लेकिन रोग की शुरुआत में संक्रामकता अधिक होती है। इसलिए रोगी बच्चों को स्कूल न भेजने की सलाह दी जाती है।

उम्र—यह रोग बच्चों में 5 वर्ष की उम्र से लेकर 15 वर्ष की उम्र तक अधिक होता है और स्त्री-पुरुष समान रूप से प्रभावित होते हैं।

प्रसार विधि—विषाणु रोगी की लार में होते हैं। श्वसन मार्ग से, खाँसी, छींक

या बातचीत के दौरान निकले बिंदुकों (Droplets) द्वारा रोग एक व्यक्ति से दूसरे में फैलता है।

रोग की उद्भवन अवधि (Incubation Period)—शरीर में विषाणुओं के प्रवेश के पश्चात् 2 से 3 सप्ताह के भीतर रोग हो जाता है।

रोग के लक्षण

1. जैसा कि पूर्व में बतलाया गया है कि इस रोग में कर्णमूल ग्रंथियों में मवादरहित सूजन आ जाती है। ग्रंथियों को छूने से दर्द होता है।
2. रोगी पूरा मुँह नहीं खोल पाता। उसे मुँह खोलने में दर्द और कठिनाई होती है।

गलसुआ (Mumps) दोनों जबड़ों के नीचे सूजन स्पष्ट दिख रही है

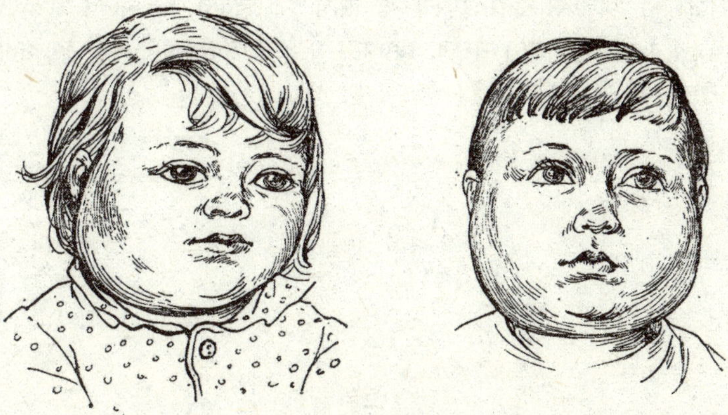

मम्प्स (Mumps)

3. रोगी को ज्वर और सिरदर्द की शिकायतें हो सकती हैं, जो 3 से 5 दिनों तक रह सकती हैं।
4. गलसुआ की सूजन धीरे-धीरे एक से लेकर दो सप्ताहों के मध्य समाप्त हो जाती है।

रोग की जटिलताएँ—रोग की जटिलताएँ कम देखने को मिलती हैं, लेकिन कभी-कभी अंडकोषों में सूजन एवं पेन्क्रियाज ग्रंथि में सूजन आ जाती है। हृदय की दीवारों में भी सूजन (Myocarditis) हो सकती है। मस्तिष्क शोथ (Meningoencephalitis) भी हो सकती है। इस तरह इस साधारण से रोग से गंभीर जटिलताएँ उत्पन्न हो सकती हैं।

इलाज—रोग का इलाज उपलब्ध है। यदि शीघ्र इलाज किया जाए तो रोग की जटिलताओं से बचा जा सकता है।

रोकथाम—मरीजों द्वारा रोग फैलने से रोकना एक कठिन कार्य है, क्योंकि यह अत्यंत संक्रामक रोग तो है ही, साथ ही रोग की पहचान शीघ्र न होने से रोगी अन्य स्वस्थ्य बच्चों में भी रोग बाँटता रहता है। फिर भी **प्रयत्न यह करना चाहिए कि रोगी को अलग रखा जाए।** बीमारी के दौरान उसे स्कूल भी नहीं भेजना चाहिए, साथ ही उसके उपयोग की वस्तुएँ भी अलग रखनी चाहिए।

टीकों द्वारा सुरक्षा—आजकल मम्प्स या गलसुआ से सुरक्षा के लिए प्रभावशाली टीका उपलब्ध है। यह टीका एक साल से ऊपर के बच्चों को दिया जाता है। अभी यह पता नहीं चल सका है कि यह टीका कितने वर्ष तक रोग से सुरक्षा प्रदान करता है।

इस टीके को मीजल्स और रबेला के साथ भी लगाते हैं। मानव प्रतिजन (Immurnoglobulins) द्वारा सुरक्षा, इस रोग में अभी तक स्पष्ट नहीं है। अत: टीकों का इस्तेमाल ही अधिक करते हैं।

❑

9

मस्तिष्क ज्वर (Meningitis)

अपने देश में मस्तिष्क ज्वर जैसी खतरनाक बीमारी अकसर फैलती रहती है। यह रोग संक्रामक होने से कहीं-कहीं सामूहिक रूप से भी फैल जाता है, जिससे लोगों में भय व्याप्त हो जाता है, क्योंकि मस्तिष्क ज्वर की बीमारी का इलाज घर पर संभव नहीं होता और रोगी की जान जाने का खतरा भी बना रहता है, इसलिए इस बीमारी से बचाव के लिए रोग की सम्यक् और सही जानकारी होना आवश्यक है।

रोग का कारण

मस्तिष्क ज्वर कई तरह के होते हैं। अधिकतर मामलों में रोग नाइजीरिया मेनिनजाइटिस नामक जीवाणु से होता है। क्षय रोग के जीवाणु मायकोबेक्टिरियम ट्यूबरकुलोसिस द्वारा होनेवाले मस्तिष्क ज्वर को ट्यूबरकुलर मेनिनजाइटिस कहते हैं, जबकि पहले प्रकार के जीवाणु से फैलनेवाले मस्तिष्क ज्वर को मेनिगोकॉकल मेनिनजाइटिस कहते हैं, पहले प्रकार के जीवाणु से फैकनेवाला मस्तिष्क बुखार अपने यहाँ अकसर फैलता है और आगे इसी रोग के बारे में विस्तार से बतलाया जा रहा है।

मस्तिष्क ज्वर क्या है ?

मनुष्य का मस्तिष्क दुहरी झिल्लियों के ढका रहता है। इन झिल्लियों के बीच द्रव पदार्थ भरा होता है, जिसे प्रमस्तिष्क प्रमेरु द्रव कहते हैं। मस्तिष्क ज्वर की दशा में उक्त झिल्लियों में सूजन आ जाती है और बहुधा संक्रमण भी हो जाता है। रोग की यह खतरनाक स्थिति होती है, लेकिन यदि समय से उचित इलाज मिल जाए तो रोगी को बचाया जा सकता है। संक्रमण की स्थिति में प्रमस्तिष्क प्रमेरु द्रव में मवाद तक बन सकती है।

रोग कैसे फैलता है ?

मस्तिष्क ज्वर मच्छरों से भी हो सकता है, **लेकिन यहाँ जिस रोग के बारे में बतलाया जा रहा है, यह मच्छरों से नहीं होता, लेकिन इसका अभिप्राय यह नहीं कि मच्छरों से बचने की आवश्यक्ता नहीं है।** मच्छरों की रोकथाम तो जरूरी है ही; क्योंकि इनसे अन्य तरह के मस्तिष्क ज्वरों का खतरा होता है। **मस्तिष्क ज्वर के जीवाणु वास्तव में नाक या मुँह के रास्ते से शरीर में प्रवेश करते हैं, इसलिए ऐसा व्यक्ति, जिसके शरीर में ये जीवाणु होते है, जब खाँसता या थूकता है तो वे आसपास की हवा में बिखर जाते हैं और नजदीक के स्वस्थ व्यक्तियों में भी साँस द्वारा प्रवेश कर सकते हैं।** इसके अलावा रोगाणु खाने-पीने के साथ भी शरीर के अंदर पहुँच सकते हैं।

रोग के प्रमुख लक्षण

मस्तिष्क ज्वर में जोरों का सिरदर्द होता है, यहाँ तक कि सिर हिलाने में भी तकलीफ होती है। गरदन में कड़ापन या अकड़न आ जाती है। बुखार के साथ उल्टियाँ भी होती हैं। रोगी अर्धबेहोशी अथवा बेहोशी की दशा में भी आ सक्ता है। छोटे बच्चों को झटके (कनवलसंस) आते हैं। अधिकतर मामलों में शरीर की त्वचा पर फुंसियाँ या चकत्ते भी उभरते हैं। समय पर सही इलाज न होने की दशा में रोगी की मृत्यु हो सकती है। कम समय में ही मस्तिष्क ज्वर गंभीर अवस्था में पहुँच जाता है। इसलिए इसका तुरंत इलाज आवश्यक होता है।

मस्तिष्क ज्वर के लक्षण

लक्षण

- बुखार।
- तेज सिरदर्द।
- अकड़ी हुई गरदन। बच्चा बहुत बीमार दिखाई देता है और जब लेटता है तो उसकी गरदन इस तरह पीछे मुड़ी रहती है।
- कमर भी इतनी ज्यादा अकड़ी होती है कि सिर को घुटनों को बीच नहीं रखा जा सकता।

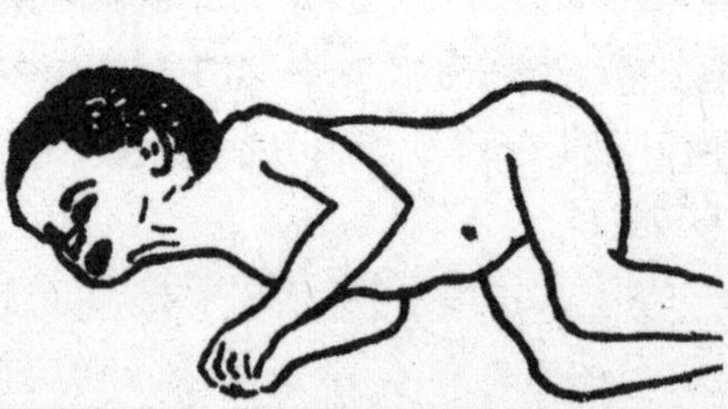

- एक वर्ष से कम आयुवाले

शिशुओं के सिर का कोमल भाग (तालू) ऊपर की ओर उभर आता है।

- प्राय: उल्टियाँ भी होती हैं।
- बच्चा उनींदा (ज्यादा नींद आना) रहता है या चिड़चिड़ा हो जाता है।
- वह कुछ भी खाना-पीना नहीं चाहता।
- कभी-कभी दौरे भी पड़ते हैं। शरीर में अजीब सी हरकतें भी होती हैं।
- बच्चे की हालत काफी खराब होती जाती है और अंत में वह बेहोश हो जाता है।
- तपेदिक-तानिका-शोथ रोग धीरे-धीरे शुरू होता है, कई दिनों या हफ्तों में, लेकिन तानिका-शोथ के दूसरे प्रकार एकाएक यानी कुछ घंटों या दिनों में हो सकते हैं।

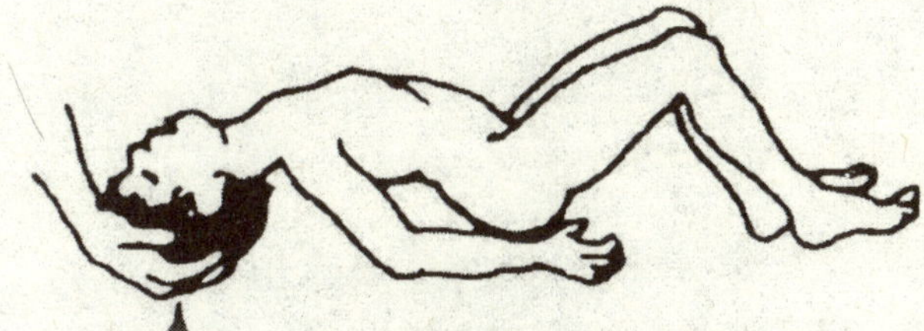

मस्तिष्क बुखार में गरदन इस तरह अकड़ जाती है

रोग का इलाज

मेनिनजियोकॉकल मेनिनजाइटिस का इलाज घर पर सफलतापूर्वक संभव नहीं हो पाता। इसलिए **बेहतर यह होता है कि उपरोक्त लक्षणोंवाले मरीज को शीघ्र ही नजदीक के अस्पताल में भरती करवा दिया जाए।** नीम-हकीमों के चक्कर में पड़ने से देर भी हो सकती है। इस बात को ध्यान में रखा जाना चाहिए। रोग के लिए सल्फा या पेनिसिलीन या सिप्रेफ्लाक्सेसिव जैसी प्रभावी दवाइयाँ हैं। इसके अलावा आजकल सेफेक्सिन और रिफॉम्पिसीन दवाइयाँ भी दी जाती हैं। रोगी के मस्तिष्क के अंदर बढ़े हुए दबाव और सूजन को कम करने के लिए रक्तवाहिकाओं द्वारा मेनीटाल भी पहुँचाया जाता है। रोग की निश्चित पहचान के लिए कुछ विशेष जाँचें, जैसे रीढ़ की हड्डी के पानी की जाँच इत्यादि भी जरूरी होती है, इसलिए इन बातों को दृष्टिगत रखते हुए मरीज को अस्पताल में ही भरती करना उचित और सुविधाजनक रहता है। चूँकि मस्तिष्क ज्वर कई

तरह का होता है अतएव विशेष जाँचें भी की जाती हैं, जैसे रीढ़ की हड्डी से प्रमस्तिष्क द्रव निकाले जाते हैं। सी.बी.सी. करते हैं। सी.टी. स्कैन भी हो सकता है। रोगी अर्ध बेहोश या बेहोश भी होता है अतएव अस्पतालों में ही देखरेख संभव है।

कुपोषण और निम्न जीवन स्तर भी मस्तिष्क ज्वर जैसे रोगों को आमंत्रित करता है

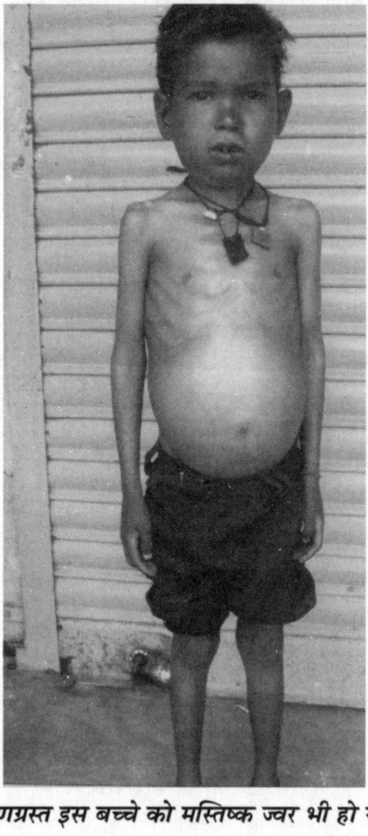

कुपोषणग्रस्त इस बच्चे को मस्तिष्क ज्वर भी हो गया था

बचाव

यद्यपि मस्तिष्क ज्वर कहीं भी, किसी को भी हो सकता है, लेकिन जैसा कि बतलाया गया है कि कभी-कभी यह सामूहिक रूप से भी किन्हीं-किन्हीं क्षेत्रों में फैल जाता है। ऐसे समय इसकी रोकथाम अत्यंत आवश्यक है। चूँकि इस रोग के जीवाणु ग्रासनली अथवा नाक के द्वारा प्रवेश करते हैं, इसलिए रोगी के संपर्क में आए व्यक्तियों को एवं

उसके परिवार के सदस्यों को विशेष सावधानी की आवश्यकता होती है। ऐसे व्यक्तियों को डॉक्टर की सलाह से कम-से-कम पाँच दिनों तक शल्का या सिप्रोक्लाक्सेसिन की उचित मात्रा ले लेनी चाहिए और रोग का टीका भी लगवाना चाहिए। टीके का रोग से बचाव में विशेष महत्त्व है।

इसके अलावा जिस क्षेत्र में मस्तिष्क ज्वर का प्रकोप ज्यादा हो, वहाँ पूरे गाँव या मुहल्ले के लोगों को सल्फा दवाई देनी चाहिए। रोगी को शीघ्र ही अस्पताल में भरती करने से भी एक सीमा तक बीमारी को फैलने से रोका जा सकता है। अस्पताल में रोगी के मस्तिष्क ज्वर के प्रकार की भी सही पहचान हो जाती है। रोगी के खाने-पीने के बरतन अलग रखें एवं संभव हो तो रोगी खाँसते अथवा बात करते समय मुँह के सामने रूमाल रखे। स्वास्थ्य विभाग के अलावा जन-सामान्य भी रोग को फैलने से रोकने में मदद कर सकता है। जब भी कहीं किसी को उपरोक्त लक्षणों से युक्त रोगी दिखे तो तुरंत शासकीय अस्पताल में इसकी सूचना दें ताकि प्रभावी काररवाई की जा सके। रोग के अनावश्यक रूप से भयाक्रांत होने की भी आवश्यकता नहीं है।

❑

10

जापानी मस्तिष्क शोथ

(Japanese Encephalitis)

अत्यंत खतरनाक रोग

यह एक मच्छर द्वारा उत्पन्न खतरनाक रोग है, जो क्यलेक्स ट्राइरिनोटिंकस नामक मच्छर द्वारा फैलाया जाता है और रोग का कारण होता है **बी–अर्बोवाइरस।** वास्तव में यह जानवरों और पक्षियों को होनेवाली बीमारी है, जो कभी–कभी मनुष्यों में होती है।

इस रोग से विश्व में लगभग 45 हजार लोग ग्रसित होते हैं और लगभग 11 हजार मृत्यु जापानी मस्तिष्क ज्वर द्वारा होती हैं। लगभग 85 प्रतिशत बच्चे, जिनकी उम्र 15 वर्ष या इससे नीचे होती है, इस रोग से प्रभावित होते हैं। 10 प्रतिशत 60 वर्ष से ऊपर के वृद्धों में यह रोग होता है। भले इसका नाम 'जापानी मस्तिष्क शोथ' है, परंतु यह भारत में भी होता है। तराई इलाकों में, जैसे गोरखपुर आदि में अकसर इस रोग के मामले पाए जाते हैं।

भारत में समस्या

जैसा कि कहा कि है यह रोग भारत में भी होता है। सन् 1955 में तमिलनाडु में रोग का सर्वे किया गया था। सन् 1999 में इस रोग के 3428 रोगी पाए गए थे। इनमें से 507 रोगियों की मृत्यु हुई। सन् 2003 में 2241 रोगी पाए गए और इनसे 670 रोगियों की मौतें हुईं। इनमें विशेष रूप से आसाम, आंध्रप्रदेश, बिहार, कर्नाटक, हरियाणा, महाराष्ट्र, तमिलनाडु और उत्तर प्रदेश जापानी मस्तिष्क शोथ से प्रभावित हुए। दक्षिण भारत में सिंचित धान के खेतों में रोग को फैलानेवाले मच्छर अंडे देते हैं। अतएव जापानी मस्तिष्क शोथ इन क्षेत्रों में ज्यादा पाया जाता है।

रोग कैसे होता है ?

जब क्यूलेक्स प्रजाति के मच्छर, रोग से ग्रसित सूअर अथवा जँगली पक्षियों का

रक्त चूसते हैं तो रोग के वायरस मच्छर में पहुँच जाते हैं और जब ये मच्छर किसी स्वस्थ व्यक्तियों को काटते हैं तो उसके रक्त में रोग के वायरस पहुँच जाते हैं। सक्रमण के शिकार व्यक्ति में रोग के लक्षण 5 से 15 दिनों के बीच मिलते हैं। यह बीच का वक्त 'इंक्युबेशन पीरियड या उद्भवन काल' कहलाता है।

यह बात आश्चर्यजनक है कि वायरसयुक्त मच्छरों द्वारा काटे गए सभी व्यक्तियों में रोग नहीं होता, बल्कि कुछ रोगियों में रोग के लक्षण उत्पन्न होते हैं। ऐसा इस रोग के वाइरस के प्रति शरीर में रोग प्रतिरोधक क्षमता उत्पन्न होने के कारण होता है।

विषाणु का जीवन चक्र

जापानी मस्तिष्क शोथ का विषाणु, जैसाकि पूर्व में बतलाया गया है कि मानव शरीर में पहुँचने के पहले सूअर में रहता है। फिर वह मच्छर में पहुँचता है, इसके बाद पुनः सूअर में चला जाता है। इसी तरह यह विषाणु जँगली पक्षियों में भी मौजूद होता है, जो क्यलेक्स मच्छरों द्वारा मनुष्यों में तथा फिर जँगली पक्षियों में चला जाता है।

जापानी मस्तिष्क शोथ की अवस्थाएँ एवं लक्षण

रोग की तीन अवस्थाएँ होती हैं—

1. मच्छर द्वारा रक्त में विषाणु पहुँचने के बाद बदन दर्द, सिरदर्द, थकान एवं बुखार आता है। अकसर इस अवस्था में रोग की पहचान नहीं हो पाती, क्योंकि ये लक्षण प्रायः सभी तरह के बुखारों में पाए जाते हैं।
2. रोग की दूसरी अवस्था में बहुत तेज बुखार के साथ गरदन में कड़ापन, झटके आना (convulsion), बेहोशी या मतिभ्रम और पक्षाघात तक हो सकता है। इसके अलावा रोगी गहरी बेहोशी (coma) में जा सकता है।
3. रोग की तीसरी अवस्था में बुखार चला जाता है। मस्तिष्क की सूजन भी कम हो जाती है। रोगी की स्थिति बहुत कुछ सुधर जाती है, लेकिन मस्तिष्क संबंधी गड़बड़ी, जैसे लकवा, स्थायी रूप से रह सकता है।

रोग का इलाज

यह बहुत ही खतरनाक बीमारी है, जिसमें लगभग 40 प्रतिशत रोगियों की मृत्यु 1 से 9 दिनों के मध्य हो जाती है। अतः रोग का तुरंत इलाज जरूरी है और यह इलाज घर पर संभव नहीं हो पाता। इसलिए रोगी को मस्तिष्क शोथ के लक्षण मिलने पर तुरंत अस्पताल में भरती करना चाहिए। वहीं इसका आधुनिक इलाज उपलब्ध होता है।

यदि शीघ्र ही इस रोग की पहचान हो जाए तथा सही इलाज उपलब्ध हो जाए तो रोगी को बचाया जा सकता है। वैसे प्रयास यह होना चाहिए कि रोग को फैलानेवाले मच्छरों से हमेशा बचा जाए, ताकि यह खतरनाक बीमारी हो ही न।

रोग से बचाव एवं नियंत्रण के उपाय

(अ) मच्छरों पर नियंत्रण

मच्छरों पर नियंत्रण सरल कार्य नहीं है। यदि यह इतना ही आसान होता तो मच्छरों द्वारा उत्पन्न सभी रोगों का नामोनिशान मिटाना संभव हो जाता।

क्यूलेक्स मच्छर जहाँ उत्पन्न होते हैं, वहाँ मेलाथिआन नामक कीटनाशक का छिड़काव मच्छरों की पैदाइश पर रोक लगाता है, विशेषकर जिस घर या गाँव में इस रोग के मामले पाए गए, तो वहाँ छिड़काव अवश्य करवाना चाहिए।

घरों की खिड़कियों तथा रोशनदानों में मच्छरवाली जालियाँ लगवाएँ तथा सोते समय मच्छरदानी का प्रयोग करें। मच्छरदानियाँ भी मच्छरजनित रोगों की रोकथाम में काफी प्रभावी पाई गई हैं।

(ब) टीका

जिस गाँव-शहर में रोग फैले, वहाँ सभी लोगों को **इसका टीका लगवाना चाहिए।** इस रोग का टीका त्वचा में 7 से 14 दिनों के अंतर से दो बार लगाया जाता है। इसकी प्रभावी मात्रा (Boster dose) भी दो-तीन महीने पश्चात् लगवानी चाहिए। **यह टीका तीन वर्ष तक सुरक्षा प्रदान करता है।** इसके पश्चात् इसे पुनः लगवाया जा सकता है।

❑

11

डेंगू (Dengue)

अब फिर से खतरनाक जानलेवा बुखार डेंगू ने देश-प्रदेशों में पाँव प्रसार लिये हैं। प्राय: हर वर्ष बहुत से मौतों का कारण यह बुखार बनता है। भारत जैसे ऊष्ण कटिबंधीय देशों में इस रोग की संभावनाएँ मौजूद भी हैं। सन् 1978 में दुनिया के 56 देशों से डेंगू और खूनी डेंगू के बारह लाख रोगियों का पता चला था। विश्व स्वास्थ्य संगठन के अनुसार इस रोग से विश्व में प्रतिवर्ष 5 करोड़ व्यक्ति संक्रमित होते हैं। इनमें 5 लाख रोगी खूनी (हेमरेजिक) डेंगू के होते हैं तथा प्रतिवर्ष रोग से 12,000 मौतें होती हैं, जिनमें अधिकतर बच्चे होते हैं। दक्षिण-पूर्व एशिया में बाँग्लादेश, भारत, श्रीलंका, थाईलैंड, म्यांमार, इंडोनेशिया प्रमुख रूप से डेंगू से प्रभावित देश हैं। डेंगू यहाँ दस्त और न्यूमोनिया जैसी बीमारियों के बाद बच्चों के अस्पतालों में भरती होने और उनकी मौतों का दूसरा बड़ा कारण है।

यह रोग उन बड़े शहरों में अधिक फैलता है, जहाँ आबादी में अनियंत्रित वृद्धि होती है और पानी इत्यादि के निकास की सही व्यवस्था नहीं बन पाती है।

क्या है यह डेंगू—डेंगू एडीज इजिप्टी मच्छरों के काटने से होनेवाला बुखार है। डेंगू बुखार एक विषाणुजन्य खतरनाक बीमारी है। यदि इसका तुरंत इलाज न किया जाए तो रोगी की जान जा सकती है। डेंगू रोग में जब बुखार के साथ शरीर के उभरे चकत्तों से खून रिसता है तो इसे खूनी डेंगू बुखार भी कहा जाता है। यह मच्छरजनित प्रमुख 6 रोगों में से एक है।

डेंगू गरम जलवायुवाले पिछड़े देशों में अधिक होता है, जैसा कि बतलाया गया है, भारत भी इस रोग से अछूता नहीं है। यह देश में जब-तब फैलता रहता है। रोग शहरी क्षेत्रों में अधिकतर पाया गया है।

रोग का कारण—मच्छरों से 5 तरह के रोग—मलेरिया, डेंगू, फायलेरिया चिकुनगुनिया और जापानी मस्तिष्क शोथ फैलते हैं और डेंगू रोग का कारण बैक्टीरिया से भी छोटे रोगाणु, वायरस अथवा विषाणु चार विभिन्न प्रकार के होते हैं। विषाणु मच्छरों

द्वारा मानव शरीर में पहुँचते हैं, विशेष तौर पर एडीज इजिप्टी नामक मच्छरों की प्रजाति डेंगू ज्वर फैलाने के लिए उत्तरदायी हैं। (यह प्रजाति चिकुनगुनिया फैलाने के लिए भी उत्तरदायी है।) यह ऐसे मच्छर के काटने पर होता है, जिसमें रिजर्वायर के रूप में डेंगू के फ्लेवी वाइरस होते हैं। रोगी स्वयं भी डेंगू के विषाणुओं का संग्राहक (रिजर्वायर) होता है। वाइरस चार प्रकार (डी.ई एन.—1, 2, 8, 4) के होते हैं।

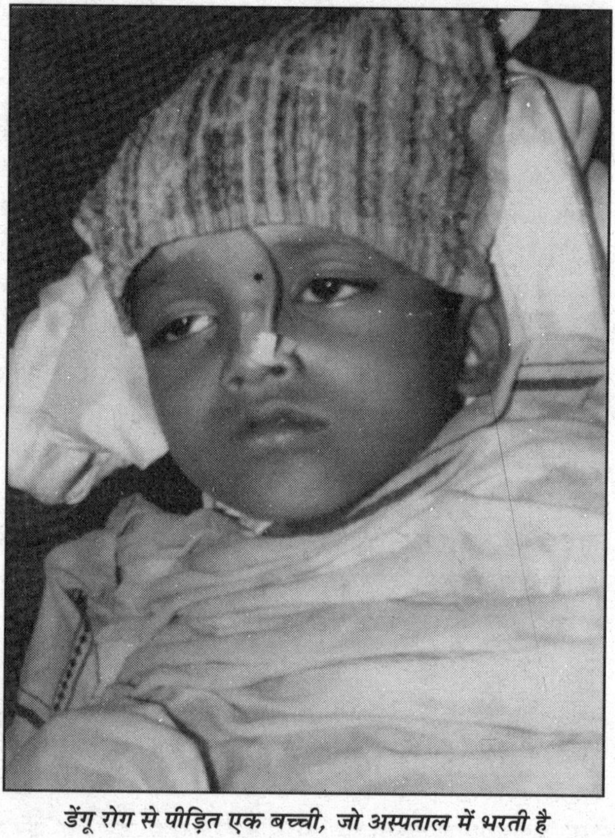

डेंगू रोग से पीड़ित एक बच्ची, जो अस्पताल में भरती है

बीमारी का प्रकोप और लक्षण—मच्छरों के काटने के पश्चात् लक्षण आने में 9 से 10 दिन का समय लगता है। बीमारी की गंभीरता विभिन्न रोगियों में अलग-अलग तरह की होती है। कुछ मरीजों में रोग 7 से 10 दिनों के अंदर अत्यंत गंभीर स्थिति में पहुँच जाता है, जबकि कई मरीजों में रोग मामूली अवधि तक सीमित रहता है। शुरू के दो दिनों तक अधिक सिरदर्द व कमजोरी रहती है। शरीर में तो दर्द होता ही है, लेकिन पीठ, कमर

और जोड़ों में अधिक दर्द होता है। **आँखों के चारों ओर की हड्डियों और पेशियों में भी तेज दर्द होता है,** यहाँ तक कि नजर इधर-उधर चलाने में भी कष्ट होता है। आँखें लाल दिखती हैं। इस स्थिति में प्रकाश असहनीय लगता है। आँखों से आँसू निकलते हैं। उल्टी की इच्छा होती है। भूख और नींद चली जाती है और मरीज उदासीन अथवा डिप्रेस्ड हो जाता है। दूसरे तीसरे दिन लक्षण अस्थायी रूप से चले जाते हैं, फिर एक-दो दिन पश्चात् पुन: उपर्युक्त लक्षण तेज बुखार के साथ दिखते हैं। डेंगू ज्वर में गरदन के दोनों ओर की लसिका ग्रंथियों का आकार भी बढ़ जाता है। शरीर पर लाल ददोड़े सा या चकत्ते भी उभरते हैं। शुरू में ये चकत्ते दोनों हाथों के पृष्ठ भाग और दोनों पैरों पर आते हैं, फिर भुजाओं, जंघाओं तथा सीने पर और पीठ पर फैल जाते हैं, जबकि चिकुनगुनिया में चकत्तों की संख्या कम होती है।

खूनी डेंगू—खूनी प्रकार का डेंगू बुखार दक्षिण-पूर्व एशिया में ही अधिकतर होता है, बाकी क्षेत्रों में यह अपवादस्वरूप ही पाया जाता है। इसमें बुखार आने के तीसरे अथवा चौथे दिन शरीर पर उभरे चकत्तों से खून जा सकता है। खून बहने के कारण रोगी के शरीर में रक्त की कमी हो जाती है और ऐसे रोगी की मृत्यु शरीर की रक्त संचार व्यवस्था में अवरोध के कारण शॉक-सदमे से हो जाती है। इलाज के बावजूद इस तरह के लक्षणोंवाले 10 प्रतिशत रोगी अपनी जान गँवा बैठते हैं। कुछ मामलों में रोगी की नाक से और टट्टी के रास्ते से भी खून जाता है। चूँकि रोगी के रक्त में प्लेटलेट्स की अत्यंत कमी हो जाती है, इसलिए खून जम नहीं पाता और वह कहीं से भी बहने लगता है।

रोग की पहचान—रोग की पहचान ऊपर बतलाए विशेष लक्षणों द्वारा तो हो ही जाती है, लेकिन रोग की मामूली दशा में चिकित्सक रोग की पहचान अन्य विषाणुजन्य बुखारों के रूप में भी कर सकते हैं।

कई बार डेंगू की गंभीर अवस्था को कुछ चिकित्सक यलो फीवर भी समझ लेते हैं, लेकिन पेशाब की जाँच से सही निदान हो जाता है। खून की जाँच में एंटीबाडीज का माप बढ़ जाता है, क्योंकि डेंगू रोग के विषाणु खून में भी होते हैं, इसलिए खून की जाँच भी की जा सकती है। रक्त जमानेवाली प्लेटलेट्स की संख्या कम हो जाती। मेडिकल कॉलेजों में डेंगू की एलाइचा जाँच की सुविधा है। आजकल जिला चिकित्सालय और निजी पैथोलॉजी में भी रेपिड किट द्वारा जाँच की सुविधा है।

डेंगू बुखार का इलाज—वैसे डेंगू ज्वर का कोई विशेष इलाज उपलब्ध नहीं है। दर्द निवारक दवाएँ जैसे डाइक्लोफेनिक अथवा पेरासेटामाल से मरीज के शरीर का दर्द कम किया जाता है। खून बहने के कारण रक्त की कमी को रक्ताधान ब्लड ट्रांसफ्यूजन द्वारा पूरी करते हैं (कई बार प्लेटलेट्स भी चढ़ाते हैं) खूनी प्रकार के डेंगू में कार्टिकोस्टेराइड्स दवाओं का भी उपयोग किया जाता है, लेकिन यह सब अनुभवी

चिकित्सक के परामर्शानुसार करते हैं। वैसे डेंगू के लक्षण मिलने पर तुरंत चिकित्सक को दिखलाना चाहिए। उसकी सलाह से रोगी को अस्पताल में भरती करना चाहिए, क्योंकि लापरवाही डेंगू रोगी के लिए खतरनाक सिद्ध हो सकती है। इस बुखार में एस्प्रिन नहीं देना चाहिए, नहीं तो खून रिसना बढ़ सकता है।

रोग पर नियंत्रण और उससे बचाव—जैसा कि कहा गया है कि रोग के इलाज से उसका बचाव बेहतर होता है। यह बात डेंगू बुखार के लिए सटीक है। चूँकि इसका इलाज पर्याप्त रूप से उपलब्ध नहीं है, अतः बचाव पर ही ध्यान केंद्रित करना जरूरी है।

डेंगू से बचने के लिए एडीज मच्छरों से बचना जरूरी है। रुके हुए पानी, यहाँ तक कि कूलरों की टंकियों के पानी को अलग कर देना चाहिए, साथ ही गंदगी और गड्ढों के पानी एवं कीचड़ इत्यादि को भी सही निस्तारित कर देना चाहिए ताकि इनमें मच्छरों की पैदाइश को रोका जा सके। रोगी भी इस विषाणु का रिजर्वायर (संग्राहक) होता है, अतः उसे अलग मच्छरदानी में रखना चाहिए **ताकि उसे मच्छर काटकर रोग न फैलाएँ।**

आजकल मच्छरों के लार्वा खानेवाली मछलियाँ (गंबूसिया)हैं, जिनको यदि घर में या पास में पानी हो तो उसमें छोड़ देना चाहिए। इससे भी मच्छरों पर रोक लगाई जा सकती है। कीटनाशकों का छिड़काव और फांगिग भी मच्छरों पर नियंत्रण रखती है।

पानी में मच्छरों के लार्वा को नष्ट करने के लिए आर्गेनोफास्फोरस कीटनाशकों जैसे अबेट का प्रयोग करते हैं। इससे तीन महीने तक पानी में लार्वा उत्पन्न नहीं होते। कीटनाशक को रेत में मिलाकर उपयोग में लाते हैं। घरों में मच्छरवाली जालियाँ लगवाएँ, फुलपैंट, फुल शर्ट पहनें एवं मोजों का भी उपयोग करें। यहाँ यह बात उल्लेखनीय है कि डेंगू बुखार उत्पन्न करनेवाले मच्छरों की प्रजाति **स्वच्छ, लेकिन रुके और खुले पानी में भी पनप सकती है। यहाँ तक कि मच्छरों के लार्वा मनीप्लांट के पॉट में भी उत्पन्न हो सकते हैं।**

मच्छरों की पैदाइश को इन तरीकों से रोका जा सकता है

1 

2 

3 

याद रखें डेंगू के मच्छर स्वच्छ पानी में पनपते हैं। यहाँ तक कि मनीप्लांट के लिए रखे गए पानी से भरे गुलदस्ते में भी ये पनप जाते हैं।

- सप्ताह में एक बार अपने टीन, बाल्टी, डिब्बा आदि का पानी खाली कर और दुबारा इस्तेमाल से पहले उन्हें अच्छी तरह से सुखाएँ (चित्र क्र. 1)
- छत पर रखी पानी की टंकी को ढाँपकर रखें, ताकि मच्छर अंदर घुसकर अंडे न दें सकें (चित्र क्र. 2)
- सप्ताह में एक बार अपने कूलर का पानी खाली कर दें और फिर सुखाकर ही पानी भरें (चित्र क्र. 3)
- खाली बर्तन, टीन आदि में वर्षा का पानी जमा न होने दें।

डेंगू के प्रकोपवाले स्थानों में मच्छरों से बचाव के लिए बहुत ही कम आयतन में (अल्ट्रा लो वाल्यूम—यू.एल.व्ही.) मेलाथियान का ऐरोसाल छिड़काव करते हैं (250 मि.ली. प्रति हेक्टेयर)। इस कीटनाशक की हवा में तैरती छोटी-छोटी बूँदें मच्छरों को नष्ट कर देती हैं। इसी तरह पानी में भी यह छिड़काव मच्छरों को नष्ट करने में सक्षम होता है। दस दिनों के अंतर से पुनः यह छिड़काव करने से मच्छरों पर काफी हद तक नियंत्रण पा लिया जाता है। यह तथ्य एडीज रिसर्च सेंटर, बैंकॉक के प्रयोगों द्वारा ज्ञात हुआ है। इसके अलावा दवायुक्त मच्छरदानियाँ ज्यादा प्रभावी साबित हुई हैं। मच्छर न काटें, इसके लिए लोगों को मच्छरदानियों एवं मच्छर भगानेवाले अन्य साधनों का भी प्रयोग करना चाहिए। धुँएवाली अगरबत्तियों इत्यादि का प्रयोग करें। घरों में मच्छरवाली जालियाँ लगवाएँ।

रोग का टीका—जहाँ तक रोग के टीके का प्रश्न है तो अभी तक ऐसा कोई संतोषजनक परिणाम देनेवाला डेंगू का टीका विकसित नहीं हो पाया है। हाँ, प्रयोग चल रहे हैं और वैज्ञानिक इसके प्रति आशान्वित भी हैं।

स्थायी निदान कैसे हो ?—प्रायः हर वर्ष हमारे यहाँ एक अदना से एडीज इजिप्टी मच्छर से फैलनेवाले ये विषाणुजन्य बुखार लगभग **पूरे देश को दहशत में ले लेते हैं।** प्रश्न यह है कि पश्चिमी देशों में ये बीमारियाँ शायद ही कभी होती हैं। वहाँ इतिहास बन चुके ये रोग जब-तब भारत जैसे विकासशील देशों में कहर क्यों मचा देते हैं, तो क्या इसके लिए केवल उष्ण कटिबंधीय जलवायु ही उत्तरदायी है ? इसका उत्तर हाँ में तो दिया जा सकता है, लेकिन कुछ दूसरे कारण भी मच्छरों के पनपने के लिए उत्तरदायी हैं, जैसे जल और गंदगी के निकास की सुरक्षित व्यवस्था का हमारे गाँव और शहरों में अभाव। इसके लिए हमारे नगरीय निकाय तो उत्तरदायी हैं ही, साथ ही लोगों में रहन-सहन के उचित तरीकों और सार्वजनिक हित की सोच का अभाव भी कम दोषी नहीं है। स्वास्थ्य सेवाओं की कुछ कमियों को भी उत्तरदायी माना जा सकता है, लेकिन **मच्छरों के पनपने पर अंकुश बगैर नगरीय निकायों और अन्य विभागों के सहयोग से संभव**

नहीं है। यहाँ यह भी हुआ है कि शुरू से मलेरिया विभाग को उतना महत्त्वपूर्ण नहीं माना गया, जितना उसे मानना चाहिए, परिणामत: यह विभाग उतना सक्षम और साधन संपन्न नहीं बन सका, जितनी आज आवश्यकता है।

इस विभाग में अनुभवी चिकित्सकों और विशेषज्ञों को भी लिया जाना चाहिए, साथ ही फील्ड वर्कर्स भी बढ़ाने चाहिए एवं अनियंत्रित आबादी और टाउन प्लानिंग पर भी ध्यान देना होगा। इसके लिए नगरीय प्रशासन को उत्तरदायित्व देना चाहिए। तभी इन रोगों पर प्रभावी नियंत्रण हो सकेगा।

❑

12

मलेरिया और उसकी रोकथाम

(Malarial Fever)

(मलेरिया)

वर्तमान में विश्व के 100 देश मलेरिया प्रभावित हैं और लगभग 3 से 5 अरब (500 करोड़) मलेरिया के रोगियों का प्रतिवर्ष पता चलता है। इनमें से 90 प्रतिशत अफ्रीकी देशों के होते हैं और **मलेरिया से 11 लाख से 27 लाख रोगी प्रतिवर्ष मरते हैं**। अफ्रीका में तो 5 वर्ष के नीचे के बच्चों की होनेवाली कुल मौतों में 25 प्रतिशत मौतों का कारण मलेरिया ही होता है। इस तरह मलेरिया जैसा रोग भी एक बड़ी स्वास्थ्य समस्या बना हुआ है और जिस पर आज भी प्रभावी तरीके से नियंत्रण नहीं हो सका है।

भारत में रोग की स्थिति

भारत में मलेरिया के नियंत्रण के लिए 1977 में एक नई योजना लागू होने से सन् 1976 में रोगियों की संख्या लगभग 70 लाख से घटकर सन् 1984 में लगभग 20 लाख रह गई और 1997 से यह देखा गया कि यह संख्या क्रमश: और भी घट रही है।

सन् 2003 के दौरान सोलह लाख पचास हजार मामलों की सूचना मिली और 943 मृत्यु मलेरिया से हुई, लेकिन मलेरिया उत्तर-पूर्वी राज्यों में अभी भी एक गंभीर समस्या बना हुआ है और क्लोरोक्विन जैसी दवा का पी.फेल्सीपारम नामक मलेरिया रोग पर कोई असर शेष नहीं बचा है, उत्तर-पूर्वी क्षेत्रों के ये राज्य हैं—अरुणाचल, त्रिपुरा, तथा मेघालय।

इनके अलावा अधिकतर मलेरिया रोग से ग्रस्त होनेवाले प्रदेश हैं—आंध्र प्रदेश, छत्तीसगढ़, गुजरात, झारखंड, मध्य प्रदेश, महाराष्ट्र, उड़ीसा और राजस्थान। इन राज्यों की चार करोड़ चालीस लाख आदिवासी क्षेत्रों की जनसंख्या में पूरे देश के कुल फेल्सी फारम मलेरिया के **50 प्रतिशत मामले पाए जाते** हैं?

मलेरिया क्या है ?

मलेरिया एक कोशीय प्राणी प्लाजमोडियम द्वारा मादा एनाफिलीज मच्छर के माध्यम से फैलनेवाला रोग है, जिसमें ठंड लगकर तेज बुखार आता है, लेकिन ये लक्षण रोग फैलानेवाले प्लाजमोडियम के प्रकार के अनुसार बदल भी सकते हैं, कई मामलों में बुखार एक दिन छोड़कर आता है (आँतरे रोज)। रोग के लक्षणों का विस्तृत वर्णन आगे किया जाएगा।

रोग का इतिहास

सन् 1880 अर्थात् लगभग सवा सौ वर्ष पूर्व वैज्ञानिक चार्ल्स लेवरन ने अल्जीरिया में इस बात की खोज की कि मलेरिया के परजीवी मनुष्य की लाल रक्त कोशिकाओं में मौजूद होते हैं। इन्हें सूक्ष्मदर्शी यंत्र द्वारा देखा जा सकता है। फिर इसके पश्चात् सर गेनाल्ड रोज ने **भारत के सिकंदराबाद नगर में इस तथ्य का पता लगाया कि मलेरिया परजीवी मच्छरों द्वारा एक व्यक्ति से दूसरे व्यक्ति में पहुँचते हैं** और 1948 में इस बात की खोज हुई कि यह सभी प्रजातियों द्वारा नहीं फैलाया जाता, बल्कि मादा इनाफिलीज इसके लिए जिम्मेदार होती हैं।

मलेरिया रोग कैसे फैलता है ?

मलेरिया रोग का जीवाणु प्लाजमोडियम प्रमुख रूप से दो प्रकार का होता है, एक प्लाजमोडियम वाइवेक्स और दूसरा प्लाजमोडियम फैल्सीपारम। ये रोगाणु परजीवी होते हैं अर्थात् ये अपना पोषण मनुष्य के रक्त से ग्रहण करते हैं। इनका जीवन चक्र का कुछ हिस्सा मनुष्य के रक्त में तथा शेष भाग मच्छर के शरीर में बीतता है।

जब मादा एनाफिलीज मच्छर मलेरिया से ग्रस्त रोगी का रक्त चूसती है तो खून के साथ बहुत से मलेरिया रोग के परजीवी मच्छर के पेट में पहुँच जाते हैं और कुछ दिनों में यह मच्छर जब किसी स्वस्थ मनुष्य को काटता है तो मलेरिया के परजीवी लार द्वारा उसके रक्त में प्रवेश कर जाते हैं और अपनी संख्या बढ़ाते रहते हैं।

लक्षण

मनुष्य के शरीर में मलेरिया रोग के जीवाणुओं के प्रवेश के बाद 14 से 21 दिन के अंदर उसे मलेरिया ज्वर आता है। जब परजीवी रक्त कोशिकाओं को तोड़कर बाहर निकलते हैं तो रोगी को कँपकँपी या ठंड महसूस होती है। तेज बुखार के पश्चात् पसीना तथा रोगी कमजोरी महसूस करता है, बाद में उसे गरमी भी लगती है।

आजकल मलेरिया संक्रमण में किताबों में वर्णित पुराने लक्षण कई मामलों में नहीं मिलते। उदाहरणार्थ ठंड लगकर बुखार न आकर केवल बदन दर्द या सिरदर्द होता है और जाँच करने पर मलेरिया पाया जाता है। मलेरिया बुखार कई बार एक दिन छोड़कर एक दिन आता है। अफ्रीकी देशों एवं भारत में बच्चों में खून की कमी एक बड़ा कारण मलेरिया रोग भी है।

पुराने रोग में रोगी की तिल्ली बढ़ जाती है तथा उसमें खून की कमी भी हो जाती है। अतः मलेरिया रोग साधारण न मानते हुए, लक्षण मिलने पर तुरंत दिखलाकर दवा लें।

मलेरिया रोग की पहचान

रोग की पहचान चिकित्सक लक्षणों के आधार पर करने के अलावा इसके लिए रक्त पट्टिका (Slide) बनवाकर पैथोलॉजी विशेषज्ञ से सूक्ष्मदर्शी जाँच भी करवाते हैं। इसमें दोनों प्रकार के जीवाणुओं (वाइवेक्स एवं फेल्सीपारम) का पता चल जाता है।

आजकल एक नई जाँच पद्धति भी उपलब्ध है, जिसमें फेल्मीपारम या वाइवेक्स प्रजाति का पता एक स्ट्रिप या कार्ड पर रोगी का रक्त डालकर, चल जाता है। इसमें समय भी कम लगता है, लेकिन यह जाँच कुछ महँगी होती है, वैसे मलेरिया की शंका होने पर रोगी की रक्त पट्टिका तो बनवा ही लेनी चाहिए।

गंदगी और रुके हुए पानी में मच्छर उत्पन्न होते हैं

मच्छर मलेरिया के अलवा कई अन्य खतरनाक रोगों, जैसे डेंगू, जापानी मस्तिष्क ज्वर, फायलेरिया और चिकुनगुनिया के भी जनक हैं। अतः मच्छरों की उत्पत्ति पर नियंत्रण आवश्यक है।

मलेरिया का उपचार

- बुखार के रोगी की रक्त पट्टी की जाँच में मलेरिया पाए जाने पर मौलिक उपचार (रेडिकल ट्रीटमेंट) अवश्त लें। इससे बुखार जड़ से ठीक हो जाता है।
- गर्भवती माता के रक्त की जाँच में मलेरिया पाए जाने पर अनुमानिक उपचार के पश्चात् प्रति सप्ताह दो क्लोरोक्वीन की गोली प्रसव पूर्ण होने तक एवं प्रसव पूर्ण होने के 45 दिन बाद मौलिक उपचार डॉक्टर की सलाह से लेना है।

मौलिक उपचार (रेडिकल ट्रीटमेंट

आयु वर्ग	क्लोरोक्वीन (150 मि.ग्रा. की 1 गोली होती है) सिर्फ पहले दिन गोली की मात्रा	वाइवेक्स प्रकार के मलेरिया में पाँच दिन तक प्रतिदिन ली जाने वाली प्राइमाक्वीन गोली की मात्रा	फैल्सीपेरम प्रकार के मलेरिया में सिर्फ एक दिन ली जाने वाली प्राइमाक्वीन गोली की मात्रा
0 से 1 साल	1/2 गोली	निरंक	निरंक
1 से 4 साल	1 गोली	2.5 मि.ग्रा. की 1 गोली	7.5 मि.ग्रा. की 1 गोली
4 से 8 साल	2 गोली	2.5 मि.ग्रा. की 2 गोली	7.5 मि.ग्रा. की 2 गोली
8 से 14 साल	3 गोली	1 गोली 7.5 मि.ग्रा. व 1 गोली 2.5 मि.ग्रा.	7.5 मि.ग्रा. की 4 गोली
14 साल से ऊपर	4 गोली	2 गोली 7.5 मि.ग्रा.	7.5 मि.ग्रा. की 6 गोली

रक्त की जाँच में मलेरिया पाए जाने पर मौलिक उपचार (रेडिकल ट्रीटमेंट) हेतु ली जानेवाली दवाई की खुराक।

दवा वितरण केंद्र (डी.डी.सी.) द्वारा दिया जानेवाला अनुमानिक उपचार

आयु वर्ग	क्लोरोक्वीन फास्फेट (150 मि.ग्रा. की एक गोली)	
	मात्रा मि.ग्रा. में	गोली की मात्रा
0 से 1 साल	75 मि.ग्रा.	1/2 (आधी गोली पीसकर)
1 से 4 साल	150 मि.ग्रा.	1 गोली (एक गोली पीसकर)
4 से 8 साल	300 मि.ग्रा.	2 गोली (पानी से)
8 से 14 साल	450 मि.ग्रा.	3 गोली (पानी से)
14 साल से ऊपर	600 मि.ग्रा.	4 गोली (पानी से)

इलाज

रोग की पहचान के बाद उसका रेडिकल इलाज लेना चाहिए अर्थात् ऐसा इलाज, जिसमें मलेरिया के रोगाणुओं का जड़ से खात्मा हो जाए वरना यह रोग बार-बार परेशान करता है। मलेरिया का इलाज बहुत कठिन नहीं है। जाँच के बाद सही दवाई की सही मात्रा ली जाए तो रोग जड़ से ठीक हो जाता है, लेकिन दवाई की पर्याप्त मात्रा न लेने से अकसर मलेरिया क्लोरोक्विन से प्रतिरोधी हो जाता है, तब अन्य प्रभावी दवाइयाँ लेनी होती हैं। सभी तरह के मलेरिया के लिए अब क्लोरोक्विन के साथ चिकित्सक प्राइमाक्विन लेने की सलाह देते हैं, लेकिन इन्हें चिकित्सक की सलाह से उचित मात्रा में लेना चाहिए, तभी पूरी तौर पर रोगी ठीक होता है। आजकल मेफलोक्विन, आर्टिसुनोट जैसी नई दवाएँ भी बाजार में आई हैं।

मलेरिया नियंत्रण के उपाय

हमें यह बात समझनी चाहिए कि मच्छरों द्वारा केवल मलेरिया ही नहीं, बल्कि खतरनाक रोग डेंगू, फाइलेरिया इत्यादि रोग भी फैलाए जाते हैं। अत: **यदि हम मच्छरों के प्रजनन पर रोक लगाएँ या उन्हें नष्ट करें तो इन सभी रोगों से भी बचा जा सकता है।** याद रखें मच्छरों पर नियंत्रण ही मलेरिया पर नियंत्रण है।

उपाय

(अ) मच्छरों के प्रजनन पर नियंत्रण

मच्छर रोग के परजीवियों के वाहक होते हैं। अतः बेहतर है, इन्हें पनपने से रोका जाए तो रोग पर भी नियंत्रण पाया जा सकता है। मलेरिया रोग के मच्छर रुके हुए पानी में अंडे देते हैं। अंडे से लार्वा, फिर प्यूपा का निर्माण होता है और प्यूपा से मच्छर तैयार होते हैं। इस प्रक्रिया में 9 से 11 दिन लगते हैं। मच्छरों को लार्वा स्थिति में ही नष्ट करने के लिए निम्नलिखित उपाय अपनाएँ—

1. घर के आस-पास गड्ढों तथा पानी के इकट्ठा होनेवाले स्थानों को पाटकर मच्छरों को उत्पन्न करनेवाले स्थानों पर रोक लगाई जा सकती है।
2. बड़े हौजों, तालाबों में मलेरिया विभाग से लार्वाभक्षी मछलियाँ प्राप्त कर (गंबूसिया एवं गप्पी) उन्हें पानी में छोड़ा जा सकता है। इनके कारण मच्छर नहीं पनप पाते हैं।
3. छत की टंकियों, टैंकों, कूलर इत्यादि का पानी बदलते रहें। सप्ताह में एक बार जरूर यह पानी बदलें। इससे भी मच्छरों के प्रजनन पर रोक लगाई जा सकती है।

   खुले स्थानों पर जहाँ पानी हटाना संभव न हो, वहाँ जला हुआ खनिज तेल या मिट्टी का तेल डाले। इससे मच्छर के लार्वा उत्पन्न नहीं होंगे।
4. पानी की निकासी की सही व्यवस्था करें। जहाँ तक संभव हो, अंडर ग्राउंड निकासी की व्यवस्था करें। साफ-सफाई के लिए फिनाइल इत्यादि का प्रयोग करें।
5. कीटनाशकों का छिड़काव मच्छर उत्पन्न होनेवाले स्थानों में तथा घरों में करवाएँ। आजकल डी.डी.टी., बी.एच.सी. की जगह पाइरेथाइड का छिड़काव किया जाता है, जो अत्यंत असरकारक है (लेकिन इससे सावधानी भी रखें।)
6. लार्वावाली जगहों पर टेमीफास या फेथियान को डालकर लार्वा नष्ट किए जा सकते हैं।

मलेरिया से बच्चों की सुरक्षा इस तरह करें

मलेरिया से कैसे बचें ?

मलेरिया विश्व के गर्म और उष्णकटिबंधीय देशों में समस्या बना हुआ है। यदि प्रत्येक व्यक्ति सहयोग करे तो इस रोग पर काबू पाया जा सकता है। इन सभी बचाव के

कार्यों को एक ही समय पर शुरू करना चाहिए।

1. मच्छरों से बचें। वहाँ सोएँ, जहाँ मच्छर न हों या कपड़ा ओढ़कर सोएँ। **शिशु को मच्छरदानी या महीन (पतले) कपड़े के नीचे सुलाएँ। दिन में भी उन्हें मच्छरदानी में ही सुलाएँ**

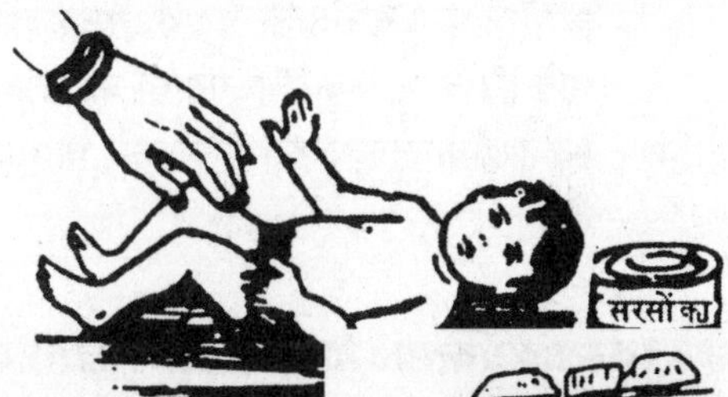

2. शरीर पर सरसों का तेल लगाएँ। इससे मच्छर नहीं काटते।
3. जब मलेरिया नियंत्रण कर्मचारी आपके गाँव में आएँ तो उन्हें पूरा सहयोग दें। यदि आपके परिवार में किसी को बुखार हो तो कर्मचारी को बताएँ और उसके खून की जाँच करवाएँ। **अपने घर में मच्छरमार दवाई का छिड़काव भी करवाएँ, जिससे मच्छर मर जाएँ** (छिड़काव करवाते समय खाने-पीने की सब चीजों को ढककर रखें)।

4. यदि आपको मलेरिया का संदेह हो तो तुरंत चिकित्सा करवाएँ। जब आप ठीक हो जाएँगे तो आपको काटकर दूसरों को काटनेवाला मच्छर मलेरिया नहीं फैला सकेगा।

5. मच्छरों को और उनके लाख (बच्चों) को खत्म कर दें। मच्छर रुके हुए पानी में पैदा होते हैं। आस-पास के गड्ढों, तालाब, पुराने डिब्बों और टूटे हुए बर्तनों को हटा दें। तालाब या दलदल को साफ करें, या उन पर थोड़ा सा तेल डालें।

(ब) मच्छरों से स्वयं का बचाव

इसके लिए निम्नलिखित साधन अपनाएँ—

1. मच्छरदानियों का उपयोग—आजकल दवायुक्त मच्छरदानियाँ भी उपलब्ध हैं। इनका प्रयोग कर मच्छरों से बचा जा सकता है। बच्चों को भी इनमें सुलाया जा सकता है।

2. खिड़की–दरवाजों पर मच्छर–जालियाँ लगवाएँ।
3. नीम की पत्तियों का धुआँ या नीम का तेल जलाकर मच्छरों को दूर रखें। पाइरेथम के धुएँ से भी मच्छर नष्ट हो जाते हैं। वैसे आजकल कीटनाशक–धुआँ उत्पन्न करनेवाले पदार्थ, मेट इत्यादि आते हैं, लेकिन ये नुकसानदायक होते हैं। अतः प्राकृतिक पदार्थों का उपयोग अधिक बेहतर होता है।
4. मच्छररोधी लेप या क्रीम लगाकर भी मच्छरों को शरीर से दूर रखा जा सकता है।

(स) स्वस्थ व्यक्तियों द्वारा दवाइयाँ खाकर

ऐसा क्षेत्रों में, जहाँ मलेरिया बहुतायत में होता है, वहाँ के व्यक्ति डॉक्टर की सलाह से थोड़ी सी दवाइयाँ खाकर मलेरिया बुखार के प्रकोप से बचे रह सकते हैं। अतः जिस परिवार, गाँव या क्षेत्र विशेष से रोग अधिक हो रहा हो, वहाँ के व्यक्ति ये दवाइयाँ अवश्य लें। ये दवाएँ शासकीय चिकित्सालयों से निःशुल्क दी जाती हैं।

(द) मलेरिया निरोधक टीका

मलेरिया रोग पर नियंत्रण के लिए उसका टीका एक प्रभावी कदम हो सकता है। इसलिए भारत सहित विश्व के कई देशों में बहुत समय से टीके बचाने के प्रयास चल रहे हैं। भारतीय वैज्ञानिकों के कदम इस दिशा में काफी आगे बढ़ चुके हैं और आशा की जा रही है कि शीघ्र ही मनुष्यों के उपयोग के लिए मलेरिया निरोधक टीका उपलब्ध हो जाएगा। तब मलेरिया की रोकथाम में एक बड़ी क्रांति आ जाएगी।

❑

13

वात ज्वर या रूमेटिक ज्वर

(Rheumatic Fever)

कैसे जरा सा गले का संक्रमण हृदय के लिए खतरनाक साबित हो सकता है, इसका उदाहरण है, रूमेटिक ज्वर। यह रोग अधिकतर बचपन अथवा किशोरावस्था में होता है। प्रायः 5 से लेकर 15 वर्ष के बच्चे इससे प्रभावित होते हैं। यदि समय पर रोग का इलाज न किया जाए तो इससे हृदय के कपाट (बाल) क्षतिग्रस्त हो जाते हैं। फिर इस रोग का ऑपरेशन ही इलाज होता है। यह ऑपरेशन बहुत महँगा होता है।

आजकल यह बीमारी ब्रिटेन जैसे पश्चिमी देशों में बहुत ही कम मिलती है, लेकिन भारत में इस रोग से प्रतिवर्ष लाखों बच्चे ग्रसित होते हैं और कई हजार बच्चों में रूमेटिक ज्वर के कारण हृदय के वाल्व (कपाट) संबंधी खराबियाँ उत्पन्न हो जाती हैं, जो आगे जाकर उनकी मृत्यु का कारण बनती हैं। इस रोग का इलाज एवं ऑपरेशन भी बहुत महँगा होता है और बड़े शहरों में ही संभव है।

रूमेटिक ज्वर कैसे होता है ?

रोग को उत्पन्न करनेवाला वास्तविक कारण ज्ञात नहीं है, लेकिन इसके पक्के प्रमाण मिले हैं कि यह रोग हीमोलाइटिक-स्ट्रेपोकॉकाई नामक जीवाणुओं द्वारा होता है।

रूमेटिक ज्वर आने के पूर्व गले की ग्रास नली में सूजन या टांसिल में सूजन आती है। फिर 1 से 3 सप्ताह पश्चात् जोड़ों में सूजन और दर्द के साथ बुखार आता है।

यह संक्रामक रोग है

खाँसने या छींकने से रोग का संक्रमण एक बच्चे से दूसरे बच्चे में जा सकता है। संक्रमण भीड़ भरे, नम और अस्वच्छ स्थानों में ज्यादा होता है। इस तरह रूमेटिक बुखार एक संक्रामक रोग है, जिसका इलाज तुरंत किया जाना चाहिए।

रूमेटिक ज्वर के लक्षण

रोग की शुरुआत शरीर के एक अथवा अधिक जोड़ों में दर्द और हनन से होती है, साथ में बुखार भी रहता है, जोड़ आसानी से सीधे नहीं होते या मुड़ते नहीं हैं। जोड़ों का रंग लाल हो जाता है और छूने से भी दर्द होता है। रोगी को पसीना आता है एवं हृदय की गति भी बढ़ जाती है। रोग में प्रमुखतः घुटने, टखने, कुहनी, कलाई एवं कंधे के जोड़ ही प्रभावित होते हैं। अँगुलियों के जोड़ फूले या रीढ़ की हड्डी के जोड़ कभी भी प्रभावित नहीं होते। जब पहले प्रभावित जोड़ों की सूजन और दर्द ठीक हो जाता है तो फिर दूसरे जोड़ों में दर्द और सूजन शुरू हो जाती है और यह क्रम चलता रहता है।

यदि सही समय पर उचित इलाज नहीं हो पाता तो फिर इससे बच्चों का हृदय प्रभावित हो सकता है। हृदय की झिल्लियों (जिन्हें पेरीकार्डियम कहते हैं) में सूजन आ सकती है तथा हृदय के वाल्बों को स्थायी क्षति पहुँच सकती है। जब इस रोग से हृदय प्रभावित होता है तो इस स्थिति को रूमेटिक हार्ट डिसीज कहते हैं। इस रोग में हृदय फेल होने की संभावना (Heart Failure) रहती है।

रोग में बच्चों के टखनों, घुटनों और कंधे की त्वचा के नीचे गाँठें भी बन सकती हैं, जो दर्दरहित होता है। इसके अलावा **पेट और पीठ पर गुलाबी रंग के चकत्ते भी दिख सकते हैं।** बड़ों में हृदय प्रभावित होने के कारण धड़कन बढ़ना, साँस फूलना, रक्ताल्पता इत्यादि शिकायतें हो जाती हैं।

रोग का निदान

रूमेटिक ज्वर के उपरोक्त लक्षणों एवं खून की विभिन्न जाँचों के आधार पर रोग की पहचान की जाती है। इलेक्ट्रो कार्डियोग्राम द्वारा बीमारी के हृदय पर प्रभाव का पता करते हैं। इकोकार्डियोग्राफी तथा कलर डाप्लर जाँचें की जाती हैं।

रूमेटिक ज्वर का इलाज

रोगी को बिस्तर पर पूर्ण आराम करना चहिए। घुटने के दर्द और सूजन के लिए एस्प्रिन या आइब्रूप्रोफेन दवाएँ देते हैं। इसके अलावा पेनीसिलिन या एम्पीसिलिन अथवा इरोथ्रोमाइसिन दवाएँ इस रोग के जीवाणुओं को नष्ट करने के लिए देते हैं।

उपर्युक्त दवाओं के अलावा कार्टिकोस्टेइड्स नामक दवाएँ भी आवश्यकतानुसार देते हैं।

यदि हृदय के माइट्रल वाल्व अथवा एओरटिक वाल्व में बीमारी के कारण स्थायी और अधिक क्षति पहुँच चुकी होती है, तो फिर इसका इलाज ऑपरेशन द्वारा ही संभव

होता है। कई बार वाल्व बदलने की भी आवश्यकता होती है। यह इलाज अत्यंत महँगा है, परंतु आंध्र प्रदेश के पुट्टावर्ती नामक स्थान में श्री साईंबाबा आश्रम के अस्पताल में निःशुल्क होता है। कछ राज्य सरकारें भी इसके लिए मदद देती हैं।

रूमेटिक बुखार हृदय के लिए भी खतरनाक होता है

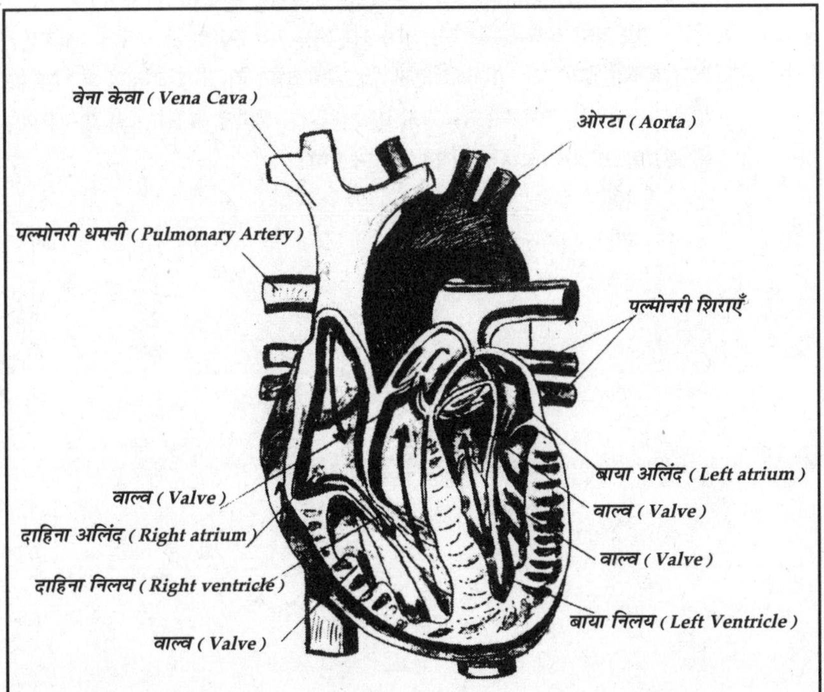

वात ज्वर (Rheumatic Fever) से हृदय के वाल्व (Valve) क्षतिग्रस्त हो जाते हैं

बीमारी से बचाव

जैसा कि बतलाया जा चुका है कि **रूमेटिक ज्वर के कारण बच्चों के हृदय के वाल्वों में स्थायी खराबी आ जाती है,** इसका इलाज महँगे आपरेशन द्वारा ही संभव होता है और यह भी नहीं कि खराबी पूरी तरह ठीक ही हो जाए, इसलिए बेहतर है कि बच्चों को इस रोग से बचाया जाए। रूमेटिक ज्वर एच रूमेटिक हृदय रोगों से बचाव के लिए निम्न बातों का ध्यान रखते हैं।

(1) गले में सूजन, खराश, खाँसी या टांसिल या घुटनों में दर्द और सूजन के शुरू

होते ही चिकित्सक की देख-रेख में पेनिसिलिन या डक्कर जो कहे, वह दवा लेनी चाहिए। ताकि रोग आगे न बढ़ सके।

(2) रूमेटिक बुखार आने पर बिस्तर पर लेटकर पूर्ण आराम करना चाहिए। एंटीबायोटिक दवाएँ डाक्टर की सलाह से पर्याप्त समय तक लेनी चाहिए। इससे संक्रमण के हृदय तक पहुँचने की संभावना कम हो जाती है।

(3) बच्चों को जहाँ तक संभव हो, भीड़ भरे और गंदे स्थानों से बचाना चाहिए।

(4) जिन बच्चों को एक बार रूमेटिक ज्वर हो चुका है, उन्हें डॉक्टर की सलाह के अनुसार बीस वर्ष की उम्र तक एक निश्चित समय के अंतर में पेनिसिलीन के कारण उनका हृदय प्रभावित न होने पाए।

❑

14

कृमि रोग (Worms Infestations)

कृमि रोग अर्थात् पेट अथवा शरीर के विभिन्न अंगों में कीड़ों का होना एक आम संक्रामक बीमारी है, जो बच्चों में अधिकतर होती है, लेकिन उचित सावधानियों के अभाव में बड़े भी इससे ग्रस्त हो जाते हैं। कृमि रोग को एक साधारण बीमारी समझा जाता है, लेकिन इसका **इलाज न किया जाए तो यह रोग कई जटिलताएँ जैसे—रक्ताल्पता, कुपोषण, आँतों में रुकावट, एलर्जी इत्यादि रोग उत्पन्न कर रोगी की मौत का कारण भी बन सकता है।**

यह एक संक्रामक रोग है, जो भोज्य पदार्थों की साफ-सफाई न होने या दूषित जल इत्यादि से फैलता है। यह आश्यर्चजनक तथ्य है कि पूरे **विश्व की लगभग एक अरब आबादी केवल गोला कृमियों से ग्रस्त है। भारत में 15 से लेकर 20 करोड़ मरीज इन रोगों के शिकार हैं** और प्रतिवर्ष 20 हजार के आसपास मृत्यु अकेले गोलाकार कृमि के कारण हो जाती हैं।

इसी तरह एक दूसरे तरह के कृमि, जिसे अंकुश कृमि या 'हुकवर्म' कहते हैं, से ग्रसित व्यक्तियों की संख्या भी विश्व में 75 से 90 करोड़ के बीच है और इनमें से प्रतिवर्ष 50 हजार व्यक्ति मौत के शिकार बन जाते हैं। फीता कृमि (टेपवार्म), विश्व की 50 करोड़ आबादी को अपनी गिरफ्त में लिये हुए हैं और यह प्रतिवर्ष लगभग 50 हजार मौतों का कारण बनता है।

नारू रोग अर्थात् गिनी वर्म से पीड़ित 2 करोड़ रोगी पूरे विश्व में हैं। केवल भारत में 60 लाख से ऊपर नारू कृमि से संक्रमित हैं। इन आँकड़ों को दृष्टिगत रखते हुए हमें कृमि रोगों को साधारण न समझते हुए इनसे बचाव और इलाज की ओर पर्याप्त ध्यान देना होगा। वास्तव में **कृमि मानवजाति के बड़े दुश्मन हैं, जो आँतों या शरीर के अन्य भागों में पलकर उसे हर तरह नुकसान पहुँचाते हैं।**

रोग फैलानेवाले विभिन्न कृमि

वैसे तो लगभग 50 तरह के कृमि मनुष्य में पाए जा सकते हैं, लेकिन **4–5 प्रकार के कृमि जैसे गोला कृमि, अंकुश कृमि, सूत्रकृमि और फीताकृमि ही ज्यादातर लोगों को अपना शिकार बनाते हैं।** इसके अलावा फाइलेरिया इत्यादि के कृमि भी होते हैं, जो मच्छरों द्वारा मनुष्य के शरीरों में पहुँचते हैं।

1. गोला-कृमि (एस्केरिस)

यह कृमि गोलाकार और दोनों सिरों पर कुछ पतला होता है और कुछ इंचों से लेकर एक फुट से अधिक लंबा हो सकता है। ये मनुष्य की आँतों में अधिक संख्या में रहने पर गुच्छे का रूप बनाकर आँतों में अवरोध उत्पन्न कर सकते हैं। कुछ बच्चों या बड़ों में 'कै' अथवा उल्टी के साथ भी ये कृमि निकलते हैं। मादा कृमि एक दिन में 2 लाख तक अंडे देती हैं।

2. सूत्र कृमि या धागा कृमि (थ्रेडवर्म)

ये आँतों के निचले हिस्से में पाए जाते हैं और तेजी से अपनी संख्या बढ़ाते हैं। **मादा कृमि दिन में दस हजार तक अंडे देती हैं।** ये कृमि गुदाद्वार से बाहर निकलते हैं और उस स्थान पर जलन और खुजली उत्पन्न करते हैं। कई बार बच्चों के बिस्तर में पेशाब करने का कारण भी इस तरह के कृमि ही होते हैं। मल में, कृमि छोटे-छोटे धागों जैसे दिखलाई पड़ते हैं।

3. अंकुश कृमि (हुकवर्म)

इस कृमि के मुँह के पास अंकुश होते हैं, जिनसे यह आँतों में चिपककर रक्त चूसता है। इससे रक्ताल्पता उत्पन्न होती है। मल में भी कृमि दिखलाई दे सकते हैं, लेकिन कृमियों के अंडे सूक्ष्मदर्शी यंत्र द्वारा ही पहचाने जा सकते हैं।

4. फीता कृमि (टेपवर्म)

ये चपटे और फीते के आकार के होते हैं और इनका शरीर छोटे-छोटे अंडों में विभक्त होता है। पूर्ण विकसित कृमि 1 मीटर से अधिक लंबा हो सकता है। कृमि मल में खंडों के रूप में दिखता है। यह कृमि अपने अंकुश द्वारा आँतों में चिपका रहता है और रक्ताल्पता उत्पन्न करता है।

5. नारू कृमि (गिनि वर्म)

यह लंबे धागे के आकार का एक मीटर लंबा होता है। नर कृमि 2–3 सेमी. लंबा होता है। यह पैर के टखनों में एक गाँठ बनाता है और नारू रोग उत्पन्न करता है।

कृमि मानव शरीर में कैसे पहुँचते हैं ?

कृमि परजीवी होते हैं अर्थात् ये स्वयं पोषण द्वारा वृद्धि नहीं कर सकते, बल्कि अपना पोषण मनुष्य से ग्रहण करते हैं। गोलाकृमि के अंडे दूषित पानी अथवा भोजन के साथ आँतों में आ जाते हैं। फिर इनके डिम्भक (लार्वा) रक्त प्रवाह में पहुँचते हैं, वहाँ से फेफड़ों में, फिर श्वास नली द्वारा पुनः आँतों में आकर प्रौढ़ कृमि बन जाते हैं। **20 गोल कृमि 3 ग्राम भोजन रोज चट करते हैं**। सूत्र कृमियों के अंडे भी मल लगे गंदे हाथों द्वारा मुँह से भीतर जाते हैं या दूषित खाद्यों द्वारा प्रवेश करते हैं और आँतों में जाकर वृद्धि करते हैं। अंकुश कृमि के अंडे नम भूमि में फूटते हैं, लेकिन ऐसी भूमि पर नंगे पैर कोई व्यक्ति चलता है तो ये पैरों की त्वचा को भेदकर रक्त वाहिकाओं द्वारा खून में आ जाते हैं, वहाँ से फिर आँतों में पहुँच जाते हैं।

फीता कृमि के जीवन चक्र का कुछ भाग सूअर या गाय में चलता है। ये इन जानवरों की मांसपेशियों में मौजूद होते हैं। जब मनुष्य ऐसे सूअर या गाय का अधपका मांस खाता है तो मांस के साथ फीता कृमि पेट में पहुँच जाते हैं।

कृमि रोगों के फैलाव में मनुष्य की गंदी आदतों की प्रमुख भूमिका है। उदाहणार्थ कृमि रोग से पीड़ित रोगी जब जलाशयों के पास या खुले मैदानों या खेत में शौच किया करता है तो कृमि के अंडे या लार्वा भी जमीन पर फैल जाते हैं या जलाशय के पानी में चले जाते हैं और यही अंडे उचित साफ–सफाई के अभाव में पानी या सब्जियों के साथ मनुष्य के पेट में पहुँच जाते हैं और वहाँ विकसित होकर प्रौढ़ कृमियों का रूप ले लेते हैं।

कृमि रोग के लक्षण क्या है ?

अनायास ही मचलाना, उल्टियाँ होना, दस्त लगना तथा पेट दर्द होना आम लक्षण हैं। **कृमि रोग से ग्रसित छोटे बच्चों में दूध को पचानेवाला एन्जाइम लेक्टेट बनना कम होने से उन्हें दूध नहीं पचता। फिर ऐसे बच्चे दुबले और कमजोर हो जाते हैं। ये कीड़े कभी–कभी उल्टी में मुँह अथवा नाक अथवा मलद्वार से बाहर भी निकल सकते हैं।**

कुछ बच्चे या बढ़े कृमि रोग के कारण दमा जैसे लक्षणों अर्थात् साँस फूलना, खाँसी आना इत्यादि के शिकार हो जाते हैं। ये लक्षण अकसर रात्रि में

उत्पन्न होते हैं। कई एलर्जी के लक्षण, जैसे शरीर पर चकत्तों के निशान बनना और उनमें खुजलाहट होना इत्यादि भी मिलते हैं। नारू कृमि पैर में छाला उत्पन्न करके धागे के रूप में बाहर निकलता है।

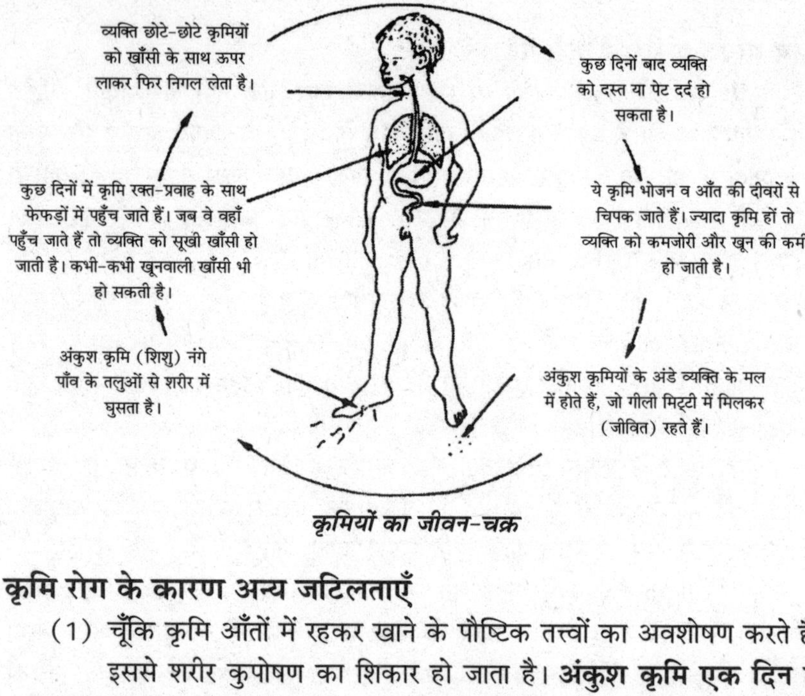

कृमियों का जीवन-चक्र

कृमि रोग के कारण अन्य जटिलताएँ

(1) चूँकि कृमि आँतों में रहकर खाने के पौष्टिक तत्त्वों का अवशोषण करते हैं, इससे शरीर कुपोषण का शिकार हो जाता है। **अंकुश कृमि एक दिन में मनुष्य का पौन ग्राम रक्त चूस लेता है। इस तरह कृमियों के कारण रोगी में रक्ताल्पता एवं अन्य तरह की कुपोषण संबंधी बीमारियाँ उत्पन्न हो जाती हैं।** कृमि बच्चों का मानसिक और शारीरिक विकास अवरुद्ध कर देते हैं।

(2) कृमि आँतों में रहकर विभिन्न रूपों में शरीर के अंगों में घूमते रहते हैं और कई गंभीर परेशानियाँ उत्पन्न कर सकते हैं। उदाहरणार्थ क्लोम ग्रंथि या पेंक्रियाज में इनके कारण सूजन उत्पन्न हो जाती है। एपेंडिक्स में भी ये रोग उत्पन्न करते हैं। इसी तरह पित्त की थैली में भी सूजन आ सकती है। जैसा कि पूर्व में बतलाया जा चुका है कि कृमि बड़ी संख्या में एकत्र होकर आँतों में भी रुकावट पैदा कर देते हैं। फिर ऑपरेशन द्वारा ही यह जटिलता ठीक हो पाती है। यह स्थिति कृमिनाशक दवाइयाँ लेने के पश्चात् भी बन सकती है।

(3) कुछ विशेष कृमि जैसे **फीता कृमि दिमाग पर सूजन उत्पन्न करता है। इससे मिर्गी जैसा रोग अथवा आँखों की रोशनी कम हो जाना इत्यादि लक्षण उत्पन्न हो सकते हैं।**

कृमि रोग का निदान

उक्त लक्षण मिलने पर चिकित्सक को दिखलाना चाहिए, वही रोगी के मल, खून इत्यादि की जाँच करवाकर रोग का निदान कर उचित इलाज करेगा।

रोग का इलाज

आजकल कृमि नष्ट करने के लिए अच्छी-अच्छी दवाइयाँ बाजार में आती हैं, लेकिन इन्हें चिकित्सक की सलाह से ही देना चाहिए। मेंबेन्डाजोल, पिपरजिन साइट्रेट जैसी दवाइयाँ सर्व सुलभ हैं और इन्हें वर्ष में दो-तीन बार बच्चों को चिकित्सक की सलाह पर दिया जा सकता है। चिकित्सक, कृमियों द्वारा उत्पन्न अन्य जटिलताओं जैसे रक्ताल्पता एलर्जी इत्यादि का भी इलाज करेगा, इसलिए बेहतर है अपने मन से दवा न लेकर चिकित्सक से ही जाँच करवाएँ।

कृमि रोग से बचाव और रोकथाम

कृमि रोगों का इलाज भले कठिन हो, लेकिन बचाव कठिन नहीं है, इसलिए **बचाव की ओर ध्यान देना चाहिए।** इसके लिए सर्वप्रथम तो व्यक्तिगत साफ-सफाई पर ध्यान देना आवश्यक है, जैसे नाखूनों को नियमित रूप से काटना, शौच क्रिया के पश्चात् और **भोजन के पूर्व हाथों को साबुन से अच्छी तरह धोना, पैरों की भी सफाई रखना एवं जूते-चप्पल का उपयोग करना इत्यादि** बातों पर ध्यान देना आवश्यक है। इसके अलावा कुछ और सावधानियाँ निम्नलिखित हैं।

1. **सब्जियों और फलों का उपयोग खूब अच्छी तरह धोकर करें,** सब्जियों को दो-तीन बार पानी में डुबोकर अच्छी तरह साफ करना चाहिए या उन्हें नल की तेज धार के नीचे साफ करें।
2. मांसाहारी लोगों को चाहिए कि वे **सूअर या गाय के मांस से बचें इन्हें कतई न खाएँ।** वे कम पका या अधपका मांस भी न खाएँ।
3. स्वच्छ पानी ही पिएँ, इसके लिए फिल्टर का उपयोग करें या आवश्यकतानुसार पानी को उबालकर पीना चहिए।
4. घरों में मल एवं गंदगी के निकास की उचित व्यवस्था करवाएँ, जहाँ तक

संभव हो; शौचालय कुछ अलग स्थान में रखने चाहिए और वे सैप्टिक टेंक प्रकार के होने चाहिए। **मैदानों में शौच क्रिया की प्रथा को बंद करना चाहिए। आजकल इसके लिए शासन भी मदद दे रहा है।**

5. बाहर नंगे पैर न घूमें।
6. कुओं और जलाशयों की नियमित सफाई आवश्यक है। **खुले स्थानों के पास अथवा खेत इत्यादि में शौच क्रिया न करें। गाँवों में खुले स्थानों में शौच जाने की प्रथा को बंद करना चाहिए।**
7. चिकित्सक की सलाह पर वर्ष में एक या दो बार कृमिनाशक दवाइयों को सेवन भी किया जा सकता है। अब सरकार के स्वास्थ्य विभाग की ओर से भी वर्ष में एक बार कृमिनाशक गोलियाँ बच्चों को नि:शुल्क वितरित की जाती है। इन्हें आवश्यक रूप से अपने बच्चों को खिलाएँ।

❑

15

खुजली (Scabies)

खुजली से कौन परिचित नहीं है। खुजली एक तीव्र संक्रामक या संचारी रोग है, (छूत का रोग) जो एक व्यक्ति से दूसरे व्यक्ति में फैलता है। इसलिए यदि परिवार के एक सदस्य को खुजली होती है तो यह सारे परिवार में फैल जाती है। खुजली का जनक होता है एक जंतु कुटकी (Itch Mite) जो नंगी आँखों से मुश्किल से दिखता है। इस जंतु की खोज सन् 1687 में हुई थी। इसे अंगेजी में ऑर्थोपोड कहते हैं। यह परजीवी होता है अर्थात् यह अपना पोषण-आहार मनुष्य से ग्रहण करता है। इस साधारण समझे जानेवाले रोग से करोड़ों बच्चे विश्व में ग्रस्त रहते हैं।

रोग का कारण

कुटकी (Itch Mite)—खुजली का यह छोटा जंतु 0.4 मिमी. आकार का होता है। इसका आकार कछुए जैसा होता है। इसका शरीर छोटे-छोटे बुश जैसे बालों से ढका होता है। इसके दो जोड़े अगले पैर और दो जोड़े पिछले पैर होते हैं। अगले पैरों में चूसक (Suckers) होते हैं, जो लंबी नलिकाकार रचनाएँ होती हैं। **कुटकी त्वचा के पृष्ठीय पटलों में प्रवेश कर अंडे देती है।**

जीवन चक्र (Life Cycle)—कुटकी का जीवन चक्र चार अवस्थाओं में पूर्ण होता है। अंडा 3 से 4 दिन तक रहता है। फिर इससे इल्ली निकलती है। यह अवस्था भी 3 दिन रहती है। शिशु कीट 6 से 8 दिन तक रहता है, फिर इसके बाद यह 15 दिनों में प्रौढ़ कीट में बदल जाता है, जो 1 से 2 माह जीवित रहता है। मादा एक बार में 2-3 अंडे प्रतिदिन देती है।

खुजली कैसे फैलती है—यह रोग सामान्य तौर पर प्रभावित व्यक्ति के स्पर्श या नजदीक रहने से फैलता है। इसी तरह **प्रभावित रोगी व्यक्ति के बिस्तर में सोने या उसके कपड़ों के इस्तेमाल से भी रोग होता है।** बच्चों में यह रोग परस्पर खेलने के दौरान फैलता है। परिवार का यदि एक भी व्यक्ति इस रोग से प्रभावित होता है तो प्राय: खुजली का रोग पूरे परिवार में फैल जाता है। यही कारण है कि **इस रोग में एक साथ**

पूरे परिवार का इलाज किया जाता है।

रोग कहाँ-कहाँ होता है—कुटकी द्वारा उत्पन्न खुजली का रोग 63 प्रतिशत मामलों में हाथों से कलाइयों में अधिक होता है। उँगलियों के मध्य में भी संक्रमण होता है। 11 प्रतिशत मामलों में कुहनियों, नितंबों, पेट के निचले भाग एवं पैरों में होता है। **छोटे शिशुओं की हथेलियाँ (Palm) भी रोग से प्रभावित होती हैं।** स्त्रियों के स्तन एवं पुरुषों के यौनांग भी खुजली से अधिक प्रभावित होते हैं।

रोग ही पहचान या निदान (Diagnosis)—खुजली रोग के प्रमुख लक्षणों के आधार पर इसकी पहचान की जाती है। जैसे—

1. रोगी प्रमुख रूप से खुजली की शिकायत करता है, जो रात्रि में अत्यधिक होती है।
2. त्वचा का परीक्षण करने पर प्रभावित जगह पर बहुत छोटे-छोटे दाने (Folicles)दिखलाई देते हैं।
3. कहीं-कहीं संक्रमण की वजह से दाने बड़े होकर पक जाते हैं। उनसे मवाद भी निकलता है।
4. **अकसर घर के अन्य सदस्यों में भी उक्त प्रकार की शिकायतें और लक्षण मिलते हैं।**
5. कुटकी परजीवी को सूक्ष्मदर्शी यंत्र द्वारा जाँचकर भी रोग का निदान किया जाता है।

रोकथाम एवं नियंत्रण—रोग के प्रभावी नियंत्रण के लिए **एक साथ पूरे परिवार का इलाज किया जाता है,** यहाँ तक कि जो प्रभावित नहीं हैं, उन पारिवारिक सदस्यों को भी इलाज लेने की सलाह दी जाती है।

इलाज

1. सबसे पहले तो पूरे परिवार के ओढ़ने-बिछाने और उपयोग के कपड़ों को गरम पानी और सोडा से धोकर धूप में सुखाना चाहिए एवं परिवार के सभी सदस्यों को खूब साबुन लगाकर रगड़कर गरम पानी से नहाना चाहिए। इसके पश्चात् 25 प्रतिशत बेंजिल बेंजोएट का घोल पूरे शरीर पर (आँखों को बचाकर) ब्रश की सहायता से लगाना चाहिए। इसे 12 घंटे पश्चात् दुबारा लगाना चाहिए और 12 घंटे बाद स्नान करना चाहिए।

   यह ध्यान रखें कि बेंजिल बेंजोएट का घोल सप्ताह में दो बार से अधिक न लगाया जाए वरना त्वचा की अन्य परेशानियाँ पैदा हो सकती हैं। अब

खुजली अथवा खारिश (Scabies)

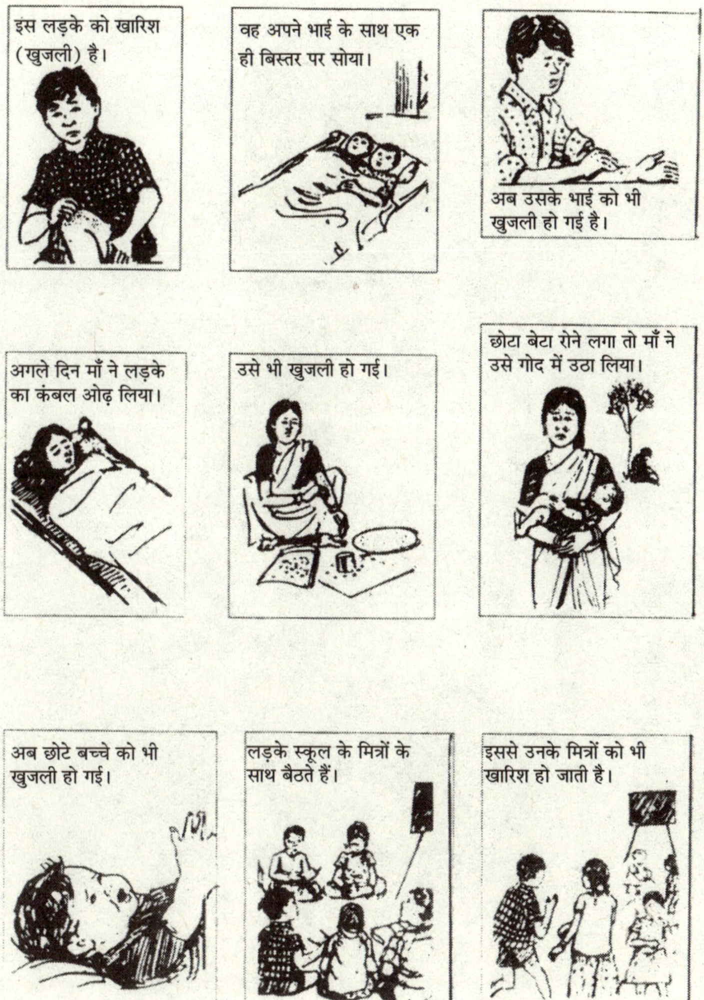

बच्चों में खुजली इस तरह फैलती है।

आजकल बेंजिल बेंजोएट की जगह परमेंथ्रिन (Permethrin) लोशन का प्रयोग करते हैं।

2. लिंडेन (Gamma HCH) को नारियल के तेल में मिलाकर या फिर

खुजली रोग

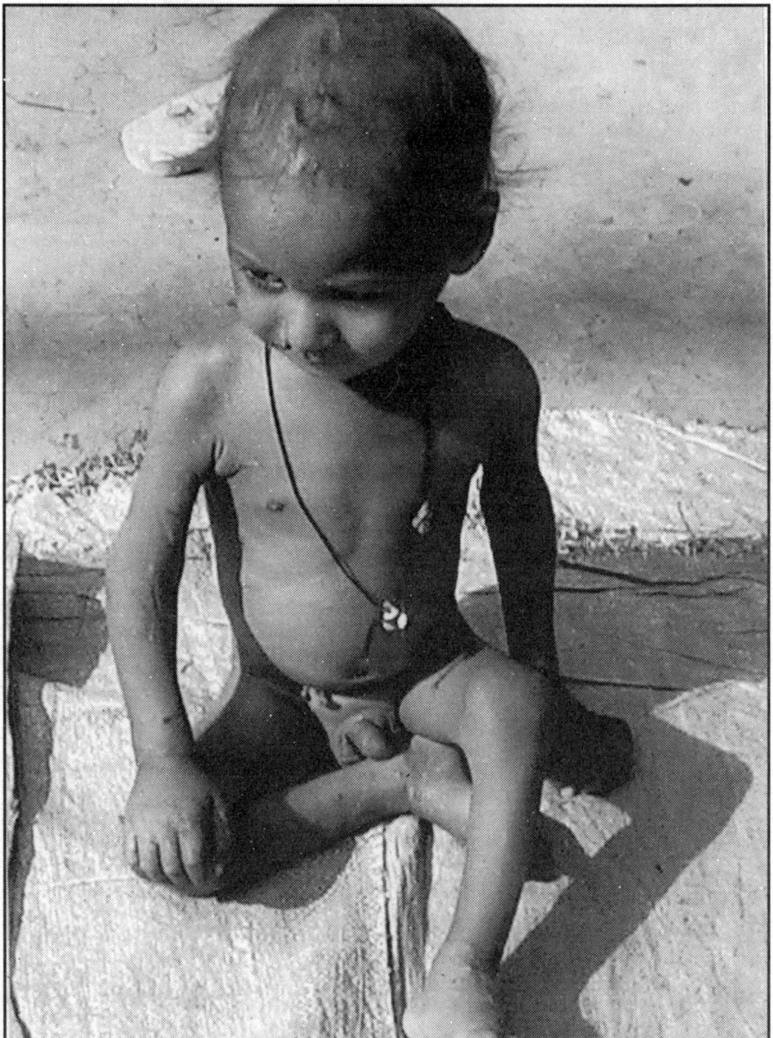

इस बच्चे को खुजली की बीमारी है, त्वचा पर दाने एवं खुजलाने के निशान भी दिख रहे हैं।

किसी भी वनस्पति तेल में मिलाकर प्रभावित भाग की त्वचा पर लगाते हैं। इससे कुटकी मर जाती है। इस प्रक्रिया को दो-तीन दिन पश्चात् पुनः दुहराते हैं।

3. 5 प्रतिशत टेटमोसाल घोल को प्रतिदिन लगाने से भी कुटकी (Itch mite) नष्ट हो जाती हैं।
4. सल्फर के मलहम (2.5 से 10 प्रतिशत) को प्रतिदिन, चार दिन तक सारे शरीर पर लगाने से भी खुजली के रोगी को फायदा होता है। यह एक अपेक्षाकृत सस्ता इलाज है।

उक्त इलाज के अलावा चिकित्सक खुजली कम करने के लिए भी दवाइयाँ देते हैं, लेकिन जब तक त्वचा से कुटकियाँ पूर्णतः अलग नहीं होतीं, तब तक रोगी को पूर्णतः राहत नहीं मिलती है। खुजली एक ऐसी बीमारी है, **जो होती तो सरलता से है, लेकिन जाती बड़ी कठिनाई एवं प्रयत्नों से है।**

❑

16

रोटा वाइरसजनित आंत्रशोथ (Rota Viral Gastroenterits)

जब 1980 में विश्व स्वास्थ्य संगठन द्वारा दस्त रोगों के नियंत्रण के लिए कार्यक्रम बनाया गया, उस समय विश्व में प्रतिवर्ष लगभग 4 करोड़ बच्चे इन रोगों से मृत्यु को प्राप्त हो जाते थे और सन् 2000 में इनकी संख्या घटकर डेढ़ करोड़ रह गई। **केवल जीवन रक्षक घोल पिलाने से** (ओ.आर.एस Oral Rehydration Therapy) **लगभग 3 करोड़ मृत्यु प्रतिवर्ष कम हो गईं,** लेकिन भारत जैसे देश में छोटे बच्चों में रोटा वाइरस जैसे दस्त रोगों की बीमारी **अभी भी एक बड़ी स्वास्थ्य समस्या बनी हुई है।** 1000 बच्चों में प्रतिवर्ष 5 बच्चे ऐसी बीमारियों से मृत्यु को प्राप्त होते हैं। सन् 2005 में 10 लाख 70 हजार बच्चे आंत्रशोथ (दस्त रोगों) से पीड़ित हुए और इनमें से 2040 मृत्यु हुईं।

दस्त की बीमारी (Acute Diarlhoeal Disease) क्या है ?

दिन में 3 बार से अधिक पतली टट्टी, 3 से 7 दिनों तक जाना—दस्त की बीमारी कहलाती है। कई बार पानी जैसी पतली टट्टी जाने से शरीर में पानी की कमी (Dehydration) उत्पन्न हो जाती है, जिसको दूर न किया जाए तो व्यक्ति या बच्चा गंभीर स्थिति में पहुँच जाता है और यहाँ तक कि उसकी इलाज न मिलने पर मृत्यु भी हो सकती है। अकसर दस्त के साथ उल्टियाँ भी होती हैं। इस स्थिति को आंत्रशोथ (Gestroenteritis) कहते हैं। इस रोग में आँतों में भी सूजन आ जाती है।

रोग का कारण—वैसे तो यह बीमारी कई तरह के जीवाणु (Bacteria) और विषाणुओं (Virus) तथा एक कोशीय जीवों द्वारा होती है। लेकिन अधिकतर मामलों में (25 से 50 प्रतिशत), विशेषकर बच्चों में रोटा विषाणु (Rota Virus) ही इस रोग को उत्पन्न करते हैं। यह विषाणु आर.एन.ए. प्रकार का होता है। इसके अलावा अन्य कई विषाणु और जीवाणु तथा अमीबा जैसे एक कोशीय जीव भी दस्त की बीमारी उत्पन्न

करते हैं, लेकिन हम यहाँ सबसे खतरनाक, **रोटा वाइरस द्वारा उत्पन्न आंत्रशोथ (Gestroenteritis) की ही चर्चा करेंगे। रोटा वाइरस सन् 1973 में खोजा गया। यह विषाणु 5 वर्ष से नीचे के बच्चों म्रें अकसर गंभीर पानी की कमी को उत्पन्न करता है, जिससे बच्चों की जान को खतरा उत्पन्न हो जाता है।** एक

मक्खियों द्वारा प्रदूषित खाद्यों से आंत्रशोथ (Gastroenteritis) और हैजा जैसी बीमारियाँ बच्चों को और पूरे परिवार को अपना शिकार बना देती हैं।

मक्खियों से प्रदूषित खाद्य

सेवन

बच्चा बीमार हो जाता है

प्रदूषित खाद्य

प्रदूषित भोजन का सेवन

सारा परिवार बीमार हो सकता है

अनुमान के अनुसार लगभग पौने तीन करोड़ रोगी विश्व में प्रतिवर्ष इस विषाणु द्वारा उत्पन्न आंत्रशोथ की चपेट में आ जाते हैं। प्राय: हर बच्चे को 5 वर्ष से कम उम्र में (अकसर 3 वर्ष) यह रोटा वाइरस अपना शिकार बनाता है और बच्चों को अस्पताल में भर्ती करने की नौबत आ जाती है। कभी-कभी एड्स रोगी में भी रोटा वाइरस, दस्त की बीमारी उत्पन्न करता है, लेकिन अन्य वयस्क रोगियों में यह विषाणु दस्त की बीमारी तो उत्पन्न करता है, परंतु वह साधारण प्रकार की होती है, **जबकि 5 और 3 वर्ष के आसपास की उम्र के बच्चों में यह रोग गंभीर स्थिति में पहुँच जाता है।** ऐसा छोटे बच्चों में रोग प्रतिरोधक शक्ति की कमी के कारण होता है।

उल्टी-दस्त के कारण इस बच्चे की आँखें भीतर धँसी हुई दिख रही हैं। इसे खून की नसों में तुरंत सेलाइन देने की आवश्यकता है।

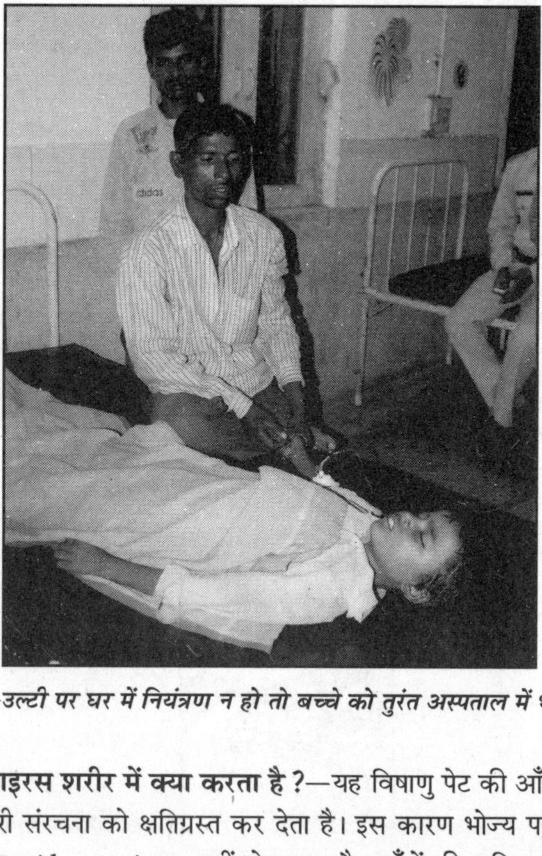

यदि दस्त-उल्टी पर घर में नियंत्रण न हो तो बच्चे को तुरंत अस्पताल में भरती करें।

रोटा वाइरस शरीर में क्या करता है ?—यह विषाणु पेट की आँतों में पहुँचकर आँतों की बाहरी संरचना को क्षतिग्रस्त कर देता है। इस कारण भोज्य पदार्थ का आँतों द्वारा अवशोषण (Absorption) नहीं हो पाता और आँतों की अधिक गतिशीलता के

कारण उल्टी दस्त की बीमारी उत्पन्न हो जाती है एवं आँतों में सूजन भी आ जाती है।

रोग की जटिलताएँ—रोटा वाइरस अलग-अलग रोगियों में साधारण प्रकार से लेकर गंभीर तरह की दस्त की बीमारी उत्पन्न करता है और इस कारण बच्चों या बड़ों के शरीर में पानी की कमी उत्पन्न करता है। इस रोग का 05 वर्ष से नीचे की उम्र के बच्चों पर प्रभाव अधिक होता है और **समय पर इलाज न किया जाए तो मृत्यु तक हो सकती है।**

शरीर में पानी की कमी के अलावा कुछ श्वसन संस्थान की बीमारियाँ जैसे न्यूमोनिया, मस्तिष्क शोथ और सिड्स (Sudden Infant Death) भी उत्पन्न करता है। **सिड्स रोग में छोटे शिशुओं की एकदम अचानक मृत्यु हो जाती है।** इसके अलावा रोटा वाइरस द्वारा आँतों की कई गंभीर बीमारी भी उत्पन्न हो सकती हैं। अतएव **इस रोग की पहचान कर शीघ्र इलाज जरूरी होता है।**

रोग के लक्षण—बीमारी के शुरू में 80 प्रतिशत छोटे बच्चों में शुरू में उल्टियाँ होती हैं, फिर दस्त लगते हैं, साथ ही बुखार भी आ जाता है और शरीर का तापक्रम 102.2F तक रहता है। लगभग 15 प्रतिशत मामलों में दस्त के साथ थोड़ी मात्रा में रक्त कोशिकाएँ भी जा सकती हैं।

रोग की पहचान—इस रोग में, अकसर दस्तों द्वारा मल की अधिक मात्रा निकलती है। प्रयोगशाला में मल का परीक्षण कर भी इसकी पहचान हो जाती है। पी.सी.आर (P.C.R.) नामक जाँच से भी रोग की पहचान या निदान निश्चित तौर पर हो जाता है।

जब डायरिया भयंकर रूप में हो तो निर्जलीकरण (डिहाइड्रेशन) के चिह्न, खासकर बच्चों में बहुत जल्दी दिखाई देने लगते हैं। निर्जलीकरण के चिह्न इस प्रकार हैं :

1. आँखों का भीतर धँस जाना।
2. मुँह का सूख जाना।
3. त्वचा पर सिलवट पड़ जाना।

जब भी निर्जलीकरण के लक्षण दिखें, मरीज की हालत काफी गंभीर होती है और अगर इलाज में थोड़ी भी देरी की गई तो मृत्यु हो सकती है।

रोग का इलाज—(1) जिंक देने से भी दस्तों में कमी आती है। अतएव विश्व स्वास्थ्य संगठन 10 से 14 दिन तक बच्चों को जिंक (10 मि.ग्रा. प्रतिदिन) देने की सलाह देता है। (2) शरीर में पानी की कमी अधिकतर मामलों में मुख द्वारा जीवन रक्षक घोल (O.R.S.) पिलाकर पूरी की जाती है।और बहुत कम मामलों में अंतर्शिराओं द्वारा सेलाइन इत्यादि देने की जरूरत पड़ती है, लेकिन अच्छे शिशु रोग विशेषज्ञ को अवश्य दिखला देना चाहिए और **अनावश्यक रूप से रोग प्रतिरोधक दवाएँ देने से बचना चाहिए।**

निर्जलीकरण (डिहाइड्रेशन) का पता लगाने के लिए त्वचा की जाँच

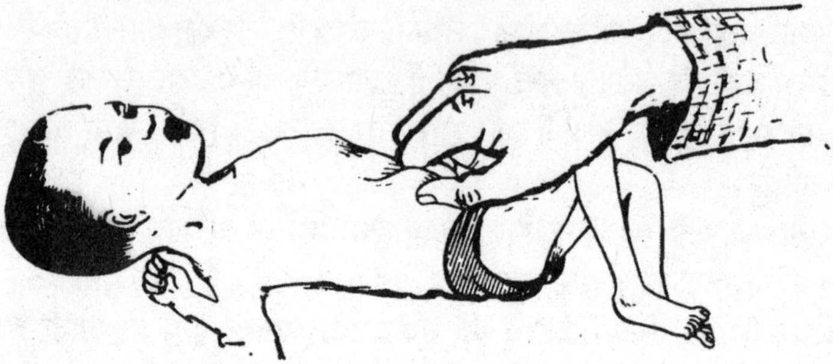

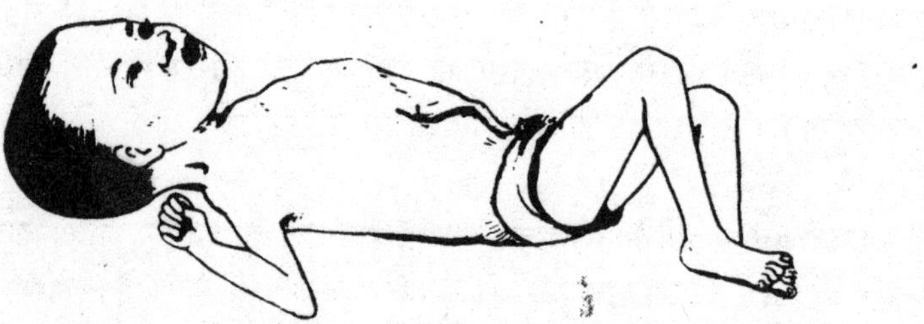

(चुटकी का बना रहना गंभीर निर्जलीकरण प्रदर्शित करता है। इस स्थिति में तुरंत बच्चे को पानी पिलाना शुरू कर दें और नजदीक के अस्पताल में ले जाएँ)

रोग से बचाव—बच्चों और परिवार के सदस्यों को शुद्ध पेयजल उपलब्ध हो, ऐसी व्यवस्था करें। घरों में साफ-सफाई (Hygenic Condition) जरूरी है, साथ ही **घरों में आधुनिक शौचालय हों, यह भी जरूरी है? मक्खियों पर नियंत्रण भी रोग से बचाव की दिशा में बड़ा कदम है।** खाने-पीने की सामग्री ढककर रखें। रोटा वाइरस रोगी के मल और उल्टी में अत्यधिक मात्रा में कई दिनों तक मौजूद होते हैं अतएव अन्य बच्चों को इनके संपर्क से बचाना चाहिए। रोगी के कपड़े अलग स्थान पर धोए जाएँ। रोग से बचाव के लिए साफ-सफाई अत्यंत आवश्यक है तथा घरों में गंदे पानी के निकास की उचित व्यवस्थाएँ होना चाहिए।

रोग का टीका—बच्चों को रोग से बचाव के लिए सन् 1999 में अमेरिका में जो वैक्सीन बनाई गई थी, उसे 1 वर्ष बाद आँतों में जटिलताओं की वजह से बाजार में बिक्री के लिए प्रतिबंधित कर दिया गया। फिर सन् 2006 में रोटारिक्स नामक वैक्सीन और

रोटाटेक नामक वैक्सीन भी आई, जो मुख द्वारा (Oral) दी जाती है।

रोटारिक्स वैक्सीन छोटे शिशुओं को 2 महीने और 4 महीने में पिलाई जाती है, जबकि रोटाटेक नामक वैक्सीन की तीन मात्राएँ दूसरे, चौथे और छठवें माह में शिशुओं को पिलाते हैं। इन टीकों (Vaccnine) को 12वें सप्ताह में देने पर आँतों की जटिलताओं का खतरा फिर भी बना रहता है। इसलिए अभी तक वैक्सीन देने की सही उम्र निश्चित नहीं की जा सकी है। रोटा वाइरस वैक्सीन के लिए शिशु रोग विशेषज्ञ से भी सलाह लें। एक समाचार के अनुसार एक रोटा वाइरस टीके का विकास भारत में हुआ है, जो विदेशी वैक्सीन से लगभग 50 गुना कम कीमत में उपलब्ध होगा। अब यह अच्छी खबर है कि भारत सरकार द्वारा इस महँगे टीके को भी अपने टीकाकरण कार्यकम्र में शामिल कर लिया गया है।

❑

17

मियादी बुखार–मोतीझिरा (Typhoid Fever)

मोतीझिरा अथवा टॉयफायड से प्रायः सभी लोग परिचित हैं। यह एक लंबे समय तक परेशान करनेवाला ऐसा बुखार है, जो व्यक्ति को कमजोर और चिड़चिड़ा बना देता है। यह रोग एस. टायफी या पेराटायफी नामक रोगाणुओं द्वारा फैलता है, जो मलमूत्र द्वारा दूषित भोजन या पानी द्वारा मनुष्यों में पहुँच जाते हैं और इसके कारण बनते हैं स्वयं के गंदे हाथ या मक्खियाँ। लोग इस बुखार से आसानी से बच सकते हैं। अतः इस रोग की जानकारी होना अत्यंत जरूरी है।

विश्व में स्थिति

यह रोग विश्व के उन देशों में पाया जाता है, जहाँ मल–मूत्र और गंदगी के सही निष्कासन की व्यवस्था नहीं है अथवा पीने का शुद्ध पानी उपलब्ध नहीं होता है, जबकि विकसित देशों में जैसे ब्रिटेन में प्रति दस लाख की आबादी पर मात्र 1 रोगी पाया जाता है। पूरे विश्व में लगभग 60 लाख व्यक्ति रोग से ग्रसित होते हैं, इनमें से 6 लाख के ऊपर रोगी मर जाते हैं। एक और गंभीर बात यह है कि आजकल 50 प्रतिशत रोगियों में जीवाणु प्रतिरोधक दवाइयाँ असर नहीं कर रही हैं, क्योंकि जीवाणुओं ने इन दवाइयों के प्रति, प्रतिरोधक क्षमता विकसित कर ली है।

भारत में रोग की स्थिति

देश में प्रतिवर्ष लगभग 4 लाख लोग इस रोग से प्रभावित होते हैं। वर्ष 1995 में टायफायड से ग्रसित 329499 रोगियों का पता लगा, जिनमें से 672 रोगियों की मृत्यु हो गई। भारत के शहरी क्षेत्रों में अध्ययन के दौरान 17 वर्ष के नीचे के लगभग 1 प्रतिशत बच्चे रोग से प्रभावित पाए गए। इस तरह हमारे देश में भी टॉयफायड बुखार के रोगियों की संख्या कम नहीं कही जा सकती है एवं यह रोग बच्चों को ज्यादा प्रभावित कर रहा है।

कैसे होता है यह बुखार

(1) रोग के कारक—जैसा कि बतलाया गया है, इस रोग का प्रमुख कारक होता है एस. टायफी नामक जीवाणु, लेकिन इसके साथ ही सालमोनेला पैराटायफी 'ए' और 'बी' से भी पैराटायफायड बुखार आ सकता है। रोग के ये जीवाणु उबालने से या जीवाणुनाशक घोल से नष्ट हो जाते हैं। इन सभी तरह के रोगाणुओं द्वारा उत्पन्न बुखारों को (Enteric Fever) एंटरिक फीवर कहते हैं।

2. रोग का संग्राहक एवं वाहक—इस रोग का संग्राहक (Reservoir) एवं वाहक स्वयं मनुष्य ही होता है। उसके मल तथा मूत्र में भी रोग के जीवाणु मौजूद रहते हैं और ये जीवाणु सावधानी एवं साफ-सफाई के अभाव में संपर्क में आनेवाले अन्य स्वस्थ व्यक्तियों को भी लंबे समय तक रोग का शिकार बना सकते हैं। टॉयफायड से या पैराटायफायड रोग का शिकार रोगी बुखार आने के बाद 6 से 8 सप्ताह तक रोग के जीवाणु उत्सर्जित करता है, जबकि कुछ रोगी कुछ महीनों से लेकर कई वर्षों तक ये रोगाणु उत्सर्जित करते रहते हैं। इतिहास के पन्नों में एक ऐसा मामला भी पाया गया है, जिसने अपने जीवनकाल में 1300 स्वस्थ लोगों को टॉयफायड का शिकार बनाया। कुछ लोग तो इस रोगाणु के वाहक 50 वर्ष तक भी बने रहे।

3. बीमारी का स्त्रोत—प्राथमिक स्त्रोत बीमार या वाहक व्यक्ति का मल एवं मूत्र होते हैं, लेकिन इसके अलावा दूषित जल, मक्खियाँ या मनुष्य की उँगलियों द्वारा भी रोग के जीवाणु एक व्यक्ति से दूसरे व्यक्ति में फैलते हैं। रोग के जीवाणु दूषित दूध या अन्य खाद्य वस्तुओं में भी हो सकते हैं, यहाँ तक कि बर्फ और आइस्क्रीम में भी ये जीवित रहते हैं।

किनको रोग होता है ?

यह किसी भी उस के व्यक्ति को हो सकता है, परंतु 5 से 19 वर्ष की उम्र में अधिकतर होता है तथा स्त्रियों की बजाय पुरुष वर्ग में रोग ज्यादा पाया जाता है। शारीरिक रोग प्रतिरोधक शक्ति भी रोग के न होने में भूमिका निभाती है। वैसे रोग पूरे वर्ष होता है, लेकिन **जुलाई के महीनों, विशेषकर बरसात में टॉयफायड के अधिक रोगी पाए जाते हैं। इसका कारण यह है कि इन दिनों मक्खियों की संख्या भी बढ़ जाती है।**

अन्य स्थितियाँ

देश में खुले **मैदानों या खेतों में शौच जाने की प्रथा तथा पीने के पानी के पाइप गंदी नालियों में से होकर जाने के कारण रोग अधिकतर फैलता है। हमारे**

यहाँ साग-भाजियों की गंदगी ठीक से साफ न करने के कारण भी रोग होता है। सीधी सी बात है कि उचित साफ-सफाई (चाहे वह घरों की हो या व्यक्तिगत) के अभाव में रोग ज्यादा होता है। जब मक्खियाँ मल पर बैठकर पानी वा खाद्य पदार्थों पर बैठती हैं और ऐसे खाद्यों को लोग खाते हैं तो रोग हो जाता है। नाखूनों में मल पदार्थ लगा रह जाए तो भी रोग हो सकता है।

रोग का उद्‌भव काल

सामान्यत: शरीर में रोगाणुओं के प्रवेश के 10 से 14 दिन के भीतर रोग के लक्षण मिलने लगते हैं। कुछ स्थितियों में यह समय 2-3 दिन कम भी हो सकता है।

रोग के लक्षण

1. रोगी को तेज बुखार आता है। कँपकँपी या ठंड भी लग सकती है।
2. साथ में हाथ-पैर में दर्द, सिर दर्द, खाँसी जैसे लक्षण मिलते हैं। गले में दर्द या सूजन हो सकती है।
3. पेट में दर्द और कष्ट की शिकायत होती है। बाद में दस्त भी लग सकते हैं।
4. 7 से 10 दिन में बुखार कम हो जाता है, लेकिन रोगी काफी कमजोर हो जाता है। इस समय बिडाल जाँच में टॉयफायड की पुष्टि हो जाती है।
5. कभी-कभी दो सप्ताह पश्चात् टॉयफायड बुखार पुन: आ सकता है। **यह तब होता है, जब इलाज सही न लिया जाए।**
6. सीने और पेट पर गुलाबी दाने सरीखे दिखते हैं।

रोग की जटिलताएँ

लगभग 30 प्रतिशत मामलों में जब इलाज लगातार और पर्याप्त नहीं लिया जाता तो मोतीझिरा या टायफायड रोग जटिल अवस्था में पहुँच जाता है। **इस स्थिति में आँतों में छेद हो सकता है और मल द्वार से खून जा सकता है।** ऐसी स्थिति में रोगी की मृत्यु सदमे (Shock) में जाने के कारण हो सकती है।

अन्य जटिलताओं में न्यूमोनिया, हृदय झिल्ली की सूजन एव गुर्दों की सूजन इत्यादि है। रोगी अत्यंत चिड़चिड़ा या पागल तक हो सकता है। अत: रोग का इलाज योग्य चिकित्सक से शीघ्र करवाना चाहिए। टॉयफायड को साधारण रोग समझकर इसके इलाज के प्रति लापरवाही नहीं बरतनी चाहिए।

रोग की जाँचें

रोग की जाँच आसानी से हो जाती है, लेकिन प्रायः जाँच के परिणाम सात दिन पश्चात् ही धनात्मक मिलते हैं। टॉयफायड के लिए विडाल नामक जाँच (Widal) की जाती है, साथ ही इस रोग में रक्त के श्वेत रक्ताणु की संख्या कम हो जाती है। इसलिए इनकी संख्या भी पैथालाजिस्ट अपनी जाँच में देखते हैं। फिर चिकित्सक रिपोर्ट देखकर इलाज लिखते हैं।

ये तीन बातें बच्चों की बहुत से खतरनाक रोगों से रक्षा करती हैं—

पोषक आहार *स्वच्छता* *और टीके (प्रतिरक्षण)*

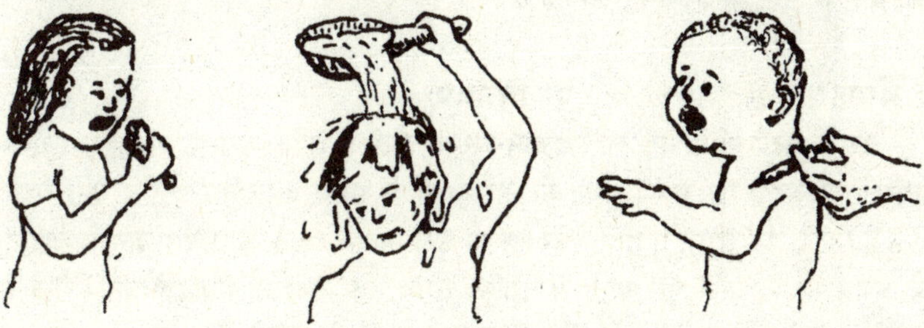

बच्चों को स्वस्थ रखने और कई बीमारियों से बचाने वाले ये महत्त्वपूर्ण तीन अंगरक्षक हैं

टॉयफायड और कृमि रोगों एवं दस्त की बीमारियों से बचाव के लिए यह भी ध्यान रखें—

1. **बच्चे के नाखून हमेशा काटकर रखें।**
2. **खाने के पूर्व साबुन से हाथ धोएँ।**
3. **सब्जियों और फलों को खूब धोकर इस्तेमाल करें।**
4. **बासी भोजन इस्तेमाल न करें।**
5. **दूध या तो पाश्चुरीकृत हो या फिर उसे उबालें, तब दें।**
6. **खुले स्थानों में शौच क्रिया न करें।**

बुखार को अच्छे थर्मामीटर द्वारा दिन में कई बार नापकर भी एक सीमा तक टायफायड बुखार की संभावना का पता चिकित्सक लगा लेते हैं।

कल्चर (Culture)

अच्छी पैथोलाजी में मल एवं रक्त के कल्चर द्वारा भी चिकित्सक रोग की पहचान निश्चित करते हैं।

टायफायड पर नियंत्रण

थोड़ी सी सावधानियाँ रखकर इस बुखार पर नियंत्रण पाया जा सकता है। यदि परिवार के किसी सदस्य को यह बीमारी होती है तो हमें प्रयास यह करना चाहिए कि घर-परिवार के सदस्यों या साथ उठने-बैठने वालों में न फैले। रोग के नियंत्रण अथवा रोकथाम के लिए तीन तरीके अपनाते हैं—

1. संग्राहक (Reservoir) पर नियंत्रण

इसके लिए शीघ्र रोग की पहचान जरूरी होती है ताकि रोग के संवाहक रोगी से सावधानियाँ बरती जा सकें। रोगी को अस्पताल में भरती करवाकर इलाज देना बेहतर रहता है। यदि यह संभव न हो तो घर पर ही उसे अलग रखने का प्रयास करना चाहिए। यह ध्यान रहे कि उसे पूरी मात्रा में पर्याप्त समय तक दवाइयाँ खिलाई जाएँ। रोगी के मल-मूत्र के संपर्क से बचने के लिए विशेष सावधानियाँ रखी जाएँ।

इलाज—आजकल इस रोग पर नियंत्रण के लिए अच्छे एंटीबायोटिक्स उपलब्ध हैं। पूर्व में प्रचलित क्लोरेमफेनीकाल तो रोग में असरकारक हैं ही। अब सिप्रोपलाक्सेसिन एमाक्सीसिलिन कोट्राइमेक्साजले इत्यादि दवाइयाँ भी उपलब्ध है। इलाज महँगा भी नहीं है। (कुछ वर्ष पूर्व क्लोरेमफेनी काल दवा को हानिकारक होने से बंद कर दिया गया है।)

2. संवाहक पर नियंत्रण

रोग के संवाहक (Carriers) रोगी के मल-मूत्र या रक्त की जाँच कर उसकी पहचान की जाती है, फिर उसे पर्याप्त मात्रा में एम्पीसिलिन अथवा अन्य दवाएँ खिलाते हैं ताकि रोग के जीवाणु खत्म हो जाएँ और वह टायफायड रोग को दूसरे व्यक्तियों में न फैला सके।

व्यक्तिगत साफ-सफाई संबंधी शिक्षा भी उसे दी जाती है। उदाहरणार्थ—**नाखून काटना, खाने के पूर्व अच्छे से हाथ साफ करना, खुले स्थानों में शौच न जाना। प्रत्येक घर में सेप्टिक टैंकवाला पक्का शौचालय बनवाना चाहिए।** ढकी नालियों द्वारा गंदगी के निष्कासन की व्यवस्था भी होनी चाहिए। पेयजल एवं भोजन की शुद्धता पर भी पर्याप्त ध्यान दिया जाना चाहिए, क्योंकि यदि भोजन-पानी टायफायड के जीवाणुओं-युक्त होगा तो ऐसी स्थिति में रोग को फैलने से रोकना असंभव है।

3. टीकाकरण (Immunisation)

यह कुछ संतोष की बात है कि आज रोग से बचाव के लिए उसके टीके उपलब्ध हैं, लेकिन टीकाकरण रोग से 100 प्रतिशत सुरक्षा नहीं देता है। तब भी जिन क्षेत्रों में रोग फैल रहा हो, उन क्षेत्रों में रोगी के परिवारवालों को ये टीके लगवा लेने चाहिए।

टॉयफायड के टीके (Vaccines)

आजकल तीन प्रकार के टीके उपलब्ध हैं। ये टीके हमारे देश में भी प्राप्त हो सकते है—1. मोनोवेलेंट टीका, 2 बाईवेलेंट टीका, 3. टी.ए.बी. (T.A.B.) टीका—आजकल यह वेक्सीन विश्व स्वास्थ्य संगठन के अनुसार, लगाने की सलाह नहीं दी जाती है।

मात्रा—वेक्सीन की दो खुराक त्वचा में इंजेक्शन द्वारा जी जाती हैं। दो मात्राओं के मध्य 4 से 6 सप्ताह का अंतर रखा जाता है। बच्चों (1 से 10 साल तक) को 0.5 मिली की बजाय 0.25 मिली अर्थात् आधी खुराक देते है।

टीका तीन वर्ष तक रोग से रक्षा करता है। तीन वर्ष बाद इसे पुनः लगवाना होता है। इसे टीके की प्रभावी मात्रा या बूस्टर डोज कहते हैं।

आजकल पोलियो वेक्सीन की तरह मुँह द्वारा ली जानेवाली टायफायड वेक्सीन भी विकसित की गई है। विश्व के पचास देशों में कैप्स्यूल के रूप में भी एक विशेष वेक्सीन आई है।

टीकाकरण के मामले में अपने डॉक्टर की सलाह लेना उचित होता है।

❑

18

रक्ताल्पता (Anaemia)

अभी देश के 19 राज्यों में हुए सर्वेक्षण में **लगभग 70 प्रतिशत बच्चों में रक्त की कमी पाई गई।** रक्त की कमी अथवा रक्ताल्पता एक विश्व-व्यापी समस्या बनी हुई है। भारत जैसे विकासशील देश के लिए तो यह समस्या और अधिक विकराल है, क्योंकि 60 प्रतिशत से 80 प्रतिशत तक पाँच वर्ष से कम उम्र के बच्चे तथा 25 प्रतिशत से 30 प्रतिशत स्त्रियाँ और लगभग 50 प्रतिशत गर्भवती महिलाएँ खून की कमी से पीड़ित हैं और **गर्भवती स्त्रियों की 20 प्रतिशत से 40 प्रतिशत मौत का कारण रक्ताल्पता ही है।** युवा पुरुष और वृद्ध भी इस रोग से ग्रसित पाए जाते हैं। रक्ताल्पता के कारण रोग प्रतिरोधक क्षमता कम होने के कारण भी संक्रमण रोग जल्दी होते हैं।

थोड़ी सी भी खून की कमी व्यक्ति की कार्यक्षमता पर उल्लेखनीय प्रभाव डालती है और जितनी गंभीर रोग की स्थिति होती है, उसी अनुपात में रोगी की कार्यक्षमता भी घट जाती है। प्रयोगों द्वारा यह पता चला है कि रक्त में केवल 1.5 ग्राम हीमोग्लोबिन कम हो जाने से रोगी की शारीरिक श्रम करने की शाक्ति काफी घट जाती है।

इस तरह हम देखें तो सामान्य तौर पर पाया जानेवाला यह रोग अप्रत्यक्ष रूप से देश की आर्थिक स्थिति को भी प्रभावित करता है, क्योंकि इसके कारण श्रमिकों अथवा कर्मचारियों की कार्यशक्ति घट जाती है, जिससे उत्पादन पर बुरा असर पड़ता है। इसके अलावा गृहणी स्त्रियों एवं **बच्चों में इस रोग की अधिकता के कारण उनके परिवारों पर भी इसका असर होता है,** क्योंकि महिलाओं में खून की कमी या रक्ताल्पता होने से वे पारिवारिक कार्य और परिवार के प्रति अपनी जिम्मेदारियों को बखूबी नहीं निभा पाती हैं। इस तरह बच्चों में रक्ताल्पता से उनकी पढ़ाई प्रभावित होती है।

रक्ताल्पता क्या है ?—खून की कमी या जिसे अंग्रेजी में एनीमिया कहते हैं, रक्त में लाल रक्त कणिकाओं की कमी के कारण होता है। इन कणिकाओं के एक महत्त्वपूर्ण घटक हीमोग्लोबिन की मात्रा भी इस स्थिति में कम हो जाती है। हीमोग्लोबिन लौह तत्त्व को मिलाकर बना एक जटिल यौगिक होता है और इसी के कारण रक्त और रक्त

कणिकाओं का रंग लाल रहता है। हीमोग्लोबिन रक्त द्वारा शरीर के विभिन्न अंगों को ऑक्सीजन पहुँचाने का प्रमुख कार्य करता है, लेकिन रक्त में जब इसकी मात्रा कम हो जाती है तो शरीर की विभिन्न कोशिकाओं को ऑक्सीजन भी कम मिलती है। इस कारण जैविक ऑक्सीकरण की क्रिया घटने से ऊर्जा भी कम उत्पन्न हो पाती है। **यही वजह है कि रोगी की शारीरिक श्रम करने की क्षमता घट जाती है और वह जरा सा शारीरिक श्रम करने के पश्चात् हाँफने लगता है।** चूँकि रक्त में ऑक्सीजन की मात्रा कम हो जाती है, अत: फेफड़े बार-बार जल्दी-जल्दी साँस लेकर अधिक ऑक्सीजन प्राप्त करने का प्रयास करते हैं।

कुपोषण और रक्ताल्पता—वैसे तो रक्ताल्पता कई प्रकार की होती है, जैसे आनुवंशिक रोगों के कारण होनेवाली खून की कमी या बवासीर अथवा दुर्घटनावश रक्त-स्राव से होनेवाली रक्ताल्पता। आँतों द्वारा भोजन को अवशोषित करने की शक्ति की कमी से भी रक्त की कमी हो जाती है, परंतु हमारे देश में रक्त की कमी का प्रमुख कारण

बच्चों में रक्ताल्पता अथवा खून की कमी (Anaemia)

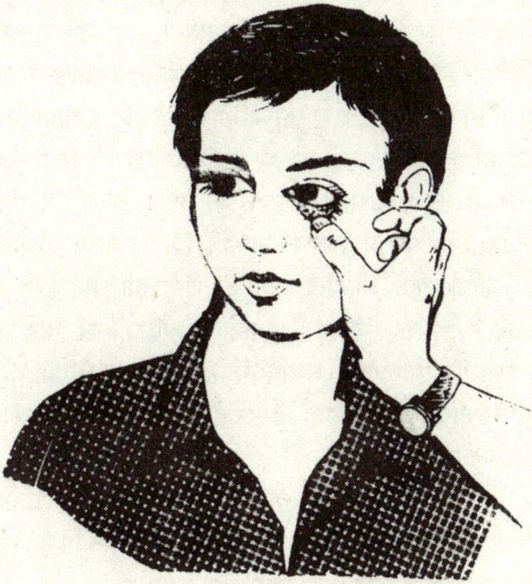

खून की कमी के लिए आँखों की जाँच
खून की कमी देखने के लिए आँखों के नीचे की श्लेष्मा कला देखकर, उसकी लालामी या पीलेपन की मात्रा का अंदाजा लगाकर, चिकित्सक रोग का पता करते हैं

कुपोषण अथवा अल्प पोषण है। कुपोषण के कारण शरीर को पर्याप्त मात्रा में लौह तत्त्व अथवा विटामिन बी-12 और फॉलिक एसिड की मात्रा नहीं मिल पाती और वह खून की कमी का शिकार हो जाता है। हमारे यहाँ लौह तत्त्व की कमी के कारण होनेवाली रक्ताल्पता सामान्य है। सर्वेक्षणों के अनुसार 58.8 प्रतिशत गर्भवती स्त्रियाँ और 35.6 प्रतिशत अन्य युवा स्त्रियों के शरीर में लौह तत्त्व की मात्रा कम होने के कारण खून की कमी पाई गई है। भारत में 204 से 504 स्त्रियों में फॉलिक एसिड की कमी भी पाई जाती है। रक्ताल्पता का यह भी एक प्रमुख कारण है। चूँकि स्त्रियों के खाने में पौष्टिक खाद्यों, जैसे दूध, फल, हरी सब्जियों का अभाव होता है, अतएव उन्हें लोहा फॉलिक एसिड और उच्च दर्जे का प्रोटीन प्राप्त नहीं हो पाता, इस कारण हीमोग्लोबिन भी कम बनता है।

रक्ताल्पता के कारण—रक्त की कमी के कुछ अन्य कारण भी होते हैं, जैसे मलेरिया, पेट में कृमियों की शिकायत होना इत्यादि। इस तरह की रक्ताल्पता बीमारी दूर होने पर स्वयं ठीक हो जाती है। कुछ दवाइयों, जैसे क्लोरेम्फेनीकाल इत्यादि को बगैर चिकित्सक के उचित परामर्श के लंबे समय तक लेते रहने से भी रक्ताल्पता की स्थिति बन सकती है। माहवारी अधिक होने से भी रक्त की कमी देश में गरीबी और अज्ञानतावश भी लोग पोषक आहार की ओर ध्यान नहीं दे पाते, विशेषकर घरेलू स्त्रियाँ कुछ भी रूखा-सूखा खाकर पेट भर लेती हैं। प्रोटीन, विटामिन और खनिज लवणोंयुक्त आहार, जैसे दूध, अंडे, हरी सब्जियों एवं फलों का पर्याप्त मात्रा में भोजन में शामिल करने की प्रवृत्ति हमारे यहाँ न होने से शरीर रक्त की कमी और अन्य कुपोषणजन्य बीमारियों का शिकार आसानी से हो जाता है। बच्चों को भी पर्याप्त पौष्टिक आहार नहीं दिया जाता।

रक्त की कमी के दुष्प्रभाव—रक्त की कमी के कारण शरीर पर बहुत से दुष्प्रभाव पड़ते हैं, जैसा कि पूर्व में कहा जा चुका है कि रक्ताल्पता व्यक्ति की कार्यक्षमता कम कर देती है, व्यक्ति जल्दी ही थक जाता है। थोड़ा भी श्रम करने या सीढ़ियाँ चढ़ने पर साँस फूल जाती है। श्रीलंका में चाय बागानों के श्रमिकों पर किए गए एक अध्ययन में पाया गया कि रक्त में हीमोग्लोबिन कम होने के कारण जो श्रमिक कम कार्य कर पाते थे, उन्हें जब पर्याप्त लौह तत्त्व की मात्रा दी गई तो उनके कार्य करने की क्षमता भी पहले की अपेक्षा काफी बढ़ गई है।

लंबे समय तक रक्त की कमी के कारण रोगी के हृदय का आकार बढ़ जाता है, इसके अलावा उसके हाथ-पैरों एवं चेहरे पर सूजन भी आ सकती है। लीवर और तिल्ली का आकार भी बढ़ सकता है। रक्त की कमी का दुष्प्रभाव मानसिक दशा पर भी होता है। रोगी रक्ताल्पता के कारण मानसिक अवसादग्रस्त या चिड़चिड़ा हो सकता है। उसे सिरदर्द की भी शिकायत रहती है। कभी-कभी सीने में दर्द और हल्का बुखार भी रह सकता है। अन्य लक्षण, जैसे नाखूनों, हथेलियों और चेहरे का सफेद होना एवं आँखों की

निचली पलक के अंदरूनी भाग की लालिमा घट जाना इत्यादि भी मिलते हैं। गर्भावस्था में रक्ताल्पता होने से इसका असर होनेवाले बच्चे पर पड़ता है। प्रसव के समय शिशु एवं महिलाओं की जान का भी खतरा होता है।

रोग का निदान—रक्ताल्पता के सही निदान के लिए उक्त लक्षणों के दिखने पर रोगी को चिकित्सक से संपर्क कर जाँच करवानी चाहिए। आमतौर पर रक्त की जाँचों में लाल रक्त की कणिकाओं की खून में संख्या और हीमोग्लोबिन की मात्रा पता करते हैं। एक स्वस्थ पुरुष में हीमोग्लोबिन की मात्रा 13 ग्राम से 18 ग्राम प्रति डेसीलीटर और एक स्वस्थ स्त्री में 12 ग्राम से 16 ग्राम प्रति डेसीलीटर होती है। हीमोग्लोबिन की मात्रा 10 ग्राम के आस-पास होने पर उसे साधारण रक्ताल्पता की श्रेणी में रखते हैं और जब हीमोग्लोबिन 7 ग्राम के आसपास अथवा इससे कम होता है तो इसे गंभीर रक्ताल्पता की स्थिति माना जाता है। ऐसी स्थिति में रोगी को तुरंत इलाज लेना चाहिए।

यहाँ एक बात का उल्लेख करना आवश्यक है कि कई बार रक्त की कमी शरीर में बगैर कोई लक्षण या परेशानी उत्पन्न किए भी हो जाती है। तब इसकी पहचान केवल प्रयोगशाला से ही संभव हो पाती है, लेकिन सामान्य तौर पर मिलनेवाले लक्षणों, जैसे थोड़े से श्रम में थकान अथवा साँस फूलना, सिरदर्द इत्यादि होने पर शीघ्र ही व्यक्ति को किसी अच्छे चिकित्सक को दिखलाना चाहिए। गर्भवती माताओं एवं श्रमिकों को तो जरा सी शिकायत होने पर अपने रक्त हीमोग्लोबिन की जाँच, चिकित्सक की सलाह पर करवा लेना चाहिए। याद रखें रक्त की कमी का निदान जितनी शीघ्रता से होगा, उसका इलाज भी उतना ही सरल होगा। रक्ताल्पता के रोगी की आँखों के नीचे कंजक्टाइना लाल की बजाय पीली सी होती है एवं चेहरा, नाखून तथा हथेलियाँ सफेद दिखती हैं।

रोग का इलाज और बचाव—अब प्रश्न उठता है रक्त की कमी अथवा समस्या को कैसे कम किया जाए? तो इससे निपटने का एक प्रमुख तरीका तो यह है कि लोग अपने खान-पान की आदतें बदलें और संतुलित आहार की ओर पर्याप्त ध्यान दें। वे प्रोटीन, विटामिन और आयरनयुक्त आहार, जैसे दूध, अंडे, सोयाबीन, गुड़, पालक की भाजी एवं अन्य हरी साब्जियाँ तथा फल पर्याप्त रूप से खाएँ।

पेट में कृमियों की शिकायत होने पर बच्चों को चिकित्सक के परामर्श पर शीघ्र दवाइयाँ दें। रक्ताल्पता उत्पन्न करनेवाली बीमारियाँ, जैसे मलेरिया इत्यादि का इलाज भी अतिशीघ्र करवाएँ। गर्भवती महिलाएँ लौह तथा फॉलिक एसिडयुक्त गोलियाँ तब तक लेती रहें, जब तक उनके रक्त में हीमाग्लोबिन की मात्रा पर्याप्त न हो जाए। खून की कमी से ग्रसित बच्चों को भी यही दवाइयाँ चिकित्सक की सलाह पर कम मात्रा में देनी चाहिए।

रक्त में हीमोग्लोबिन की मात्रा जब 6 ग्राम या इससे कम हो जाती है तो कई बार उसे रक्त भी चढ़ाना पड़ता है। वैसे यदि हीमाग्लोबिन 7 ग्राम से अधिक होता है तो उसे

प्राय: फॉलिक एसिड और विटामिन बी–12 के इंजेक्शन या गोलियाँ देकर भी बढ़ाया जा सकता है। कुछ मामलों में चिकित्सक आयरन (इंफेरान) के इंजेक्शन भी देते हैं। यहाँ यह ध्यान रखना चाहिए कि कुछ रोगियों में आयरन की गोलियों से पेटदर्द या उल्टी की शिकायत भी हो सकती है। ऐसे मामलों में हीमोग्लोबिनयुक्त पीने की दवाइयाँ भी उपयोग करते हैं, बच्चों के लिए तो पीनेवाली मीठी इवाइयों की शीशियाँ ही चिकित्सक लिखते हैं। इसलिए इलाज अच्छे चिकित्सक की देखरेख में लेना चाहिए।

❑

19

बच्चों के कुपोषणजन्य रोग

(Diseases due to Malnutrition)

हमारे यहाँ गरीबी और जानकारी के अभाव में कुपोषण एक आम समस्या है। शरीर के लिए आवश्यक संतुलित आहार लंबे समय तक न मिलना ही कुपोषण है। **कुपोषण के कारण बच्चों और महिलाओं की रोग प्रतिरोधक क्षमता कम हो जाती है, जिससे वे आसानी से कई तरह की बीमारियों के शिकार बन जाते हैं। अतः कुपोषण की जानकारियाँ होना अत्यंत जरूरी है। देश के लगभग 50 प्रतिशत बच्चे उचित खान-पान के अभाव में कुपोषणग्रस्त हैं।**

कुपोषण को कैसे पहचानें ?

यदि मानव शरीर को संतुलित आहार के जरूरी तत्त्व लंबे समय न मिलें तो निम्न-लिखित लक्षण दिखते हैं, जिनसे कुपोषण का पता चल जाता है।

1. शरीर की वृद्धि या बाढ़ का रुकना।
2. मांसपेशियाँ ढीली होना और सिकुड़ जाना।
3. झुर्रियोंयुक्त पीले रंग की त्वचा होना।
4. कार्य करने पर शीघ्र थकान आना।
5. मन में उत्साह का अभाव और चिड़चिड़ापन तथा घबराहट होना।
6. बाल रूखे और चमकरहित होना।
7. चेहरा क्रांतिहीन, आँखें धँसी हुईं तथा उनके चारों ओर काले वृत्त बनना।
8. शरीर का वजन कम होना तथा कमजोरी।
9. नींद तथा पाचन क्रिया का गड़बड़ होना।
10. हाथ-पैर पतले और पेट बढ़ा होना या शरीर में सूजन आना। (अकसर बच्चों में)

किसी व्यक्ति या बच्चे में उक्त लक्षणों में से एक-दो या अधिक लक्षण दिखें तो

डॉक्टर को दिखलाना चाहिए। वह पोषक तत्त्वों की कमी का पता लगाकर आवश्यक खाने में सुधार के बारे में बतलाएगा।

कुपोषण के कारण

विकसित राष्ट्रों की अपेक्षा विकासशील देशों में कुपोषण की समस्या अधिक विकराल है। इसका प्रमुख कारण है गरीबी। धन के अभाव में गरीब लोग पर्याप्त पौष्टिक चीजें, जैसे दूध, फल घी इत्यादि नहीं खरीद पाते। कुछ तो केवल अनाज से मुश्किल से पेट भर पाते हैं, लेकिन **गरीबी के साथ ही एक बड़ा कारण अज्ञानता तथा निरक्षरता भी है। अधिकाश लोगों, विशेषकर गाँव, देहात में रहनेवाले व्यक्तियों को संतुलित भोजन के बारे में जानकारी नहीं होती। इस कारण वे अपने बच्चों के भोजन में आवश्यक वस्तुओं का समावेश नहीं करते।** इस कारण वे स्वयं तो इस रोग से ग्रस्त होते हैं, साथ ही अपने परिवार को भी कुपोषण का शिकार बना देते हैं। इनके अलावा कुछ और कारण निम्न हैं—

अति कुपोषित बच्चा

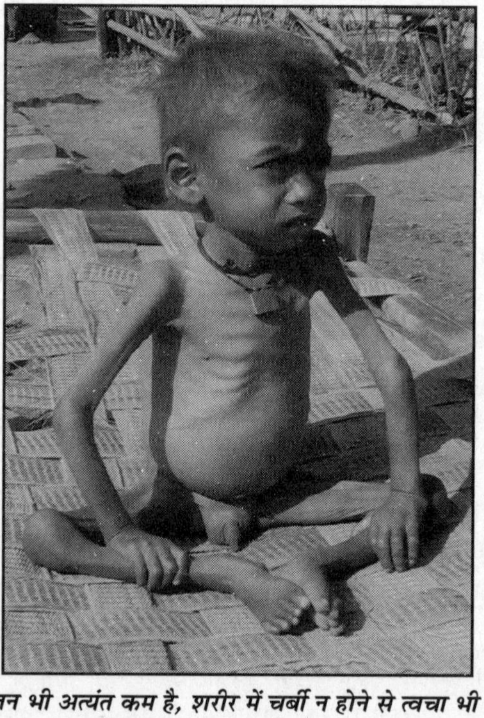

(इस बच्चे का वजन भी अत्यंत कम है, शरीर में चर्बी न होने से त्वचा भी ढीली पड़ गई है)

(1) गर्भावस्था

भारत में हर तीन गर्भवती महिलाओं में से एक कुपोषण की शिकार होने के कारण खून की कमी अर्थात् रक्ताल्पता की बीमारी से ग्रस्त हो जाती है। हमारे समाज में स्त्रियाँ अकसर अपने स्वयं के खान-पान पर ध्यान नहीं देतीं, जबकि गर्भवती स्त्रियों को ज्यादा पौष्टिक भोजन की आवश्यकता होती है। उचित पोषण के अभाव में गर्भवती माताएँ स्वयं तो रोगग्रस्त होती ही हैं, साथ ही होनेवाले बच्चे को भी कमजोर और रोगग्रस्त बनाती हैं। अकसर महिलाएँ पूरे परिवार को खिलाकर स्वयं बचा हुआ रूखा-सूखा खाना खाती हैं, जो उनके लिए अपर्याप्त होता है। यह महत्त्वपूर्ण तथ्य है कि यदि गर्भवती माताएँ अपने खान-पान में लापरवाह होती हैं तो होनेवाला शिशु कमजोर और कुपोषणग्रस्त होता है।

(2) शिशुओं के पोषण में लापरवाही

हमारे यहाँ कुपोषण के कारण 1 वर्ष से कम आयु के व 10 प्रतिशत से लेकर 20 प्रतिशत तक शिशुओं की मृत्यु हो जाती है। इसी तरह 1 से लेकर 3 वर्ष तक के बच्चों में कुपोषण के कारण 20 प्रतिशत तक बच्चे दम तोड़ देते हैं। छोटे बच्चों में तेजी से बाढ़ होने के कारण उन्हें उचित पोषक आहार की अत्यंत जरूरत होती हैं, लेकिन जानकारी के अभाव अथवा गरीबी के कारण माता-पिता उन्हें पोषक आहार नहीं जुटा पाते हैं और वे धीरे-धीरे कुपोषण के शिकार हो जाते हैं।

(3) असंतुलित भोजन

कई बार बच्चा या प्रौढ़ व्यक्ति भरपेट भोजन करने के बावजूद कुपोषण का शिकार बन सकता है। इसमें उसकी पसंद अथवा नापसंद का भी दोष होता है। कई लोग अपनी पसंद की ही दो-तीन चीजें खाते हैं, बाकी पौष्टिक चीजें नापसंद होने के कारण खाते ही नहीं है। मतलब किसी को दाल चावल पसंद है तो वह केवल उसी से पेट भर लेते हैं। **हरी सब्जियाँ, सलाद, फल अथवा दूध लेते ही नहीं हैं।** इस कारण बहुत से विटामिंस, खनिज-लवण उन्हें मिल ही नहीं पाते। कई बच्चे भी ऐसी ही आदतों के कारण कुपोषण के शिकार हो जाते हैं।

(4) अधिक व्रत या उपवास

भारतीय स्त्रियों में कुपोषण का एक कारण अधिक व्रत-उपवास है। सप्ताह में एकाध उपवास ठीक है, लेकिन सप्ताह में तीन-तीन उपवास रखने हों, उनके शरीर में पोषक तत्त्वों की कमी हो जाती है और कुपोषण से अनेक रोगों के शिकार बन जाती है।

(5) मानसिक तनाव

मन प्रसन्न न हो और तनावग्रस्त हो तो भूख कम लगती है। इस कारण व्यक्ति भोजन की ओर ध्यान नहीं दे पाता, जैसे परीक्षाओं में छात्र कम खाना खाते हैं, या कोई दुःख या तनाववाली घटना के समय भी कई दिनों तक कम खाते हैं, इससे भी वे कुपोषण के शिकार बन सकते हैं। और गर्भवती स्त्रियों के बच्चे भी इन्हीं कारणों से कमजोर और रोगी होते हैं।

कुपोषण से होनेवाली प्रमुख बीमारियाँ एवं उनका इलाज और बचाव

(अ) प्रोटीन की कमी से होनेवाले रोग

(I) क्वाशिंओरकर

प्रोटीनयुक्त आहार पर्याप्त मात्रा में बच्चों को न देने के कारण यह रोग होता है और गरीब परिवार के बच्चे इससे अधिक प्रभावित होते हैं। इस रोग के लक्षण हैं—शरीर में सूजन आना और बढ़त रुक जाना। स्वभाव में चिड़चिड़ापन होने के साथ खून की कमी एवं दस्त लगना। इसमें रोगों से लड़ने की शक्ति भी कम हो जाती है।

इलाज—प्रोटीनयुक्त आहार, जैसे दूध, सोयाबीन, दाल, अंडे और इनसे बने खाद्य देने चाहिए, साथ ही चिकित्सक की सलाह भी लेने चाहिए।

बच्चों में गंभीर कुपोषण की पहचान

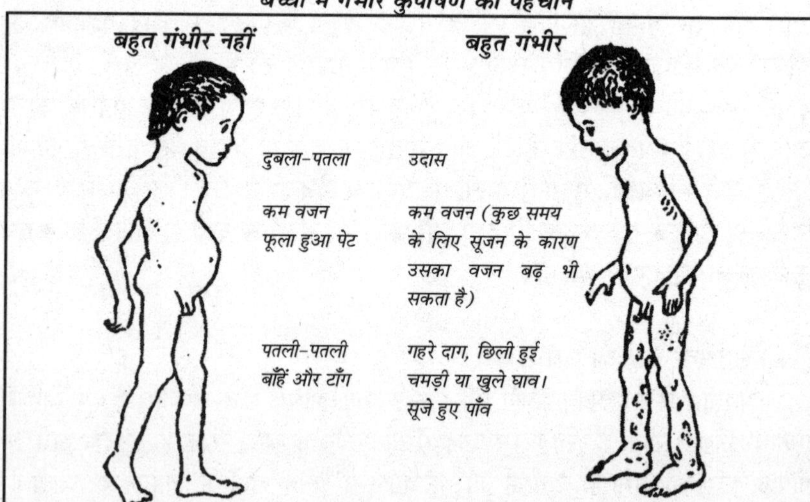

बचाव—बच्चों को 6 माह की उम्र से ही दालें एवं प्रोटीनवाला आहार देना चाहिए तथा पर्याप्त मात्रा में दूध भी पिलाना चाहिए।

(II) मरासमस

प्रोटीन कैलोरी की कमी से होनेवाले इस रोग में बच्चों का शरीर सूखकर काँटा हो जाता है। यह रोग भी गरीब घर के बच्चों में पौष्टिक भोजन न मिलने के कारण अकसर होता है। इसके रोग में बच्चा बहुत दुबला और कमजोर हो जाता है। मांसपेशियाँ क्षय के कारण लटक जाती हैं। शरीर में चर्बी की मात्रा कम होने से वजन कम हो जाता है। और बच्चा अत्यंत चिड़चिड़ा हो जाता है।

इलाज—पूर्व में बतलाए अनुसार अधिक प्रोटीनवाला आहार दिन में कई बार देना चाहिए, साथ ही डाक्टर से सलाह भी लेनी चाहिए, ताकि वह दवा भी दे सके।

बचाव—बच्चे को शुरू से ही प्रोटीनयुक्त आहार दिया जाए तो यह रोग नहीं होता। छह महीने की उम्र के बाद केवल माँ के दूध से पोषण संबंधी आवश्यकताएँ पूरी नहीं होतीं। अत: उन्हें अर्ध तरल और ठोस आहार देना चाहिए। डिब्बाबंद खाद्यों की बजाय घर में बनी दाल, दलिया इत्यादि खिलाएँ। अलग से दूध, सोयाबीन के बिस्किट और ये न मिलने पर आधा उबला अंडा खिलाएँ।

(ब) विभिन्न प्रकार के विटामिंस की कमी से होनेवाली बीमारियाँ

शरीर को विटामिंस की बहुत ही थोड़ी मात्रा की जरूरत होती है, लेकिन यदि ये शरीर को भोज्य पदार्थों से प्राप्त न हों तो कई तरह की खतरनाक बीमारियाँ उत्पन्न हो जाती हैं। किस विटामिन की कमी से कौन सी प्रमुख बीमारी हो जाती है, यह जानना भी जरूरी है, साथ ही संबंधित विटामिन की पूर्ति कैसे हो, इसकी जानकारी भी होनी चाहिए। अत: संक्षेप में रोगों के कारण, चिकित्सा और बचाव के बारे में बतलाया जा रहा है।

(III) अंधापन तथा रतौंधी

रतौंधी एक सामान्य बीमारी है, जो बच्चों एवं बड़ों में विटामिन 'ए' की कमी के कारण होती है। रोग में अँधेरा घिरने पर शाम या रात्रि के समय दिखलाई नहीं देता। यदि शीघ्र उचित इलाज न करवाया जाए तो रोगग्रस्त व्यक्ति या बच्चा अंधा हो सकता है। हमारे यहाँ प्रति वर्ष हजारों बच्चे विटामिन 'ए' की कमी से अंधे हो जाते हैं, जबकि इस तरह के होनेवाले अंधेपन को पर्याप्त विटामिन 'ए' युक्त आहार लेते रहने से रोका जा सकता है। रतौंधी रोग के लक्षण निम्नलिखित हैं—

दृष्टि में धीरे-धीरे धुंधलापन आना, (त्वचा एवं बाल खुश्क हो जाते हैं तथा उनकी चमक चली जाती है। रोगी को कम दिखलाई देता है और पर्याप्त इलाज के अभाव में उसे कुछ भी दिखना बंद हो जाता है।

इलाज

विटामिन 'ए' की अधिकतावाला आहार, जैसे घी, मक्खन, दूध, फल, हरी सब्जियाँ, गाजर, मूँगफली इत्यादि देना चाहिए तथा डॉक्टर की सलाह से विटामिन 'ए' के इंजेक्शन अथवा गोलियाँ या कैप्सूल (ए-डी कैप्सूल) रोगी को खिलाना चाहिए। अथवा छोटे बच्चों को विटामिन-ए का सीरप भी चिकित्सक की सलाह से पिलाया जा सकता है।

बचाव—शुरू से विटामिन 'ए' युक्त संतुलित आहार लें। समय-समय पर बच्चों को विटामिन 'ए' का घोल पिलवाएँ। आजकल स्कूलों में बच्चों को यह घोल पिलवाया जाता है।

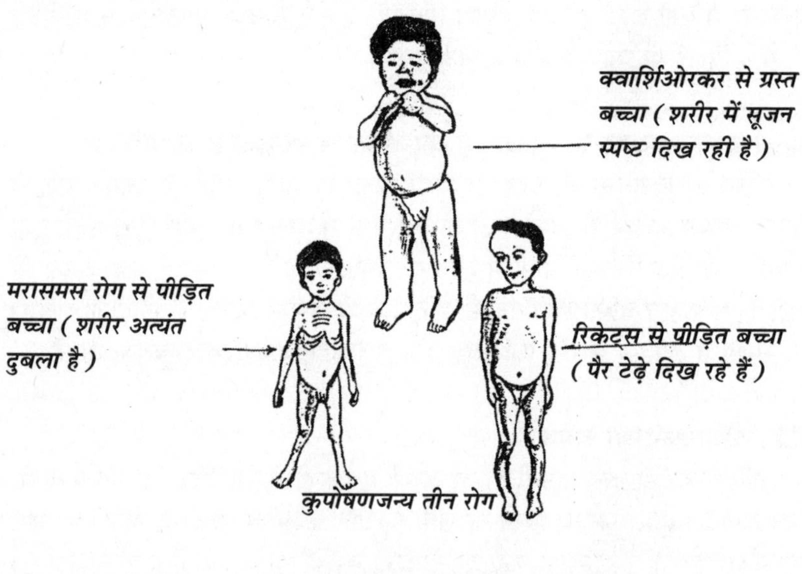

कुपोषणजन्य तीन रोग

(IV) सूखा रोग (रिकेट्स)

रोग के कारण

जानकारी का अभाव और दकियानूसी रीति-रिवाज भी इस बीमारी को बढ़ाने में

मददगार हैं, मतलब **छोटे बच्चों को कई-कई कपड़ों से पूरी तरह ढककर रखा जाता है। इस कारण उनके शरीर में धूप नहीं लग पाती और फिर शरीर की त्वचा विटामिन 'डी' नहीं बना पाती,** क्योंकि जैसा कि बतलाया जा चुका है कि विटामिन 'डी' का निर्माण त्वचा पर धूप लगने से होता है। यह रोग एक साल से कम के बच्चों को अधिक होता है, लेकिन बच्चा जब स्वयं चलने-फिरने लगता है तो बहुत से बच्चों में यह रोग स्वयं दूर हो जाता है। कैल्शियम की कमी भी सूखा रोग को बढ़ाती है।

बीमारी के लक्षण और पहचान

रोग में त्वचा की लालामी कम हो जाती है तथा मांसपेशियाँ ढीली पड़ जाती हैं। सिर से काफी पसीना आता है। पेट बढ़ जाता है। शिशु का विकास रुक जाता है तथा दाँत देर से निकलते हैं।

हड्डियों में परिवर्तन रिकेट्स का प्रमुख लक्षण है। इसमें जोड़ों की सिर तथा पैरों एवं सीने की हड्डियों में असामान्यता पैदा हो जाती है। पैर की हड्डियाँ मुड़ जाती हैं और खड़े होने पर रोगी के दोनों घुटने आपस में टकराते हैं। **ये हड्डियाँ धनुष आकार की हो जाती हैं।**

सूखा रोग का इलाज

चिकित्सक की सलाह से विटामिन 'डी' एवं कैल्शियम बच्चे को दिया जाता है। कैल्शियमयुक्त आहार के लिए बच्चों को कम-से-कम आधा लीटर दूध रोज पिलाना चाहिए। उसे धूप भी दिखलाएँ।

बचाव

बचाव के लिए बच्चों को अनावश्यक कपड़ों से ढककर नहीं रखना चाहिए तथा जहाँ तक संभव हो, उसे पर्याप्त मात्रा में दूध पिलाएँ, ताकि कैल्शियम की कमी न हो पाए। चिकित्सक की सलाह से उसे कैल्शियमयुक्त टॉनिक या गोलियाँ भी दी जा सकती हैं। बच्चों को रोज नंगे बदन थोड़ी देर के लिए धूप में रखना चाहिए।

(V) स्कर्वी रोग

रोग

विटामिन 'सी' की कमी के कारण होनेवाली यह बीमारी शुरू में लंबे समय के लिए समुद्री यात्रा पर जानेवाले नाविकों में पाई गई थी, **जो लोग लंबे वक्त तक ताजी**

सब्जियों, फलों का सेवन नहीं कर पाते उनमें स्कर्वी नामक रोग हो जाता है। रोग बच्चों की अपेक्षा बड़ों में अधिकतर पाया गया है। लेकिन रोग बच्चों में भी हो सकता है।

रोग के लक्षण

मसूड़ों में सूजन आना एवं उन्हें छूने पर खून निकलना। दाँत ढीले होकर हिलने लगते हैं। कई बार गिर भी जाते हैं।

शरीर की त्वचा से खून निकलता है। यह खून बालों की जड़ों से रिसता है। इसके अलावा नाक और हड्डी के रास्ते से भी खून आ सकता है। शरीर में घाव होने पर वह भरता भी नहीं है। रोगी खून की कमी अर्थात् एनिमिया से भी ग्रस्त हो जाता है।

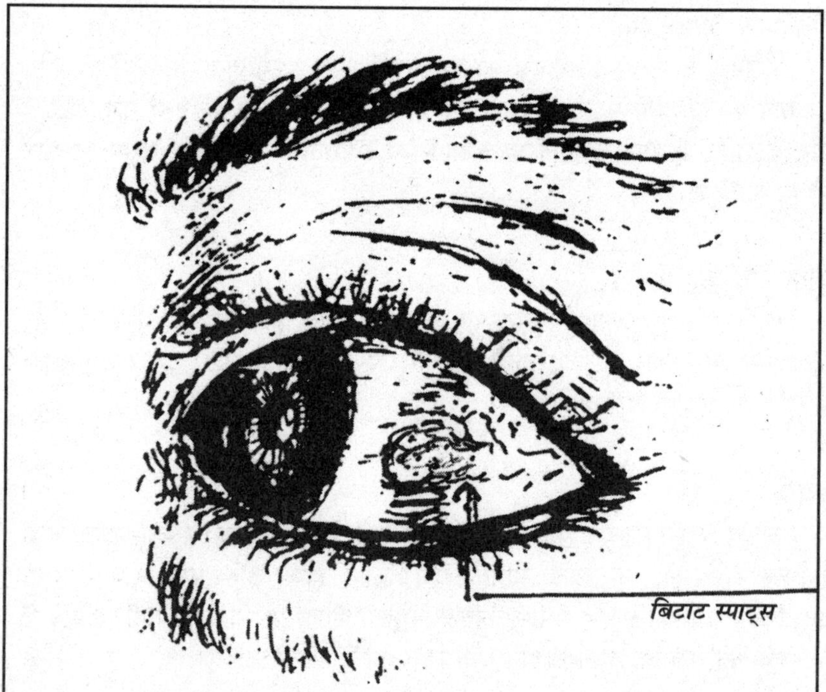

विटामिन 'ए' के अभाव में आँखों में आए बिटाट स्पाट्स का यदि इलाज न किया जाए तो बच्चा अंधा हो जाता है।

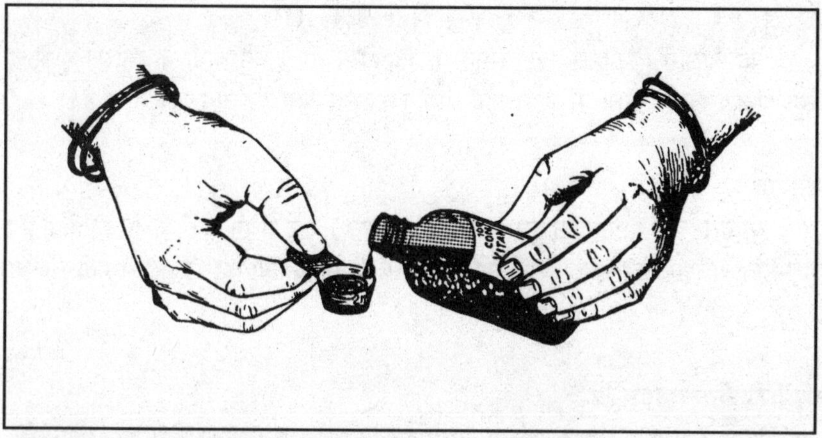

विटामिन 'ए' की कमी को दूर करने के लिए बच्चों को विटामिन 'ए' का घोल पिलवाएँ।

पहचान

विटामिन 'सी' की रक्त जमाने में भी भूमिका होती है। इसकी कमी की रक्त में जाँच कर स्कर्वी रोग का पता करते हैं।

इलाज

विटामिन 'सी' की गोलियाँ पर्याप्त मात्रा में देने के साथ ही रोगी को ताजे फल, विशेषकर आँवला, संतरा, मौसमी, अमरूद तथा हरी सब्जियाँ खाने को दी जाएँ तो इससे रोगी स्वस्थ हो जाता है।

बचाव

विटामिन 'सी' ताजे अमरूद, संतरा, आँवला जैसे फलों में खूब होता है। अतः बचाव के लिए इनका नियमित सेवन करना चाहिए। ताजी हरी सब्जियों तथा अंकुरित अनाजों में भी यह विटामिन पाया जाता है। अतः इन वस्तुओं का सेवन भी स्कर्वी से बचा जा सकता है।

जो लोग लंबे समय के लिए समुद्र की यात्राओं पर जाते हैं, उन्हें पर्याप्त मात्रा में विटामिन 'सी' की गोलियाँ अपने साथ ले जानी चाहिए और नियम से उनका सेवन करना चाहिए तथा इसका सीरप भी बच्चों को पिलाना चाहिए।

(V) बेरी-बेरी रोग

यह बीमारी विटामिन 'बी' समूह के विटामिन बी 1 की कमी के कारण होती है तथा दक्षिण-पूर्वी एशिया में प्राय: पाई जाती है। हमारे यहाँ यह रोग खूब होता है।

कारण

बीमारी छिलके निकाले हुए अनाज (पालिश्ड) कर सेवन करनेवालों को होती हैं। अत्यधिक परिश्रम करनेवाले व्यक्तियों तथा गर्भवती महिलाओं को भी यह रोग हो सकता है और बच्चों में भी यह रोग पाया जाता है।

बीमारी के लक्षण

शुरू में भूख न लगना, थकान, घबराहट तथा पैरों में भारीपन जैसे शिकायतें होती हैं। सीने में दर्द तथा धड़कन बढ़ जाती है। इसके अलावा चेहरे तथा पैरों में थोड़ी सूजन भी आ सकती है एवं दोनों पैरों में सुइयों के चुभने जैसे अहसास के साथ निचले पैरों की त्वचा शून्य पड़ जाती है या अति संवेदनशील हो जाती है और रोगी का चलना मुश्किल हो जाता है। कुछ रोगियों को साँस लेने में भी कठिनाई होती है।

रोग की पहचान प्रयोगशाला में रक्त की जाँच द्वारा हो जाती है। ऊपर दिए गए लक्षण होने पर तुरंत चिकित्सक से संपर्क करना चाहिए, क्योंकि बेरी-बेरी रोग में हृदय अपना कार्य करना बंद (हार्ट फेल) कर सकता है।

इलाज

इंजेक्शन द्वारा विटामिन बी-1 दिया जाता है, साथ ही सूजन कम करने के लिए अधिक पेशाब जानेवाली दवाइयाँ दी जाती हैं। **छोटे दूध पीते बच्चों के इलाज में उनकी माता को भी थाईमिन की खुराक दी जाती है।**

कुपोषणजन्य रोग

पेलाग्रा से पीड़ित वयस्कों की **चमड़ी खुश्क और फटी हुई होती है। जहाँ भी तेज धूप लगती है, वहाँ की चमड़ी फटने लगती है।**

कुपोषित बच्चों के पैरों की चमड़ी (कभी-कभी बाँहों) पर गहरे रंग के निशान होते हैं—चोट की तरह। कभी-कभी तो ये छिले हुए घावों की तरह होते हैं, पाँवों पर सूजन होती है।

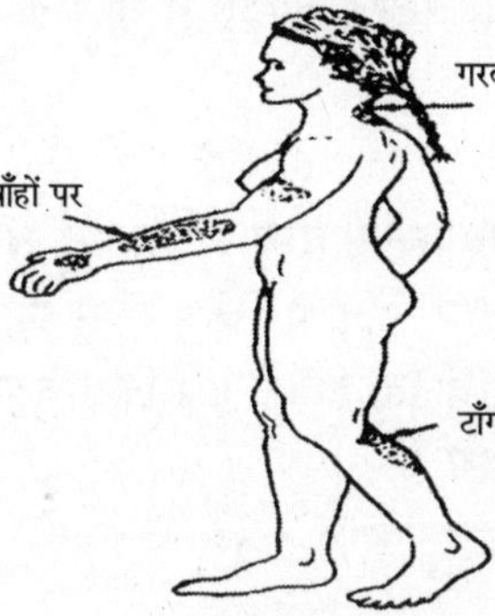

पेलेग्रा से पीड़ित बच्ची

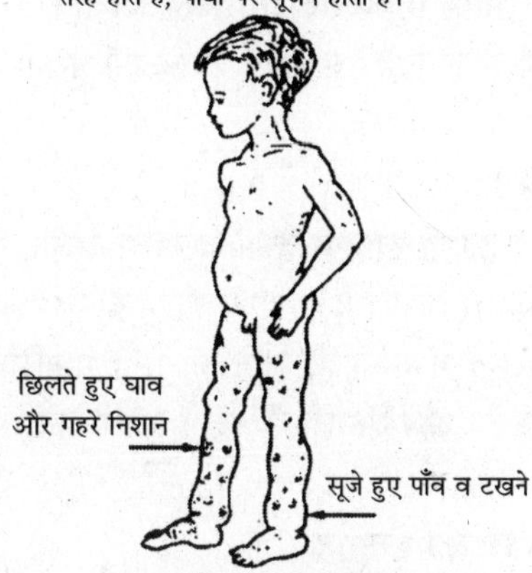

कुपोषणग्रस्त बच्चा

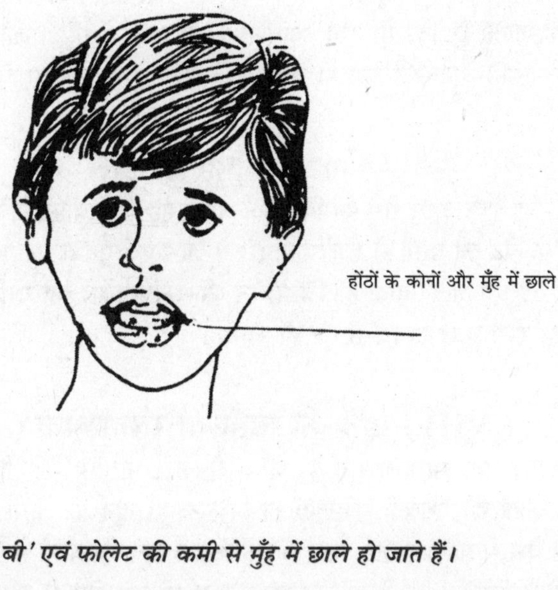

विटामिन 'बी' एवं फोलेट की कमी से मुँह में छाले हो जाते हैं।

(VII) पेलेग्रा

यह रोग अकसर मक्का के आटे का सेवन करनेवालों में पाया जाता है। भारत के कुछ भागों में भी यह रोग होता है। रोग, भोजन में विटामिन बी समूह के नियासिन की कमी से होता है। यह रोग शराब की पुरानी लत और गुर्दे संबंधी बीमारी में भी होता है।

लक्षण

इसके लक्षण हैं—त्वचा में सूजन, खुजली और जलन, दस्त लगना एवं सनकी स्वभाव (डेमेशिया)। रोगी को भूख नहीं लगती तथा उल्टी होती है। जीभ में सूजन, दर्द तथा मुँह में छाले हो जाते हैं। रोगी मानसिक रूप से चिंतित, हताश एवं चिड़चिड़ा हो जाता है। अर्ध बेहोशी में उल्टी-सीधी बातें भी कर सकता है।

पेलेग्रा का इलाज

रोग में निकोटिनामाइड की गोलियाँ दी जाती हैं, साथ ही प्रोटीनयुक्त पौष्टिक भोजन देते हैं।

बचाव

जिन क्षेत्रों में पेलेग्रा बीमारी होती है, वहाँ ब्रेड एवं आटे में नियासिन विटामिन मिलाकर देते हैं। विटामिन बी-कांपलेक्स की गोलियाँ भी दी जाती हैं, साथ ही लोगों को इन रोगों की जानकारी देना भी बचाव की दिशा में एक कदम है।

मुँह के छाले

यह एक आम रोग है। विटामिन बी-समूह के रिबोफ्लेविन पिरीडाक्सिन नियासिन तथा फोलेट की कमी से छाले होते हैं। ये जीभ एवं मुँह के अंदरूनी भाग में होते हैं तथा इनमें दर्द एवं जलन होती है। **विटामिन बी-कांपलेक्स की गोलियाँ तथा फोलेट देने से यह रोग कुछ समय में दूर हो जाता।**

(VIII) खून की कमी या रक्ताल्पता (एनीमिया)

यह एक सामान्य रोग है, जो विशेषकर; भारतीय महिलाओं और बच्चों में खूब पाया जाता है। गर्भवती महिलाएँ तो अकसर ही खून की कमी से पीड़ित हो जाती हैं। हमारे देश में प्रतिवर्ष कई लाख औरतें केवल खून की कमी के कारण मौत का शिकार बनती हैं, लेकिन बच्चे और वयस्क पुरुष भी इस रोग से संतुलित आहार के अभाव

में ग्रसित हो जाते हैं। इस रोग में रक्त में हीमोग्लोबिन नामक पदार्थ की कमी होने से शरीर के अंगों को पर्याप्त मात्रा में प्राणवायु (आक्सीजन) नहीं मिल पाती। इस कारण काम करने पर या चलने-फिरने से शीघ्र थकान एवं साँस फूलने की शिकायत हो जाती हैं। यदि रोग का इलाज न किया जाए तो स्थिति गंभीर बन सकती है। (अध्याय 18 में रक्ताल्पता के बारे में विस्तृत रूप से बतलाया गया है।)

अपने बच्चों को बल, बुद्धि और विकास के लिए आयोडीनयुक्त नमक ही दें

गलगंड एवं अन्य थायरॉयड ग्रंथि के रोगों से बचने के लिए आयोडीनयुक्त नमक का ही इस्तेमाल करें (आयोडीन बच्चों के मानसिक विकास के लिए जरूरी होता है)

बचाव

संतुलित आहार द्वारा एनिमिया से बचा जा सकता है। प्रोटीनयुक्त आहार के साथ हरी सब्जियों एवं गुड़ इत्यादि का सेवन इस रोग से रक्षा करता है। गर्भवती स्त्रियाँ चिकित्सक या स्वास्थ्य कार्यकर्ता की सलाह से आयरन एवं फोलेट की गोलियाँ खाएँ। यह ध्यान रखना चाहिए कि स्त्रियों को लौह तत्त्व एवं पौष्टिक आहार की अधिक जरूरत होती है, क्योंकि उनका कुछ खून प्रत्येक महीने माहवारी द्वारा भी निकल जाता है। (पिछले अध्याय में रक्ताल्पता का वर्णन विस्तार से किया गया है।)

खनिज लवणों की कमी से होनेवाले रोग

खनिज लवण भी शरीर के लिए अत्यंत आवश्यक होते हैं तथा उनके अभाव में कई गंभीर रोग हो सकते हैं, क्योंकि शरीर के विकास और बल बुद्धि के लिए खनिज लवण भी जरूरी है। इनके अभाव में होनेवाले कुछ रोगों का संक्षिप्त वर्णन निम्न है—

(1) लौह खनिज की कमी

जैसा कि बतलाया जा चुका है कि **लौह तत्त्व, रक्त का निर्माण करता है और इसकी कमी से रक्ताल्पता हो जाती है।**

(2) कैल्शियम की कमी

कैल्शियम दाँतों और हड्डियों की मजबूती के लिए आवश्यक तत्त्व है। इसके अभाव में छोटे बच्चों में रिकेट हो जाता है तथा हड्डियाँ कमजोर हो जाती हैं, लेकिन कैल्शियम का अधिक प्रयोग रक्त की नलियों में जमकर उन्हें संकरा बनाता है। अतः कैल्शियम को प्राकृतिक खाद्यों, जैसे दूध, फल, दाल, सब्जियों के रूप में ही लेना चाहिए। बीमारी की दशा में डॉक्टर की सलाह से इसकी गोलियाँ खानी चाहिए।

(IX) आयोडीन की कमी

गले में स्थित थॉयराइड ग्रंथि से निकलनेवाले हारमोन का आयोडीन प्रमुख हिस्सा होता है। **इसकी कमी से गलगंड नामक रोग हो जाता है। इस रोग में गरदन के सामने थायराइड ग्रंथि में सूजन आ जाती है।** यह रोग कश्मीर से आसाम तक फैले हिमालय की तराईवाले क्षेत्र में अधिक पाया गया है। आयोडीन की कमी से मिक्सोडिमा नामक रोग भी हो जाता है, जिससे शरीर बहुत मोटा दिखता है तथा स्त्रियों में मासिक धर्म संबंधी गड़बड़ियाँ भी आयोडीन की कमी से उत्पन्न हो जाती हैं। बच्चों का मानसिक विकास भी इसकी कमी के कारण रुक जाता है।

अतः आयोडीनयुक्त नमक का इस्तेमाल करना ही उक्त रोगों से बचाव का तरीका वैसे आयोडीन समुद्री नमक में प्राकृतिक रूप से भी पाया जाता है तथा यह समुद्री मछली तथा काड मछली के लिवर के तेल में भी होता है।

गलगंड एवं मिक्सोडीमा नामक बीमारियाँ आजकल दवा द्वारा ही ठीक हो सकती हैं, अतः इनके इलाज के लिए चिकित्सक से संपर्क करना चाहिए।

(X) आँखों का सूखना
(Xerosis or Xerophthalmia)

यह वह अवस्था है, जिसमें स्वच्छ मंडल (Cornea) एवं नेत्र श्लेष्माकला, विटामिन 'ए' की न्यूनता के कारण कठोर एवं निर्जीव हो जाते हैं, इसे जीरोमा भी कहते हैं, साधारण भाषा में इसे ढीड आना कहते हैं। यह भी विटामिन 'ए' की कमी की एक अवस्था है। इसमें आँखें सूखी और चमकरहित दिखती हैं।

कारण

1. विटामिन 'ए' की कमी।
2. कुपोषण के कारण।
3. कोई पुराना रोग होने के कारण।
4. आँख में चोट लगने के कारण।

लक्षण एवं चिह्न

1. ऐसे बच्चों के पूर्व इतिहास में यह पाया जाता है कि वे दूध या अन्य विटामिंस युक्त खुराक नहीं लेते हैं।
2. **ऐसे बच्चे कुछ दिन बाद रतौंधी के शिकार हो जाते हैं तथा बाद में दिन में भी नहीं दिखाई देता।**
3. त्वचा में खुश्की से कोहनियों एवं घुटनों की त्वचा खुश्क खुरदुरी हो जाती है।

पहचान

कार्निया तथा कन्जक्टिवा का कड़ा होना।

चिकित्सा

पोषक तत्त्वोंयुक्त एवं विटामिन 'ए' युक्त आहार।

स्वच्छ पटल या कार्निया में बदलाब क्यों आता है ?

इसमें कार्निया की कोशिकाओं की बाहरी सतह पर स्थित कोशिकाओं की जगह दूसरी कोशिकाएँ ले लेती हैं, यहाँ तक कि **विटाट स्पट्स में भी यह प्रक्रिया आरंभ हो जाती है। विटाट स्पाट्स पर जीरोसिस वेसीलाई या जीवाणु भी पाए जाते हैं।**

मेटाप्लेसिया के कारण कार्निया की बाहरी सतह कमजोर हो जाती है और इसके क्षतिग्रस्त होने से छाले पड़ जाते हैं। यदि इलाज न किया जाए तो **फिर कार्निया गल जाता है और बच्चा या वयस्क, अंधत्व का शिकार बन जाता है।**

बीमारी की बढ़ी हुई अवस्था का इलाज

इसमें विटामिन 'ए' के इंजेक्शन सप्ताह में दो के हिसाब से लगाए जाते हैं। **विटामिन 'ए' कई बार ऐसे रोगियों को अंधा होने से बचा लेता है, लेकिन यदि कार्निया के ऊतकों को क्षति पहुँच चुकी होती है तो फिर उनको कार्नियल ग्राफ्टिंग द्वारा बदलना पड़ता है,** इसके लिए आई बैंक द्वारा या किसी मृत व्यक्ति द्वारा दिए गए कार्निया की आवश्यकता होती है।

आँख के सूखने के बचाव

बचाव के लिए जैसा कि बतलाया गया है, बच्चों को शुरू से विटामिन 'ए' की कमी न हो, यह ध्यान रखें, उन्हें दूध के साथ पर्याप्त पौष्टिक आहार दें। माताएँ स्वयं भी पौष्टिक आहार का सेवन करें। दूध, घी, मक्खन लें। यदि ये उपलब्ध नहीं हों तो 1-2 अंडे लें।

❑

द्वितीय-भाग

सुरक्षा, कुपोषण और विभिन्न रोगों तथा दुर्घटनाओं से

20

कुपोषण की पहचान के कुछ विशेष तरीके

कुपोषण की पहचान शुरू में ही हो जानी चाहिए, क्योंकि यदि कुपोषित बच्चों (महिलाओं अथवा पुरुषों का) का इलाज न किया गया तो वे गंभीर रोगों से ग्रसित हो सकते हैं और कई बार इन रोगों से उनकी जान भी जा सकती है, **विशेषकर छोटे बच्चों (6 महीने से 3 वर्ष की आयु के) में तो कुपोषण खतरनाक होता है, क्योंकि सबसे अधिक कुपोषणजन्य मौतें अकसर निम्न तरह की परिस्थितियों के कारण छोटे बच्चों में कुपोषण होने से होती हैं—**

1. बच्चे का वजन जन्म के समय सामान्य से अत्यंत कम हो या वह जल्दी पैदा हुआ हो।
2. जब बच्चे जुड़वा पैदा होते हैं तो कोई एक या दोनों कुपोषित हो सकते हैं।
3. जब माँ बच्चे को स्तनपान नहीं कराती या बच्चे को पर्याप्त मात्रा में दूध नहीं मिलता।
4. बच्चे को माँ-बाप का सान्निध्य न मिले अथवा माँ की मृत्यु हो जाए।
5. परिवार में बच्चे अधिक हों और आय के स्रोत सीमित हों।
6. बच्चों के जन्म में 2 वर्ष से कम का अंतर हो।
7. 6 महीने की आयु से बच्चों को दूध के साथ अन्य हल्का आहार देना शुरू न किया गया हो।
8. जब बच्चे का पालन माँ-बाप की जगह उसके भाई-बहन या रिश्तेदार कर रहे हों।
9. जब बच्चा बार-बार बीमार हो रहा हो।

बच्चे में पीलापन, निष्क्रियता, दुबलापन जैसे लक्षणों के अलावा हम कुछ अन्य तरीकों से भी कुपोषण का पता कर सकते हैं, जैसे कि—

1. भुजा (बाँह) के मध्य भाग का घेरा नापकर

शून्य से पाँच वर्ष के बच्चों में कुपोषण, उनकी ऊपरी भुजा के मध्य भाग का घेरा नापकर जाना जा सकता है। यह नाप 12.8 सेंटीमीटर से कम रहने पर उसे कुपोषित समझा जाता है। एक साथ कई बच्चों में कुपोषण की पहचान के लिए एक विशेष तरह का फीता आता है, जिसमें हरा, पीला और लाल रंग होता है और फीते का सिरा काला होता है, इसके द्वारा कुपोषण या सही पोषण का अंदाजा लगाने की विधि निम्न है—

1. बाईं ऊपरी बाजू के ऊपर से कपड़ा हटाते हैं और बाजू के मध्य भाग पर उसका घेरा नापने के लिए फीता लपेटते हैं।
2. फिर यह देखते हैं कि फीते का काला सिरा किस रंग तक पहुँचा है।

परिणाम इस तरह पता करते हैं

(अ) यदि काला सिरा फीते के हरे भाग के सामने तक है तो फिर यह मानिए कि बच्चा कुपोषित नहीं है।

(ब) यदि काला छोर फीते के पीले हिस्से के सामने आए तो बच्चा कुपोषण की सीमा के पास है, उसे पर्याप्त पौष्टिक एवं संतुलित आहार की आवश्यकता है।

कुपोषण की पहचान

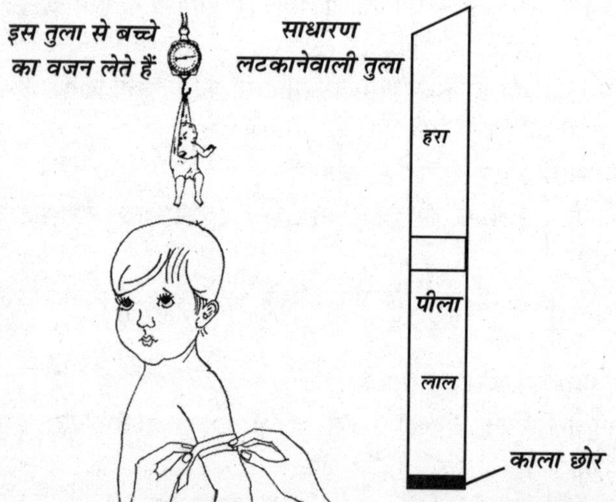

बाँह नापने का फीता
कुपोषण की पहचान के लिए
बाँह नापने का तरीका

बच्चे और किशोरों के कद और उम्र के अनुसार वजन की तालिका

छोटे बच्चे आयु	वजन (कि.ग्रा)	आयु	वजन (कि.ग्रा.)
जन्म के समय	3.0	1 वर्ष	8.8
2 मास	5.0	2 वर्ष	11.0
4 मास	6.0	3 वर्ष	12.5
6 मास	7.0	4 वर्ष	14–15
8 मास	8.0	4 वर्ष	16–17
10 मास	8.4		

बड़े लड़के और लड़कियाँ

	लड़के		लड़कियाँ	
आयु (वर्ष)	कद (से.मी.)	वजन (कि.ग्रा.)	कद (से.मी.)	वजन (कि.ग्रा.)
5	108.9	17.0	106.6	16.1
6	113.8	18.7	112.6	18.1
7	119.7	21.0	116.3	19.7
8	123.9	22.0	122.8	21.6
9	128.4	24.7	127.1	23.6
10	135.4	25.9	132.5	26.7

किशोर

152.4	लड़के		लड़कियाँ	
आयु (वर्ष)	कद (से.मी.)	वजन (कि.ग्रा.)	कद (से.मी.)	वजन (कि.ग्रा.)
11	139.6	31.0	140.6	31.0
12	142.8	21.5	145.5	35.2
13	152.9	39.9	149.0	39.3

14	159.9	44.5	152.4	41.6
15	162.0	45.7	153.1	43.4
16	163.5	46.9	153.5	44.0
17	164.5	48.0	154.0	44.5

(स) यदि काला छोर फीते के लाल भाग के सामने आए तो बच्चा कुपोषणग्रस्त मानना चाहिए। उसे विशेष पौष्टिक आहार और दवाओं की आवश्यकता है।

2. ऊँचाई और वजन का माप

कुपोषित बच्चों की पहचान का सर्वोत्तम तरीका है, उनकी ऊँचाई और वजन लेना। छोटे शिशुओं का वजन प्रत्येक माह लेना चाहिए और बड़े बच्चों का वजन 6 माह के अंतर से लेना चाहिए। इनका मिलान तालिका से कर पोषण या कुपोषण स्थिति का निदान किया जा सकता है। बच्चों की देखरेख का यह सरल एवं सस्ता उपाय है। आँगनबाड़ी केंद्रों में जाकर भी लोग अपने बच्चों का वजन और ऊँचाई लेकर कुपोषण का पता कर सकते हैं या फिर किसी अच्छे चिकित्सक (विशेषकर बच्चों के डॉक्टर) को दिखलाकर कुपोषण की पहचान हो सकती है।

3. प्रयोगशाला द्वारा

कुपोषण और उसके रोगों की जाँच प्रयोगशालाओं में भी होती है। उदाहरणार्थ खून की कमी का पता हीमोग्लोबिन जाँच से चल जाता है। इसी तरह प्रोटीन, विटामिन और खनिज लवणों की कमियों की जाँच भी लैब में हो जाती हैं, लेकिन यह छोटे गाँवों में संभव नहीं है।

इस तरह हम देखते हैं कि कुपोषण की पहचान बहुत कठिन नहीं है। आजकल आँगनबाड़ी केंद्रों में कुपोषण की जाँच के शिविर भी लगाए जाते हैं। इस तरह कुपोषण की पहचान गाँव स्तर पर भी संभव है। प्राथमिक स्वास्थ्य केंद्र में ले जाकर भी कुपोषण का निदान और इलाज प्राप्त किया जा सकता है, लेकिन आवश्यकता है इसके प्रति जागरूकता और सावधानी की, अन्यथा कुपोषित बच्चों को कोई भी संक्रामक रोग और अन्य गंभीर रोग आसानी से गिरफ्त में ले लेते हैं। फिर उनका तुरंत इलाज करना मुश्किल हो जाता है। कई बार तो कुपोषण के कारण बच्चे अंधे तक हो सकते हैं। आजकल सामुदायिक स्वास्थ्य केंद्रों कुपोषणग्रस्त बच्चों को एन.आर.सी. में भरती करके पौष्टिक खुराक और इलाज किया जाता है।

❑

21

बच्चों, महिलाओं और गर्भवतियों का भोजन

प्राय: देखा गया है कि गर्भवती स्त्रियाँ एवं शिशुओं को दूध पिलानेवाली माताएँ तथा बच्चे ज्यादातर कुपोषण के शिकार होते हैं। हमारे देश में यदि तीन स्त्रियों की जाँच की जाए तो इनमें एक स्त्री कुपोषण अथवा रक्ताल्पता रोग से ग्रस्त मिलेगी। इसी तरह देश के मध्य प्रांत में 56 प्रतिशत बच्चे कुपोषण से ग्रस्त हैं और बिहार एवं झारखंड में तो स्थिति और भी खराब है। वहाँ साठ से लेकर सत्तर प्रतिशत बच्चे कुपोषण के शिकार हैं। बचपन में कुपोषण से ग्रस्त बच्चे कई बार जीवन भर सँभल नहीं पाते। इसी तरह यदि गर्भवती माता कुपोषण की शिकार है तो पैदा होनेवाला बच्चा भी कमजोर होगा। कुपोषण बच्चों एवं स्त्रियों में कई बीमारियों की जड़ है। इन वर्गों के आहार के संबंध में कई तरह की भ्रांतियाँ भी प्रचलित हैं। अत: इन भ्रांतियों को भी दूर करने की आवश्यकता है, तभी कुपोषण की समस्या से निजात पाई जा सकती है। हमें यह ध्यान रखना चाहिए कि यदि माताएँ स्वस्थ हैं तो बच्चे भी स्वस्थ होंगे। स्त्री पूरे परिवार की धुरी होती है। अत: उसका स्वस्थ रहना जरूरी है और स्वस्थ रहने के लिए पर्याप्त संतुलित आहार भी जरूरी है। केवल संतुलित आहार का सेवन करके कई भयंकर बीमारियों से बचा जा सकता है। कुपोषण दूर करने में भी बच्चों के आहार में सुधार जरूरी है।

(1) गर्भवती स्त्रियों का आहार

चूँकि माँ के गर्भ में पल रहा शिशु माँ से ही पोषण ग्रहण करता है, अत: इन दिनों माँ की आहार संबंधी आवश्यकताएँ बढ़ जाती हैं। एक ऐसी सामान्य महिला, जो गर्भवती नहीं है, उसे 2300 कैलोरीवाले भोजन की जरूरत होती है, जबकि गर्भिणी स्त्री को 2600 से 2800 केलॉरी ऊर्जा की भोजन के रूप में लेने की आवश्यकता होती है। अत: गर्भवती स्त्री को अच्छा पौष्टिक और संतुलित भोजन, जिनमें अनाज, दूध, फल, हरी सब्जियों का समावेश हो, पर्याप्त मात्रा में लेना चाहिए, विशेषकर गरीब घर

की माताओं को इन तथ्यों का ध्यान रखने की जरूरत है, क्योंकि गरीबी और अभाववश वे पौष्टिक भोजन नहीं ले सकतीं, लेकिन यदि वे ध्यान रखें तो **अपेक्षाकृत कुछ सस्ते खाद्यों से भी काम चला सकती हैं। उदाहरणार्थ—जो महिलाएँ प्रोटीन के लिए दूध नहीं ले सकतीं,** वे सोयाबीन के दूध या आटे या उसकी बड़ी एवं मूँगफली के दूध से काम चला सकती हैं या एक अंडा रोज खा सकती हैं। इसी तरह हरी साग-भाजी और मौसमी फल, जैसे पत्तेदार भाजियाँ एवं अमरूद, पपीता आदि ज्यादा महँगे नहीं होते हैं, इसलिए विटामिन और खनिज लवणों के लिए इनका सेवन किया जा सकता है।

यह पाया गया है कि जो गर्भवती माताएँ 500 कैलोरी से कम ऊर्जावाला भोजन रोज लेती हैं, उनमें समय से पूर्व बच्चा पैदा। होने या मृत पैदा होने की घटनाएँ अधिक होती हैं। इस तथ्य से ही हम गर्भवती माताओं के आहार के महत्त्व को समझ सकते हैं। वास्तव में ऐसी स्त्रियों को अपने साथ ही पेट में पल रहे शिशु के लिए भी अतिरिक्त मात्रा में आहार लेना चाहिए, तभी उनकी पोषण की आवश्यकताएँ पूरी होती हैं। जो माताएँ पर्याप्त भोजन नहीं लेतीं, वे गर्भावस्था के दौरान दुबली और रक्त की कमी जैसी बीमारियों की शिकार बन जाती हैं। उनमें विटामिन ए,बी इत्यादि की कमी हो जाती है। इस कारण भी कई रोग उत्पन्न होते हैं। इसके अलावा पोषक आहार कम लेनेवाली गर्भवती स्त्रियों के उत्पन्न होनेवाले शिशुओं का वजन भी कम होता है। इसलिए गर्भवती माताओं को अधिक व्रत या उपवास करने की सलाह नहीं दी जाती है।

उम्रानुसार शिशुओं के लिए दूध की अनुमानित मात्रा

नवजात शिशु की आयु	दूध की अनुमानित मात्रा
जन्म से एक माह	50–75 मि.ली. दिन में 6–7 बार
एक माह से 2 माह	75–100 मि.ली. दिन में 6–7 बार
2 माह से 4 माह	100–125 मि.ली. दिन में 5–6 बार
4 माह से 6 माह	150–175 मि.ली. दिन में 4–5 बार
6 माह से अधिक	175–200 मि.ली. दिन में 4–5 बार

माँ (स्त्री) एवं विभिन्न पशुओं से प्राप्त दूध की संरचना

दूध की बनावट (प्रति 100 मि.ली.)

	कार्बोहाइड्रेट (ग्रा.)	प्रोटीन (ग्रा.)	वसा (ग्रा.)	ऊर्जा (शक्ति) (ग्रा.)
माँ का दूध	6.8	1.5	4.0	68

गाय का दूध	5.0	3.5	3.5	66
भैंस का दूध	4.5	4.3	7.5	103
बकरी का दूध	4.5.	3.7	4.8	76
ऊँट का दूध	4.1	3.7	4.2	69

दूध में विटामिन की मात्रा (प्रति 100 मि.ली.)

		गाय का दूध	माँ का दूध
विटामिन ए (यू.जी.)	(ग्रीष्म)	45	50
	(शरद)	30	—
विटामिन डी (यू.जी.)	(ग्रीष्म)	0.04	0.03
	शरद	0.01	—
थायमिन	(मि.ग्रा.)	40	17
रिबोफ्लेविन	(मि.ग्रा.)	150	30
निकोटिनिक एसिड	(मि.ग्रा.)	80	170
विटामिन सी	(मि.ग्रा.)	2	3.5
कैल्शियम	(मि.ग्रा.)	120	25-35
फास्फोरस	(मि.ग्रा.)	100	10-20

(सूचना का स्रोत—ह्यूमन न्यूट्रीशन एंड डायटेटिक्स, डेविडसन, पासमोर, ब्रॉक)

हमें यह मालूम होना चाहिए कि नवजात शिशु का औसत वजन 28 किलो माना गया है। प्रगति कर चुके देशों और **संपन्न घरानों की महिलाओं के शिशुओं का वजन तो 3.1 किलोग्राम या इससे अधिक होता है और कुपोषणग्रस्त माताओं के शिशुओं का वजन ढाई किलो से कम रहता है,** लेकिन लगातार उच्च गुणवत्ता का पौष्टिक आहार लेने से मृत प्रसव की संभावना चली जाती है। **गर्भावस्था के दौरान स्त्रियों को 300 से 400 कैलोरी अतिरिक्त भोजन की जरूरत होती है।** इन दिनों उनका वजन लगभग 8 किलोग्राम बढ़ जाता है। उन्हें अतिरिक्त कैल्शियम एवं अन्य खनिज तत्त्वों की भी जरूरत होती है। यह कैल्शियम उन्हें दूध, अंडों, ताजे फल एवं हरी पत्तेदार सब्जियों से मिलता है। अत: जैसा कि पूर्व में बतलाया गया है कि इनका सेवन पर्याप्त मात्रा में करना चाहिए।

इसके अलावा आयरन अथवा लोह तत्त्व की अतिरिक्त आवश्यकता भी होती है। जैसा कि सर्वविदित है कि लौह तत्त्व रक्त में हीमोग्लोबिन की मात्रा बढ़ाता है। अत: इन दिनों गुड़, पालक की भाजी जैसे खाद्य तो लेने ही चाहिए, साथ ही आयरन की गोलियाँ

चिकित्सक या स्वास्थ्य कार्यकर्ता की सलाह से अवश्य लें। इन गोलियों में फोलिक ऐसिड और विटामिन बी–12 होता है, जो शरीर में रक्त बनाने के लिए अत्यंत जरूरी है।

प्रोटीन के लिए दूध, दालें, भुने चने, मूँगफली का उपयोग किया जा सकता है। मूँगफली में प्रोटीन तो होता ही है साथ ही वसा की भी पर्याप्त मात्रा रहती है और अपेक्षाकृत यह सस्ती भी मिलती है। इनके अलावा सोयाबीन का आटा, दूध या बड़ियों का प्रयोग भी प्रोटीन की कमी को पूरी करता है। कार्बोहाइड्रेट्स तो विभिन्न अनाजों, जैसे चावल, गेहूँ, ज्वार इत्यादि में होता ही है, आलू भी इसका अच्छा स्रोत है। रोटी, चावल पर्याप्त मात्रा में लें, भूखी न रहें। यह गर्भिणी को ध्यान में रखना चाहिए।

विटामिन–सी एवं अन्य विटामिनों के लिए ताजे फल, संतरा, नीबू, मौसमी, अमरूद पपीता, चीकू इत्यादि खाएँ। मौसमी फल ठीक रहते हैं, यह जरूरी नहीं कि आप सेब, अनार जैसे महँगे फल ही लें, लेकिन कुछ बातों का ध्यान रखें, जैसे कि फल ताजे हों एवं उन्हें अच्छी तरह से साफ कर लिया जाए। संतरा, मौसमी जैसे फलों के रस का भी सेवन किया जा सकता है।

गर्भवती स्त्रियों को उल्टियाँ आने के कारण वे एक साथ ज्यादा आहार नहीं ले पातीं। अत: वे पौष्टिक आहार थोड़ी–थोड़ी मात्रा में कई बार लेने की आदत डालें, साथ ही शुद्ध पानी पर्याप्त मात्रा में पिएँ। पानी की शुद्धता में शंका हो तो उसे उबालकर पिएँ।

देश के कुछ भागों में यह माना जाता है कि गर्भवती स्त्री को ज्यादा खाना नहीं खिलाना चाहिए, वरना प्रसव के वक्त परेशानी होती है। यह धारणा बिल्कुल गलत है, बल्कि कम खाना देने से अवश्य माँ–बेटे की जान पर बन सकती है।

एक नौकरी–पेशा महिला या ऐसी महिला, जिसे घर में पूरा कार्य करना पड़ता है, की पोषण अथवा आहार की जरूरतें ऐसी महिलाओं से अधिक होती हैं, जिन्हें प्राय: कोई मेहनती कार्य नहीं करना पड़ता। अत: यह ध्यान रखना चाहिए कि मेहनत करनेवाली गर्भवती महिलाएँ 2600 से 2700 कैलोरी वाला भोजन लें और जो मेहनत नहीं करतीं, वे 2600 कैलोरीवाला भोजन अपने लिए तय करें, वरना आवश्यकता से अधिक कैलोरीवाला भोजन लेने से मोटापा या शरीर में चर्बी की मात्रा बढ़ सकती है, जिससे प्रसव संबंधी कुछ कठिनाइयाँ उत्पन्न हो सकती हैं।

(2) बच्चों को दूध पिलानेवाली महिलाओं का भोजन

यह तथ्य विचारणीय है कि दूध पिलानेवाली जननियों को गर्भवती माताओं से भी अधिक कैलोरी की आवश्यकता होती है। गर्भिणी नारी को 2600 कैलोरी के लगभग भोजन पर्याप्त होता है, जबकि **स्तनों द्वारा दूध पिलानेवाली स्त्रियों को 2800 कैलोरी मानवाले भोजन की जरूरत होती है। अतएव उनकी खुराक पर ध्यान देना अत्यंत जरूरी है।**

माँ के दूध में विभिन्न पोषक तत्त्वों का अनुपात बहुत ही सुंदर तरीके से प्रकृति ने सुनिश्चित किया है। उसमें प्रोटीन, कैल्शियम तथा आयरन एवं विटामिंस इत्यादि की पर्याप्त मात्रा होती है। स्तनों द्वारा एक महिला में दिन भर में दूध निकलने की अधिकतम क्षमता 500 मिली. अर्थात् आधा लीटर के लगभग होती है और इतना दूध एक वर्ष के लगभग तक बनता रहता है। इस तरह हम स्वयं सोच सकते हैं कि स्तनपान करानेवाली माता के विभिन्न पोषक तत्त्व दूध के माध्यम से कितनी तेजी से शरीर से निकलते हैं। तब यदि वह अतिरिक्त मात्रा में पोषक आहार न लें तो स्वयं कुपोषणग्रस्त होकर बीमार पड़ सकती है। फिर उसके दूध में भी पहलेवाली गुणवत्ता नहीं रहेगी तथा दूध की मात्रा में भी कमी आ जाएगी। यही कारण है कि गरीब घर की महिलाओं के दूध में विटामिन-ए, थायमिन, रिबोपलेबिन, विटामिन-सी इत्यादि की मात्रा कम पाई जाती है, जबकि खाते-पीते घरों की औरतों के दूध में ये कमियाँ नहीं होती हैं।

दूध पिलानेवाली माताओं को, ऊपर जो गर्भवती माताओं का आहार बतलाया गया है, वह तो लेना ही चाहिए, साथ ही दूध या अंडों की मात्रा बढ़ा देनी चााहिए। इससे उन्हें अतिरिक्त कैल्शियम तथा प्रोटीन एवं विटामिन-ए प्राप्त होगा। दूध की मात्रा आधा लीटर तक ली जा सकती है। दूध उपलब्ध न हो तो 2 अंडे अथवा मूँगफली एवं सोयाबीन का दूध लिया जा सकता है। इसके अलावा पर्याप्त मात्रा में हरी पत्तेदार सब्जियाँ, सलाद, दालें या मक्खन के साथ ही ताजे फल खाने चाहिए। कार्बोहाइड्रेट्स के लिए गेहूँ के आटे की रोटियाँ, चावल, आलू भी पर्याप्त मात्रा में लेना चाहिए। गाँवों में उपलब्ध भुने चने एवं गुड़ का सेवन भी पर्याप्त मात्रा में किया जा सकता है।

(3) शिशुओं एवं बच्चों के लिए पोषक आहार

यहाँ हम बतला दें कि **शिशु एवं बच्चे में क्या अंतर है? एक वर्ष तक के लड़के या लड़की को शिशु (Infant) कहा जाता है** एवं एक वर्ष से अधिक उम्र के लड़के या लड़की को बच्चा (Child) कहा जाता है।

(अ) शिशुओं के लिए आहार

(1) जन्म से लेकर दो महीने तक

माँ का दूध ही सर्वश्रेष्ठ आहार है—दूध के अलावा अन्य आहार की नवजात शिशु के लिए जरूरत नहीं होती। माँ का दूध एक पूर्ण आहार है, इसमें पोषक तत्त्वों के साथ ही रोगों से लड़ने की शक्ति प्रदान करनेवाले बहुमूल्य एंटीबॉडीज (प्रतिजन) भी होते हैं। शिशु के जन्म के थोड़े समय बाद **माँ के स्तनों से कोलेस्ट्रम नामक पीले रंग**

का द्रव निकलता है, जिसमें प्रचुर मात्रा में महत्त्वपूर्ण एंटीबॉडीज और आवश्यक प्रोटींस के साथ ही केरोटिन होता है। जिसमें विटामिन-ए रहता है। विटामिन-ए की आवश्यकता भी शिशु को होती है। अतः जन्म के कुछ समय पश्चात् शिशु को माँ का दूध पिलाना शुरू कर देना चाहिए।

माँ का दूध शिशु के लिए सुरक्षित भी होता है। यह सीधे स्तन के निपिल द्वारा बच्चे के मुँह से पेट में जाता है। अतः संक्रमण का डर नहीं होता, जबकि गाय या भैंस का दूध चम्मच या बॉटल द्वारा दिया जाता है, जिससे **दूध में कीटाणु पहुँचने का खतरा होता है।** इसके अलावा यह दूध माँ के दूध जैसा हल्का और सुपाच्य नहीं होता है और न ही इसमें रोगों से रक्षा करनेवाले बहुमूल्य प्रतिजन होते हैं। अतः माँ के दूध से बेहतर आहार शिशु के लिए दूसरा नहीं है।

बॉटल से दूध पिलाना हानिकारक हो सकता है।

यदि माँ का दूध उपलब्ध नहीं है तो शिशु को बॉटल की जगह चम्मच से दूध पिलाएँ।

शिशु के लिए माँ का दूध सर्वोत्तम होता है। (माँ का दूध शिशु को कई रोगों से भी बचाता है, क्योंकि माँ के दूध में रोगों से रक्षा करनेवाले बहुमूल्य पदार्थ होते हैं)

माँ के द्वारा अपने शिशु को स्तनपान कराने में प्रमुख बात भावनाओं की भी होती है। माँ अपनी पूरी ममता और स्नेह के साथ बच्चे को दूध पिलाती है। इससे बच्चा भी संतुष्ट होता है। यही कारण है कि माँ की गोद में आते ही शिशु चुप हो जाता है। इसके अलावा स्वयं माँ को भी अपने नन्हे-मुन्ने को दूध पिलाने में एक प्रकार से सुख और संतोष की अनुभूति होती है, जो बॉटल या चम्मच से गाय-भैंस का दूध पिलाने में नहीं मिलती। स्तनपान कराने से माँ को कोई हानि नहीं होती।

डिब्बेबंद अथवा पाउडर के दूध से बेहतर होता है माँ, गाय अथवा अन्य जानवरों का दूध

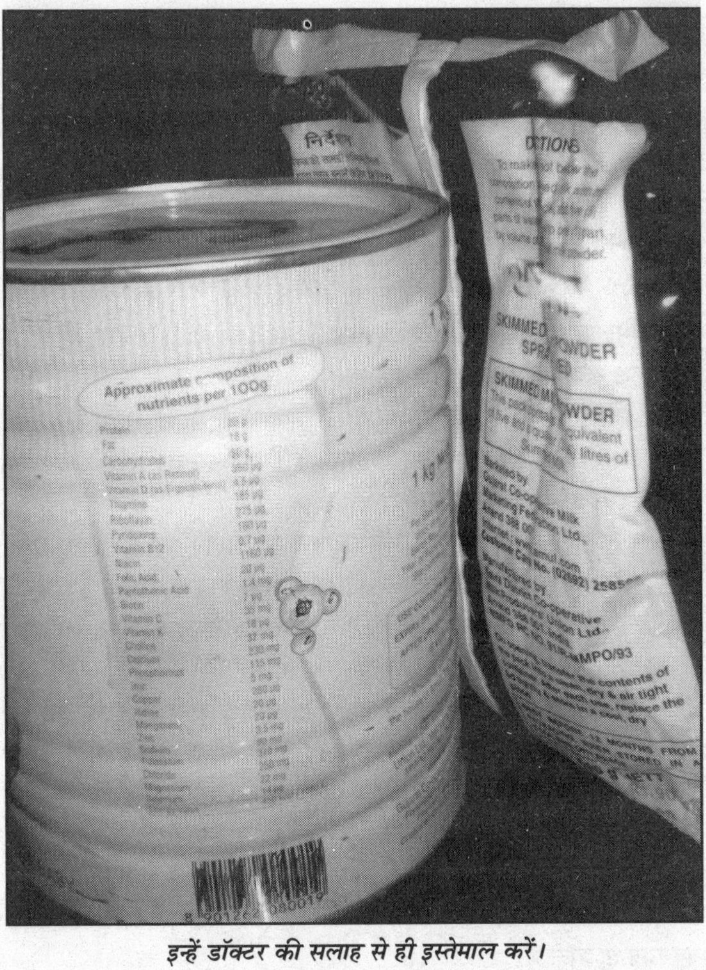

इन्हें डॉक्टर की सलाह से ही इस्तेमाल करें।

परीक्षणों द्वारा यह भी पाया गया है कि **जो माताएँ अपने शिशुओं को 1-12 महीने तक स्तनपान कराती हैं, वे बच्चे अपेक्षाकृत अधिक तंदुरुस्त होते हैं तथा उनमें रोगों से लड़ने को क्षमता अधिक होती है।** यह ध्यान रखें कि 4-6 महीने तक माँ का दूध शिशु के लिए संपूर्ण आहार का कार्य करता है, क्योंकि माँ के दूध में प्राय: सभी आवश्यक पोषक तत्त्व होते हैं। इस तरह नन्हे शिशुओं के लिए उनकी माताओं का दूध एक अनुपम उपहार और प्रकृति की बहुत बड़ी देन है, लेकिन यदि माँ का दूध पर्याप्त मात्रा में उपलब्ध न हो तो फिर थोड़ा सा पानी तथा शक्कर डालकर गाय, भैंस का दूध भी दे सकते हैं, परंतु बच्चा भूखा न रहे, यह ध्यान रखें।

(2) 2 से 5 महीने तक शिशु का आहार

माँ का दूध अर्थात् स्तनपान तो जारी रखना ही चाहिए। कुछ माताएँ शीघ्र ही स्तनपान बंद कर देती हैं, जबकि उनके स्तनों में दूध की पर्याप्त मात्रा बनती है। अत: इसे बंद या कम नहीं करना चाहिए, लेकिन यदि यह समझ में आए कि स्तनपान द्वारा पर्याप्त दूध बच्चे को नहीं मिल पा रहा है और वह भूखा रहता है तो फिर उसे गाय या भैंस का दूध दिया जा सकता है, लेकिन इसके लिए निम्न सावधानियाँ रखनी होंगी—

1. भैंस के दूध में चर्बी की मात्रा अधिक होती है। अत: उसे थोड़ा सा पानी मिलाकर पतला किया जा सकता है, साथ ही थोड़ी शक्कर भी उसमें मिलाई जा सकती है।
2. उबालते समय मलाई की परत चढ़ जाती है, उसे भी अलग कर देना चाहिए।
3. भैंस या गाय के दूध को **बच्चे को बिठाकर या सिर ऊँचा कर छोटी चम्मच से पिलाना चाहिए।**
4. **बॉटल से दूध पिलाने की आदत न डालें। इसके लिए सफाई और बार-बार बॉटल उबालने की सावधानी रखनी पड़ती है,** जो कि संभव नहीं होता है। बॉटल से दूध पिलाने के कारण बच्चे को दस्त लग जाते हैं और अन्य तरह के संक्रमणों का खतरा बना रहता है।

शिशु को पर्याप्त मात्रा में उबला पानी भी पिलाना चाहिए (पानी की शुद्धता का ध्यान रखें। पाचन क्रिया सुचारु हो, इसके लिए पानी की जरूरत होती है तथा पौष्टिक तत्त्वों का उपयोग भी सही तरीके से पर्याप्त मात्रा में हो, इसके लिए भी पानी आवश्यक है। जन्म 6-7 महीनों के बाद शिशु को थोड़ा-थोड़ा शुद्ध पानी अवश्य पिलाना चाहिए। शुरू के महीनों में यह मात्रा 200 मि.ली. तक हो सकती है। यह धारणा गलत है कि छोटे शिशुओं को पानी की जरूरत नहीं होती। यदि दस्त लग रहे हो तो शिशु को अधिक पानी की आवश्यकता होती है।

हमारे देश में कुछ लोग पैसों की तंगी के चलते गाय या भैंस का दूध भी अपने बच्चों के लिए नहीं खरीद पाते या कई जगह यह दूध उपलब्ध नहीं होता है, तब मूँगफली, सोयाबीन आदि से दुग्ध आहार बनाकर बच्चे को दिए जा सकते हैं। ये काफी हद तक दूध की कमी को पूरा कर सकते हैं। जिन बच्चों को माँ का या गाय, भैंस का दूध हजम नहीं होता, उन्हें भी यह वनस्पति दूध दिया जा सकता है। दूध के अलावा दाल का पानी, सब्जियों का सूप तथा फलों में केला, पपीता मसलकर थोड़ी मात्रा में दिया जा सकता है।

(3) 4 से 6 महीने तक

ऊपर बतलाए अनुसार दूध जिसकी मात्रा दिन भर में 450 मिली लीटर तक हो सकती है, दिया जाना चाहिए। दूध पिलाते वक्त ऊपर बतलाई सावधानियाँ भी रखनी चाहिए। दूध के अलावा निम्नलिखित आहार भी देना चाहिए, क्योंकि केवल दूध से बच्चे की विटामिन ए.सी और डी तथा लौह तत्त्व की आवश्यकताएँ पूरी नहीं हो पाती हैं।

1. पत्तेदार सब्जियाँ मसलकर या उनका सूप, इसमें टमाटर या मौसमी का रस भी मिलाया जा सकता है।
2. पके हुए फल, जैसे केला, आम, पपीता, चीकू, सेब इत्यादि।
3. 6 महीने की उम्र में चावल, दाल एवं दलिया दें। उबले आलू मसलकर दे सकते हैं।

(4) 6 महीने से 12 महीने तक

जैसे-जैसे शिशु बढ़ता है, उसकी भोजन संबंधी जरूरतें बदलती जाती हैं। बच्चे के दाँत निकलने भी शुरू हो जाते हैं तथा **पाचन के लिए सभी एंजाइम बनने लगते हैं।** अत: बच्चे को इस उम्र में कुछ ठोस आहार भी दिए जा सकते हैं। दिन भर में 450 मिली. दूध के अलावा उसे ऊपर बतलाए गए अनुसार सब्जियों एवं फलों के साथ दाल, चावल, दलिया इत्यादि घर में बनी वस्तुएँ दी जा सकती हैं। दलिया में शक्कर की जगह गुड़ डाला जा सकता है।

उबले आलू या ब्रेड या रोटी के मुलायम टुकड़े भी दिए जा सकते हैं। थोड़ा-थोड़ा करके उबला अंडा भी खिलाया जा सकता है। यह ध्यान रखें कि बच्चों को कई बार आहार देने की जरूरत होती है, क्योंकि एक-दो बार में वे जरूरत का सारा भोजन नहीं ले पाते हैं।

डिब्बा बंद दूध पाउडर या आहार

डिब्बा बंद दूध पाउडर का उपयोग, जब किसी भी तरह का प्राकृतिक दूध उपलब्ध न हो, तभी करना चाहिए, क्योंकि यह दूध विशेष गुणकारी नहीं होता। इसी तरह डिब्बेबंद आहार की जगह घर में बनी वस्तुएँ बच्चों को खिलाएँ, वह बेहतर है, क्योंकि डिब्बेबंद आहार महँगे भी पड़ते हैं तथा उनकी गुणवत्ता भी संदिग्ध रहती है। **ताजा आहार बच्चों के लिए ठीक रहते हैं।** अतः थोड़ी सी मेहनत कर बच्चों के लिए स्वयं आहार तैयार करें।

बच्चे को पर्याप्त भोजन मिल रहा है कि नहीं, इसके लिए बच्चे का प्रत्येक महीने वजन लिया जाना चाहिए। (वजन तालिका देखें) पहले चार महीनों में बच्चे का वजन जन्म के वजन से दुगुना हो जाना चाहिए। यदि ऐसा नहीं होता है तो बच्चे को पर्याप्त आहार नहीं मिल रहा है, यह मानें।

4. समय-पूर्व पैदाहोने वाले शिशुओं का आहार

चूँकि ऐसे शिशु पूरे नौ महीने माँ के गर्भ में नहीं रहते, अतः उनका संपूर्ण विकास ठीक तरह से नहीं हो पाता। इन शिशुओं का वजन सामान्य से बहुत कम होता है एवं मांसपेशियाँ भी विकसित नहीं होतीं और शरीर पर चर्बी नाम मात्र को होती है, अतः इनकी त्वचा ढीली या लटकी हुई दिखती है। इनकी हड्डियाँ भी विकसित नहीं हो पाती हैं तथा आमाशय छोटा होने की वजह से ये ज्यादा भोजन मुँह द्वारा नहीं ले पाते हैं और भोजन ठीक से पचता भी नहीं है। वसा पचाने में भी ऐसे शिशुओं को कठिनाई होती है। अतः इनका पोषण बहुत सावधानीपूर्वक करते हैं। समय-पूर्व पैदा होनेवाले बच्चे कई बार माँ के स्तनों द्वारा दूध भी नहीं पी पाते हैं। तब इन्हें ड्रापर द्वारा धीरे-धीरे दूध पिलाना चाहिए। शुरू में दूध की मात्रा प्रत्येक आधा घंटे में आधा चम्मच फिर बढ़ाकर हर दो घंटे में एक बड़े चाय के चम्मच तक करनी चाहिए। दूध को चर्बीरहित करके देना अधिक उचित होता है। उसे पानी मिलाकर कुछ पतला भी किया जा सकता है। पाउडर का दूध उसके डिब्बे पर बतलाई विधि के अनुसार बनाकर दें। इसके बाद धीरे-धीरे ये सब तरह के आहार, जो शिशुओं को ऊपर बतलाए गए हैं, शुरू करना चाहिए। ऐसे बच्चों को अतिरिक्त विटामिन ए, डी और सी की जरूरत होती है, जो उन्हें चिकित्सक को दिखलाकर उसकी सलाह से देना चाहिए। उसे उबला पानी भी खूब पिलाएँ।

छोटे बच्चों को इन्हें खिलाने से परहेज करें

आजकल सैकड़ों तरह की खाद्य सामग्री पाऊच और डिब्बों में आती है, कई में हानिकारक कृत्रिम रसायनों का प्रयोग होता है और ये शिशुओं या बच्चों के पाचन तंत्र के अनुकूल नहीं होते, अतः इन्हें छोटे बच्चों को खिलाने में संयम बरतें। कुछ में तो एक वर्ष से कम के शिशुओं को इन्हें न खिलाने की हिदायत भी छपी होती है।

शिशु की समयानुसार आहार-योजना (1-3 वर्ष तक)

समय	खाद्य पदार्थ	मात्रा
सुबह उठने पर	मातृ-दुग्ध या अन्य दूध (उबला)	1-2
	बिस्कुट या डबलरोटी का टुकड़ा	
9-10 बजे प्रातः	सूजी, दलिया या कॉर्नफ्लेक्स	20-25 ग्रा.
	टोस्ट, मक्खन या जैम के साथ	1-2 टुकड़ा
	उबला अंडा	1/2 टुकड़ा
	फल का रस	1/4 गिलास
12-1 बजे दोपहर	दाल या सब्जी का सूप	100 ग्राम
	चपाती या चावल	1/4-1 25-50 ग्राम

	दूध या उससे बनी वस्तु	100–150 ग्राम
3–4 बजे अपराह्न	मातृ दुग्ध या उबला	
	अन्य दूध	
	बिस्कुट, टोस्ट या सैंडविच	2
8 बजे रात्रि	दलिया या खिचड़ी	25–50 ग्राम
	उबली सब्जी	25–60 ग्राम
	दूध या उससे बनी वस्तु	100–150 ग्राम

वनस्पति दूध तैयार करने की विधि

मूँगफली, नारियल तथा सोयाबीन से दूध तैयार करने की विधि

मूँगफली का दूध

1. ताजी मूँगफलियाँ लीजिए। छिलके उतार दें। खराब, सिकुड़ी अथवा सड़ी हुई मूँगफलियों का प्रयोग हरगिज न करें।
2. धीमी-धीमी आँच पर 5–10 मिनट तक उन्हें भूनिए। दोनों के ऊपर की गुलाबी छाल निकाल दें।
3. एक कप दोनों को साफ पानी में दो घंटे तक भिगोकर रखें। उसके बाद पानी को फेंक दें। भीगे हुए दानों को चक्की अथवा ग्राइंडर में पीसकर लेप सा तैयार कर लें। आवश्यकता पड़े तो थोड़ा पानी मिला लें।
4. इस लेप में 5 कप कुनकुना पानी डालें। पाँच मिनट तक लगातार तेजी से हिलाते जाएँ। इस द्रव्य को एक कपड़े में छान लें और इस दूधिया तरल को इकट्ठा कर लें।
5. सुगंध सुधारने के लिए हिलाते हुए इसे उबालें। साफ और बंद बर्तन में यह 8–10 घंटे सुरक्षित रह सकता है। ठंडे दूध के ऊपर जमी चर्बी की परत को उतार लें।

नारियल का दूध

1. एक पके हुए नारियल को छीलें। कच्चे नारियल का प्रयोग भी किया जा सकता है, परंतु उसका स्वाद उतना बढ़िया नहीं होता।
2. उसमें आधा कप गर्म पानी डालें और दबा दें। दूधिया पानी को एकत्र कर लें।

3. बचा हुआ आधा कप पानी फिर से उस पर डालें। फिर दबाएँ। इस पानी को इसी विधि से निकाले गए पानी में मिला दें।
4. कुछ समय तक इस दूध को उबालें। फिर एक कपड़े से छान लें।

सोयाबीन का दूध

1. सोयाबीन, जिनका रंग बिगड़ गया हो अथवा जो खराब हो चुके हों, प्रयोग में न लाएँ। साफ दानों को दो बार ठंडे पानी में धोएँ।
2. एक कप सोयाबीन को 4 कप पानी में पूरी रात (6–8 घंटे तक) भिगोए रखें।
3. उस पानी को फेंक दें और दानों को दोबारा ताजे पानी से साफ करें।
4. उनमें एक चुटकी भर मीठा सोडा डालकर किसी चक्की आदि में पीसें और 2 कप उबला हुआ पानी डालकर एक लेप सा तैयार कर लें।
5. एक कप उबला हुआ पानी और डालकर दूध को कपड़े में छान लें और इस दूधिया पानी को एकत्र कर लें।
6. सुगंध के लिए इसे खूब अच्छी तरह से उबालें। चाहें तो स्वाद के लिए दो इलायची डाल दें।

5. बड़े बच्चों का आहार

1 से 3 वर्ष के बच्चों का भोजन

एक वर्ष का बच्चा अधिक कड़े और चबानेवाले आहार नहीं ले सकता, अत: उसे अपेक्षाकृत कुछ नर्म भोजन देना चाहिए, साथ ही जितना संभव हो, गाय या भैंस का दूध (बगैर पानी मिलाए) दिया जा सकता है। (इसकी मात्रा एक पाव से तीन पाव तक हो सकती है।) घर में बना दाल-चावल, रोटी, सब्जी (कम मिर्च-मसालेदार) भी उसे दी जा सकती है। इसके साथ ही मौसमी, पके फल तथा टमाटर, गाजर के छोटे-छोटे टुकड़े (घिसकर) भी उसे चबाने के लिए दे सकते हैं। इससे उसके दाँतों का व्यायाम भी होगा और उसे विटामिंस तथा खनिज लवण भी प्राप्त हो सकेंगे।

अच्छे किस्म के प्रोटीनवाले बिस्किट भी उसे खिलाए जा सकते हैं। चने या मूँगफली के व्यंजन भी उसे दिए जा सकते हैं, जैसे गुड़ की पट्टी उसे दें।

3 से 5 वर्ष के बच्चों का आहार

3 से 5 वर्ष तक के बच्चे वे सभी आहार ले सकते हैं, जो एक वयस्क व्यक्ति

लेता है। अत: इनके भोजन की विशेष समस्या नहीं है, लेकिन यह ध्यान रखना होगा कि वे भोजन संतुलित रूप में लें। उनके आहार में दूध अथवा अंडे, दाल, चावल, रोटी के साथ फल और हरी तरकारियाँ हों। यह न हो कि वे दिन भर केवल चाकलेट, बिस्किट या टॉफी खाते रहें वरना इन आदतों से भी वे कुपोषणग्रस्त हो सकते हैं। अत: उनके अभिभावकों को यह ध्यान रखना होगा।

कई बार खाने में एकरसता से भी बच्चों में खाने के प्रति अरुचि उत्पन्न हो जाती है। अत: उन्हें मूँगफली, तिल, चना, गुड़ इत्यादि चीजों से बने पौष्टिक व्यंजन बनाकर खिलाए जा सकते हैं।

साफ–सफाई का ध्यान रखा जाना भी जरूरी होता है। बच्चों के नाखून कटे हुए हों, खाने के पूर्व हाथ साबुन से अच्छी तरह धोए गए हों, खाना ताजा हो। यदि खाना कुछ देर रखना हो तो ढककर रखा जाए तथा ठंडे स्थान में रखें, ताकि उसमें हानिकारक कीटाणु उत्पन्न न हों।

❑

22

छोटे शिशुओं के आहार में सावधानियाँ

चूँकि बच्चे शीघ्र ही कुपोषण के शिकार हो जाते हैं। अतः उनके आहार में जन्म से ही हमें सावधानियाँ रखनी चाहिए। थोड़ी सी भी लापरवाही आपके शिशु के लिए खतरनाक हो सकती है। बहुत से बच्चे गरीबी के कारण नहीं, बल्कि जानकारियों के अभाव या गलत मान्यताओं के कारण कुपोषणग्रस्त बनते हैं। अतः एक माँ को अपने शिशु या बच्चे की आहर संबंधी आवश्यकताओं की पूर्व जानकारी होनी चाहिए, साथ ही उसे स्वयं भी पर्याप्त संतुलित भोजन लेना चाहिए।

छह माह से कम उम्र के शिशु की प्रायः आहार संबंधी जरूरतें माँ के पर्याप्त मात्रा में मिलनेवाले दूध से पूर्ण हो जाती है। शिशु को अपने वजन के प्रत्येक किलो के हिसाब से 120 कैलोरी और 2–3 ग्राम प्रोटीन के अलावा विटामिंस और खनिज लवण भी चाहिए होते हैं। अगर माँ का दूध पर्याप्त मात्रा में उपलब्ध होता है तो ये सभी आवश्यकताएँ पूरी हो जाती हैं, क्योंकि एक माँ औशतन 600 मिली लीटर दूध का स्रावण प्रतिदिन करती है, जिससे शिशु को लगभग चार सौ कैलोरी मिल जाती है। (मानव दूध से प्रति 100 ग्राम से लगभग 65 कैलोरी प्राप्त होती है।)

छह माह के बाद स्तनों द्वारा निकलनेवाले दूध की मात्रा क्रमशः कम हो जाती है, जबकि शिशु की आहार संबंधी जरूरतें बढ़ जाती हैं। दी गई तालिका के अनुसार एक वर्ष के शिशु को 900 कैलोरी ऊर्जा और 13 ग्राम के लगभग प्रोटीन चाहिए, जबकि एक वर्ष की आयु तक शिशु के पहुँचते-पहुँचते माँ के दूध से अधिकतम 300 कैलोरी ऊर्जा और 5 ग्राम प्रोटीन मिलता है, जो कि शिशु के लिए पर्याप्त नहीं होता।

उपर्युक्त कारणों से ही डॉक्टर और आहार विशेषज्ञ शिशु को 4 महीने की उम्र से ही पूरक आहार प्रारंभ करने की सलाह देते हैं, लेकिन भारत जैसे देश में एक वर्ष तक स्तन पान कराने की सलाह फिर भी दी जाती है, ताकि उसे बहुमूल्य प्रोटींस, विटामिन और अन्य पोषक तत्त्व भले कम मात्रा में मिलें, लेकिन एक सीमा तक तो उसकी जरूरतें पूरी होती रहेंगी।

अब प्रश्न उठता है कि हमें यह पता कैसे चले कि शिशु को पर्याप्त पोषण अथवा आहार मिल रहा है तो इस तथ्य का पता हम शिशु का वजन लेकर कर सकते हैं। यदि शिशु या बच्चे का उस के हिसाब से वजन सही है तो हमें मानना चाहिए कि उसे पोषण आहार पर्याप्त मात्रा में मिल रहे हैं। इस प्रकार शिशु के पोषण का सही सूचक उसका वजन होता है।

जन्म के वक्त भारतीय शिशु का औसतन वजन 2.8 किलो पाया गया है। 5 माह पूर्ण होने पर शिशु का वजन जन्म के वजन से दुगुना (5 किलो से ऊपर) और एक वर्ष का होने पर तीन गुना हो (आठ किलो लगभग) जाता है। शिशु का वजन लेकर हम वजन तालिका से तुलना करके पोषण स्थिति जान सकते हैं। एक बात और जान लेना चाहिए कि एक वर्ष तक के बच्चे या बच्ची को शिशु कहा जाता है और एक वर्ष से ऊपर को बच्चा कहा जाता है।

तालिका

शिशुओं और बच्चों की ऊर्जा और प्रोटीन संबंधी आवश्यकताएँ

आयु वर्ग	वजन (किलो)	ऊर्जा (कैलोरी)	प्रोटीन (ग्राम)
जन्म से 6 माह	3–7	600	11
6 से 1 वर्ष	7–9	800	13
1 से 3 वर्ष	9–13	1200	18
4 से 6 वर्ष	15–17	1500	22
7 से 9 वर्ष	18–21	1800	33
10 से 12 वर्ष	23–28	2400	41

स्तनपान बंद करने में सावधानियाँ

यहाँ एक बात समझ लेनी चाहिए कि **माताओं को स्तनपान एकदम से बंद नहीं करना चाहिए, इसे क्रमशः बंद करना चाहिए।** वैसे कई बार एकदम से स्तनपान बंद करना संभव भी नहीं होता है।

जैसा कि विदित है कि 4 से 6 माह पश्चात् जो वृद्धि होती है, उसके लिए शिशु को माँ का दूध पर्याप्त नहीं होता, इसके अलावा 6 महीनों के बाद माता के दूध की मात्रा बढ़ने की बजाय कम होने लगती है। इसलिए शिशु को पूरक आहार देना चाहिए। भारत जैसे देश में स्तनपान 6 माह के पूर्व बंद न करें, इसे छह माह के पश्चात् धीरे-धीरे बंद

करना चाहिए, लेकिन साथ ही **शिशु को पूरक आहार भी देने शुरू करना चाहिए।**

पूरक आहारों में गाय का दूध, फलों का रस, केले, चावल, दलिया, दाल का पानी, नरम सब्जियाँ, उबले नरम आलू इत्यादि दे सकते हैं। **यदि पूरक आहार दिए बगैर माँ का दूध बंद कर दिया जाए तो बच्चे के कुपोषित होकर कई खतरनाक रोगों, जैसे क्वाशिर्योकर और सूखा रोग से ग्रस्त होने की संभावनाएँ होती हैं।**

यहाँ एक बात और ध्यान देने योग्य है कि स्वयं माताओं को भी उचित पौष्टिक आहार पर्याप्त मात्रा में लेना चाहिए। तभी वे अपने शिशु को भी पर्याप्त मात्रा में दूध पिला सकेंगी, क्योंकि स्तन्यकाल में स्त्री की भी आहार संबंधीं जरूरतें बढ़ जाती हैं। अत: उसे भी पर्याप्त मात्रा में दूध, फल, हरी सब्जियाँ इत्यादि खानी चाहिए। नीचे दी गई तालिका के अनुसार महिलाओं का भोजन होना चाहिए।

तालिका

गर्भावस्था और स्तन्यकाल में पोषण

	सामान्य महिला	गर्भावस्था	स्तन्यकाल
कैलोरी	2300	2600	2800
प्रोटीन (ग्रा.)	45	55	65
कैल्शियम (कि.ग्रा.)	400–500	1000	1000
लौह (कि.ग्रा.)	20	40	30
विटामिन ए (मा.ग्रा.)	750	750	400
विटामिन डी (मा.ग्रा.)	25	10	10
विटामिन (मि.ग्रा.)	10	125	15
थाममिन (मि.ग्रा.)	1.0	1.25	1.5
रिबोपलेबिन	11	15	18
नियासिन	125	150	180
विटामिन सी (मि.ग्रा.)	80	100	120
फॉलिक एसिड (मा.ग्रा.)	100	300	150
विटामिन बी- 12 (मा.ग्रा.)	1	1	1

शिशुओं को आहार देते वक्त सावधानियाँ

1. यदि ऊपरी दूध देना हो तो चम्मच-कटोरी से पिलाएँ न कि कृत्रिम निपिलवाली बॉटल से, क्योंकि इसके द्वारा शिशु के पेट में संक्रामक रोगों के कीटाणु पहुँच सकते हैं, जिससे बच्चे को दस्त लगते हैं।
2. दूध या आहार देने के लिए बच्चे को लिटाएँ नहीं, इससे उसके फेफड़ों में दूध या आहार भर सकता है, अतः उसे थोड़ा सा उठाकर रखें।
3. शिशु को थोड़े-थोड़े समय के अंतर से कई बार दूध पिलाएँ, ताकि वह भूखा न रहे।
4. यदि माँ को दूध पिलाने से शिशु को लगातार दस्त और अपच की शिकायत हो तो शिशु रोग विशेषज्ञ से मिलें, क्योंकि कभी-कभी माँ के दूध से भी शिशु को ये शिकायतें हो सकती हैं।
5. शिशु को ठोस आहार देने में कोई समस्या हो तो चिकित्सक से संपर्क करें।
6. शिशु को दस्त और उल्टियाँ हो रही हों तो उबला पानी भी पिलाएँ।
7. शिशु को माँ का दूध नहीं मिल पा रहा तो 4 माह बाद उसे मुलायम, ठोस पूरक आहार देना शुरू कर दें।

❑

23

जरूरी है, भोजन की स्वच्छता

(Food Hygiene)

सच बात तो यह है कि हमारे यहाँ भोजन की साफ-सफाई एवं शुद्धता पर पर्याप्त ध्यान ही नहीं दिया जाता, इस कारण अनेक संक्रामक रोग होते हैं। घर में भले भोजन कुछ साफ-सफाई से बने, लेकिन प्रायः ही होटलों, ढाबों पर भोजन अस्वच्छ तरीके से तैयार किया जाता है। कई बार तो बासी भोजन गरम करके परोस दिया जाता है। परोसने वाले भी साफ-सुधरे नहीं रहते। अतः हमें भोजन की स्वच्छता पर भी ध्यान देना चाहिए, ताकि कई रोगों से बचा जा सके तथा अपने बच्चों को भी खतरनाक रोगों और कुपोषण से बचाया जा सके।

भोजन की साफ-सफाई या स्वच्छता क्या है ?

भोजन की स्वच्छता से अभिप्राय होता है, सभी प्रकार के खाद्यों को उचित ढंग से तैयार कर स्वच्छ रूप में ही खानेवाले तक पहुँचाना। चूँकि विभिन्न खाद्य पदार्थों की यदि सँभाल न की जाए तो उनमें रोग के जीवाणु उत्पन्न हो जाते हैं, अतः भोजन की स्वच्छता और शुद्धता आवश्यक होती है। यदि भोजन जीवाणुयुक्त है तो बहुत सी खतरनाक और जानलेवा बीमारियाँ, जैसे हैजा, पेचिस, टॉयफाइड, यकृत शोथ इत्यादि हो सकती है।

आइए विभिन्न खाद्य पदार्थों को कैसे स्वच्छ रखें, इस पर चर्चा करें—

(1) दूध की स्वच्छता (Milk Hygiene)—यदि दूध की साफ-सफाई इत्यादि पर ध्यान न दें तो **दूध से कई तरह के गंभीर रोग भी उत्पन्न हो सकते हैं।** उदाहरणार्थ—दूध में यक्ष्मा या टी.बी. के जीवणु हो सकते हैं। टायफायड या मियादी बुखार के जीवाणु भी उसमें होते हैं। इसके अलावा गंदे बरतनों, प्रदूषित जल, मिट्टी, धूल इत्यादि के साथ मक्खियों से भी रोगों के कई प्रकार के कीटाणु दूध में मिल जाते हैं। इनसे निम्न प्रकार के रोग हो सकते हैं—

1. दुधारू पशुओं से—बावीन ट्यूबर कुलोसिस (यक्ष्मा), ब्रुसेलोसिस, क्यू ज्वर गोचेचक (Cowpox), गिलटी रोग (Anthrax) किलनी द्वारा मस्तिष्क शोथ (Tick Borne encephalihis)

2. मानव संवाहित एवं पर्यावरण से—टायफायड, पैरा टायफायड, ज्वर, हैजा, पेचिश, विषाणुजन्य यकृत शोथ घट सर्प (Diphtheria)

इस तरह हम देखते हैं कि उच्च प्रोटीन प्रदान करनेवाला पौष्टिक आहार दूध भी सावधानियों के अभाव में बहुत से गंभीर रोग उत्पन्न कर सकता है। अतः दूध को जीवाणु रहित बनाने की सलाह दी जाती है।

दूध को जीवाणुरहित बनाने की सबसे सरल विधि है उबालना। हमारे यहाँ यह विधि सदियों से प्रचलित है, लेकिन दूध के उबालने से कुछ हानियाँ भी होती हैं, जैसे

1. उबालने से लैक्टिक जीवाणु (Lactic Vacilli) सहित उपयोगी जैव तत्त्व मर जाते हैं, जिनका लाभ हमें नहीं मिल पाता है।
2. दूध में मौजूद विटामिन सी (C) और बी (B) की अधिकांश मात्रा उबालने से नष्ट हो जाती है। दूध का प्रोटीन जम (स्कंधित) जाता है।
3. दूध का स्वाद भी बदल जाता है।
4. दूध उबालने से दूध के उपयोगी एंजाइम नष्ट हो जाते हैं।

पाश्चरीकरण के फायदे—दूध के उपयोगी पदार्थ नष्ट किए बिना, रोगकारक जीवाणुओं को नष्ट करने की एक भिन्न विधि वैज्ञानिकों ने विकसित की, जिसको पाश्चरीकरण (Pusteurisation) कहते हैं। विश्व स्वास्थ्य संगठन ने पाश्चरीकरण की परिभाषा कुछ इस तरह की है—'दूध को केवल इतने तापक्रम और इतनी अवधि तक गरम करना, जिससे उसके पोषण मान एवं अन्य घटकों में कम-से-कम परिवर्तन हो, लेकिन उसमें मौजूद हानिकारक जीवाणु नष्ट हो जाएँ।

पाश्चरीकरण के फायदे—पाश्चरीकरण से उपयोगी लैक्टिक एसिड वैसी लाई नष्ट नहीं होते। इसी तरह विटामिन भी कम नहीं होते। इसके अलावा दूध के प्रोटीन और दुग्ध शर्करा को भी इस विधि में कम नुकसान होता है। इस तरह पाश्चरीकरण दूध को सुरक्षित बनाने का, उबालने से बेहतर तरीका है। डेयरियों द्वारा बड़े पैमाने पर इसी का उपयोग किया जाता है।

पाश्चरीकरण की कई विधियाँ हैं, जैसे कि—

(1) हॉल्टर या वाट विधि—इस विधि के अनुसार 30 मिनट तक 63 से 66^0C पर रखा जाता है, फिर तुरंत 50^0C से नीचे लाकर ठंडा कर दिया जाता है।

(2) कम समय के लिए उच्च तापक्रम विधि—इस प्रक्रिया में दूध को 72^0C तापक्रम पर शीघ्रता से गरम कर तुरंत 50^0C से नीचे ठंडा किया जाता है।

(3) अधिक उच्च तापक्रम विधि—इस तरह की पाश्चरीकरण की प्रक्रिया में दूध को 125°C से 150°C तक कुछ सेंकेड के लिए रखा जाता है और फिर शीघ्रता से ठंडा किया जाता है।

(II) मांस की साफ-सफाई या स्वच्छता (Meet Hygiene)—दूषित मांस से भी कई तरह की बीमारियाँ हो सकती हैं। कई बार बाजार में बिकनेवाला मांस-मछली संक्रमणकारी अथवा रोग उत्पन्न करनेवाला होता है। अत: इस मामले में सावधानियाँ बरतना भी जरूरी है। दूषित मांस से निम्नलिखित बीमारियाँ हो सकती हैं—

1. कृमि रोग—कई तरह के फीता कृमियों (Tap Worms) का संक्रमण मांस द्वारा होता है।

2. जीवाणु द्वारा—जीवाणुओं द्वारा गिलटी रोग (Anthrax), क्षय रोग (Taberculosis) एवं भोजन विषाक्तता **(Food Poisoning)**।

मांस का परीक्षण

दुर्बल अथवा क्षयरोग, अतिसार इत्यादि संक्रमणों से ग्रसित पशुओं का मांस उपयोग नहीं करना चाहिए। मांस के परीक्षण में जब यकृत, फ्लू, क्षय या फेफड़ों के संक्रमण पाए जाते हैं तो उसे अनुपयोगी समझा जाता है। पशुओं की जाँच पशु चिकित्सकों द्वारा की जाती है और नगर पालिका अथवा नगर निगमों का यह भी उत्तरदायित्व होता है कि दूषित मांस का प्रयोग लोग न करें, वरना इनसे बहुत से लोगों में गंभीर संक्रामक रोग फैलने का खतरा होता है।

अच्छे मांस के लक्षण (Signs of good meat)—ये लक्षण हैं—

1. मांस का रंग बैगनी या एकदम हलका गुलाबी नहीं होना चाहिए।
2. उसमें सड़ांध नहीं आनी चाहिए।
3. छूने में चिपचिपा, चिकना न होकर ठोस, लचीला होना चाहिए।

(III) अंडे—लंबे समय तक संग्रह करने या उनका संग्रहण ठीक से न करने से वे उपयोग लायक नहीं रहते। अंडे ताजे होने चाहिए, इसकी जाँच दो प्रकार से करते हैं—

(अ) केंडलिंग (candling)—तेज प्रकाश डालने पर अंडा पारदर्शक दिखता है। भीतर दाग-धब्बे दिखने पर उसे अलग कर देते हैं।

(ब) अंडे को 100 प्रतिशत नमक के पानी में तैराते हैं। ताजे अंडे उसमें डूब जाते है, जबकि बासी अंडे उतराते रहते हैं, उतरानेवाले अंडों का उपयोग नहीं करना चाहिए।

(IV) फल एवं साग-भाजी—साग-सब्जियाँ भी गंभीर संक्रमणकारी हो सकती

हैं, यदि उन्हें उचित तरीके से इस्तेमाल न किया जाए। मल-जल से सिंचित या प्रदूषित भूमि में पैदा सब्जियाँ यदि बगैर धुले खाई जाएँ तो ये टॉयफायड और कृमि रोग उत्पन्न करती हैं। कच्ची खानेवाली सब्जियों को पोटेशियम परमैगनेट के घोल अथवा नमक के पानी में कुछ समय डालकर, फिर से पानी भी तेज धार में कई बार धोना चाहिए। **सलाद को काटने के पूर्व धोना चाहिए, यह भी ध्यान रखें।**

(V) अनाजों की सफाई—अनाजों की साफ-सफाई कर उन्हें स्वच्छ पानी से धोकर उपयोग में लाना चाहिए, क्योंकि उनमें कीटनाशक एवं मिट्टी इत्यादि की मात्रा हो सकती है।

भोजनालयों एवं रसोईघरों की स्वच्छता

कहा गया है **सफाई ही दवाई है।** हमारे पेट के भीतर जो खाद्य पदार्थ जाएँ, वे साफ-सुथरे और स्वास्थ्यवर्धक हों, उसके लिए रसोईघरों और भोजनालयों की उचित सफाई और देखभाल जरूरी है। इसके लिए निम्न बातों का ध्यान रखें—

1. रसोई या भोजनालय, नालियों या गंदे नालों के पास अथवा खुले कचरे के ढेर के पास नहीं होना चाहिए।
2. स्थान जमीन से ऊँचा और साफ-सुथरा हो।
3. कमरे का पर्याप्त क्षेत्रफल—(10 वर्ग मीटर) हो तथा वहाँ प्रकाश-हवा की उचित व्यवस्था हो, एक्जास्ट पंखे संभव हों तो लगवाएँ।
4. धुएँ के निकलने की व्यवस्था के साथ ही वहाँ चूहे, **तिलचट्टे न हों। खिड़कियों और दरवाजों में मक्खी-मच्छररोधक जालियाँ लगवानी चाहिए।**
5. रसोई के कचरे की अलग व्यवस्था हो, उसे रसोईघर के भीतर इकट्ठा न करें।
6. हाथ और फल तथा सब्जियाँ धोने के लिए साफ टॉविल एवं पर्याप्त जल की व्यवस्था भी हो। बरतनों को गरम पानी में डालकर फिर धोना चाहिए, इससे कीटाणु भी मर जाते हैं।

भोजन का संग्रहण—भोजन के संग्रहण का भी बहुत महत्त्व है, क्योंकि **साफ-सफाई से बनाया खाना भी उचित तरीके से न रखा जाए तो विषाक्त बन सकता है, भोजन को खुला कदापि न रखें।** कम समय के लिए ढककर रखा जा सकता है, लेकिन कई घंटे रखना हो तो उसे फ्रिज में रखें। **गरमी के दिनों में तो विशेष रूप से भोजन के संग्रहण पर ध्यान देना जरूरी होता है। कई दिनों से रखे खाद्य जैसे—मिठाई, खोवा, मांस इत्यादि जाँच कर ही उपयोग में लाएँ।**

एक और जरूरी बात

भोजन को परोसनेवाला या बनानेवाला व्यक्ति यदि स्वयं गंदा या रोगग्रस्त है तो भोजन ग्रहणकर्ता को भी टायफाइयड, पेचिश, यकृत शोथ इत्यादि रोग हो सकते हैं। अतः इन रोगों से ग्रसित व्यक्ति को भोजनालयों में नियुक्त नहीं करना चाहिए। त्वचा रोग, संक्रमित घाव या कान में मवाद से पीड़ित व्यक्तियों को भी यहाँ न रखें।

भोजन तैयार करने एवं परोसनेवाले लोग ये सावधानियाँ रखें—

1. हाथ के नाखून कटे हों और खाद्य पदार्थ छूने से पूर्व साबुन-पानी से अच्छी तरह धोए जाएँ।
2. सिर ढका हो, ताकि बाल न गिरें, विशेषकर महिलाएँ सिर ढाँपे।
3. संभव हो तो खाना बनानेवाला एप्रिन (चोगा) पहनें।
4. भोजन के पास खाँसना, छींकना, उँगलियाँ मुँह में लगाना अथवा धूम्रपान करना वर्जित होना चाहिए।

याद रखें, भोजन की उचित साफ-सफाई के अभाव में टायफायड, अतिसार, पेचिश, यकृत शोथ (पीलिया) आँव (Amoeviasis) फीता कृमि, गोल कृमि एवं खाद्य विषाक्तता जैसे गंभीर रोग हो सकते हैं। अतः **केवल साफ-सफाई और भोजन की स्वच्छता द्वारा कई भयंकर रोगों से हम बच सकते हैं।**

❑

24

संतुलित भोजन क्या है?

भारत जैसे विकासशील देशों में संतुलित भोजन के अभाव में कुपोषण के विभिन्न रोग बहुत बड़ी समस्याएँ उत्पन्न कर रहे हैं। बच्चों और स्त्रियों में बहुत से रोगों की जड़ में कुपोषण ही होता है और प्रतिवर्ष लाखों बच्चे तथा स्त्रियाँ कुपोषण एवं उसके रोगों के कारण मृत्यु को प्राप्त होते हैं। यह भी उल्लेखनीय है कि अन्य देशों की तुलना में हमारे देश में कुपोषण के शिकार बच्चे अधिक हैं। पाँच वर्ष से कम आयु के ऐसे बच्चों की संख्या यहाँ साढ़े सात करोड़ के आसपास है। हमारे देश में 47 प्रतिशत बच्चे कुपोषण से ग्रस्त हैं। इस तरह संतुलित एवं पौष्टिक भोजन की महत्ता स्वयं प्रतिपादित हो जाती है।

एक जानकारी के अनुसार झारखंड एवं बिहार में 1 से 5 वर्ष की आयु के लगभग 60 प्रतिशत बच्चे कुपोषण के शिकार हैं और मध्यप्रदेश में 53 प्रतिशत बच्चे कुपोषण के शिकार हैं। इसी तरह **भारत में प्रतिवर्ष 40 हजार बच्चे विटामिन 'ए' की कमी के कारण अंधे हो जाते हैं। कुपोषण के कारण बच्चों की रोगों से लड़ने की शक्ति कम हो जाती है।**

इसलिए इन घातक बीमारियों की जड़ **कुपोषण को दूर करना अत्यंत आवश्यक है। तभी एक स्वस्थ और रोगमुक्त समाज की स्थापना हो सकेगी, क्योंकि हमारे यहाँ बच्चों में आधे से अधिक बीमारियाँ कुपोषण के कारण होती हैं** और यदि हमने कुपोषण की समस्या दूर कर ली तो 50 प्रतिशत से ज्यादा बीमारियाँ दूर हो जाएँगी। कुपोषण दूर करने के लिए पहले तो हम जानें कि संतुलित भोजन क्या है और उसे कैसे प्राप्त करें।

हमारा संतुलित भोजन कैसा हो?—'भोजन में सभी आवश्यक घटकों का संतुलित या उचित मात्रा में समावेश ही संतुलित भोजन है।'

हमारे शरीर को कार्य करने के लिए ऊर्जा (शक्ति) एवं शरीर के विकास के लिए कई तरह के खाद्य पदार्थों की जरूरत होती है। ये विभिन्न खाद्य हमें भोजन द्वारा

प्राप्त होते हैं, इसलिए सभी को कुपोषण से बचने के लिए संतुलित आहार लेना अत्यंत आवश्यक है। **संतुलित भोजन का मतलब होता है, शरीर के लिए आवश्यक खाद्य वस्तुओं का उचित मात्रा में लेना।** ये आवश्यक खाद्य पदार्थ हैं। (1) कार्बोज या कार्बोहाइड्रेट्स, (2) प्रोटीन, (3) वसा (4) विटामिंस, (5) खनिज-लवण, (6) शुद्ध जल। ये 6 वस्तुएँ भोजन में शामिल करना जरूरी है। अब हम इनका विस्तार से वर्णन करेंगे, ताकि संतुलित भोजन की सही जानकारी हो सके। संतुलित भोजन के 6 घटकों का विवरण देने के पूर्व यह बतलाना चाहूँगा कि संतुलित भोजन के लिए बहुत बड़ी व्यवस्थाएँ करना जरूरी नहीं है, न ही वह बहुत महँगा होता है, **इसके लिए जरूरी है सही जानकारी की।**

तालिका
मानव शरीर का संघटन

घटक का नाम	प्रतिशत
पानी	63
प्रोटीन	17
वसा	12
खनिज	7
काब्रोहाइड्रेट्स	1
	100 प्रतिशत

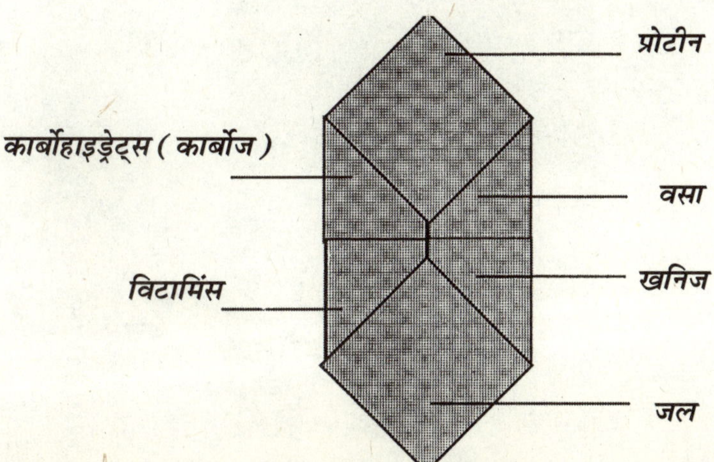

भोजन के छह घटक

विभिन्न दालें, जो प्रोटींस का स्रोत हैं
(छह महीनों के पश्चात् इन्हें शिशुओं को दे सकते हैं)

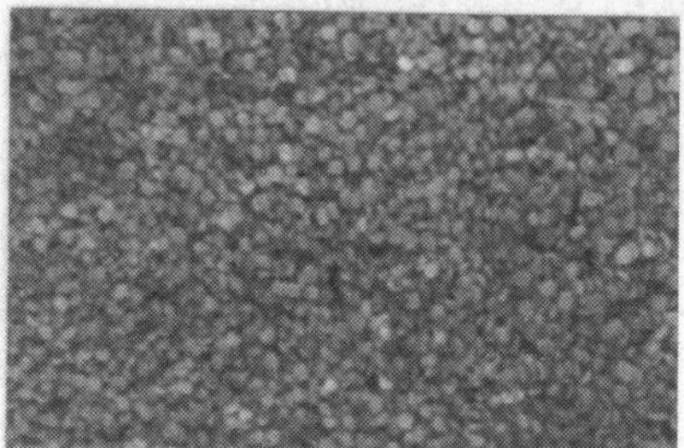
अरहर

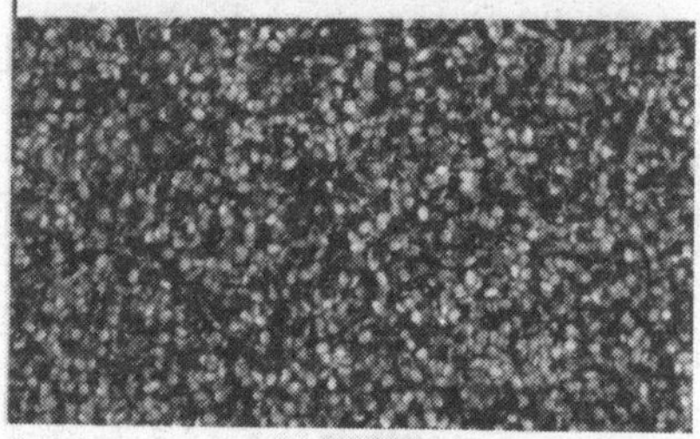
उड़द

मूंग

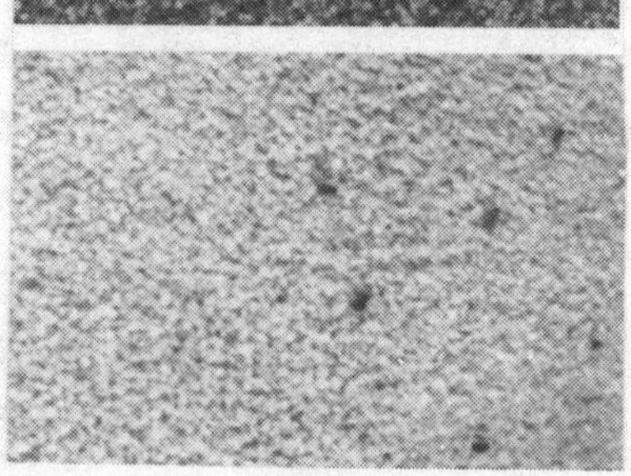
चना

भोजन के घटक

(1) कार्बोज का कार्बोहाइड्रेट्स

यह चावल, गेहूँ, ज्वार, बाजरा इत्यादि अनाजों के अलावा आलू, शकरकंद, मीठे फलों जैसे अंगूर, केले इत्यादि में अधिक मात्रा में होता है। गुड़, शक्कर एवं शहद में भी अच्छा-खासा कार्बोज होता है। एक ग्राम कार्बोज से 4 कैलोरी ऊर्जा प्राप्त होती है। भारतीय भोजन में कार्बोहाइड्रेट्स की मात्रा अधिक होती है। इस कारण वे प्रोटीन कम लेते हैं।

कार्बोज शरीर में ग्लूकोज का निर्माण करके ऊर्जा (कैलोरी) अथवा शक्ति उत्पन्न करता है। कार्बोज की कमी से शरीर में कमजोरी आती है और वजन भी कम हो जाता है। इसके अलावा इसकी कम मात्रा के कारण चक्कर भी आ सकते हैं, अतः कार्बोज भोजन का एक प्रमुख हिस्सा है। एक वयस्क व्यक्ति के भोजन में रोटी, चावल, आलू इत्यादि कार्बोजयुक्त भोजन की मात्रा चार सौ से पाँच सौ ग्राम होनी चाहिए। कार्बोहाइड्रेट्स, स्टार्च (अनाज, आलू) एवं शर्करा के रूप से अधिक लिये जाते हैं, ये शरीर में पाचन के पश्चात् ग्लूकोज बनाते हैं, जो ऑक्सीजन से मिलकर ऊर्जा उत्पन्न करता है।

(2) प्रोटीन

प्रोटीन सोयाबीन, दूध, अंडे, दालों तथा मांस में होता है। इनके अलावा यह सूखे मेवों, जैसे काजू, पिस्ता, बादाम तथा मूँगफली में भी अच्छी मात्रा में होता है। सामान्य रूप से एक स्वस्थ्य व्यक्ति को 300 ग्राम से लेकर 350 ग्राम प्रोटीनयुक्त आहार प्रतिदिन लेना चाहिए। **बच्चों को प्रोटीन की विशेष जरूरत होती है, क्योंकि प्रोटीन शरीर की वृद्धि के लिए आवश्यक होता है।**

प्रोटीन का व्यक्ति के पोषण में सर्वाधिक महत्त्व है। प्रोटीन की संरचना में कार्बन हाइड्रोजन, ऑक्सीजन, नाइट्रोजन एवं सल्फर विभिन्न अनुपातों में रहता है। प्रोटीन की संरचना कई अमीनों एसिड्स से होती है।

प्रोटीन शरीर की कोशिकाओं की वृद्धि कर शरीर के विकास में सहायता देता है तथा शरीर को रोगों से लड़ने में समर्थ बनाता है। प्रोटीन का शरीर में वही कार्य है, जो मकान निर्माण में ईंटों का होता है। 1 ग्राम प्रोटीन से 4 कैलोरी ऊर्जा प्राप्त होती है। शरीर में कई एंजाइम और हार्मोन को प्रोटीन निर्मित करता है, ये वक्त पड़ने पर ग्लूकोज में बदल सकते हैं।

प्रोटीन क्रे विभिन्न स्त्रोत—प्रोटीन प्रमुख रूप से दो स्त्रोतों से प्राप्त होते हैं। पहला— प्राणियों से, जैसे दूध, अंडे, मांस, मछली इत्यादि और दूसरा वानस्पतिक स्त्रोत, जैसे—दालें,

अनाज, मूँगफली, सोयाबीन (इसे दालों में ही मानते हैं), काजू पिस्ता, बादाम इत्यादि।

पोषक तत्त्वों की दृष्टि से प्राणिज प्रोटीन वानस्पतिक प्रोटीन से बेहतर माने जाते हैं क्योंकि शरीर के लिए जरूरी अमीनो एसिड्स इनमें होते हैं, लेकिन भारत जैसे देश में आज सभी को दूध या अन्य प्राणिजन्य प्रोटीन उपलब्ध नहीं होता, **इसलिए यहाँ प्रोटीन की कमी के कारण कुपोषण अधिक मात्रा में है।**

कार्बोहाइड्रेट्स का स्रोत डबलरोटी

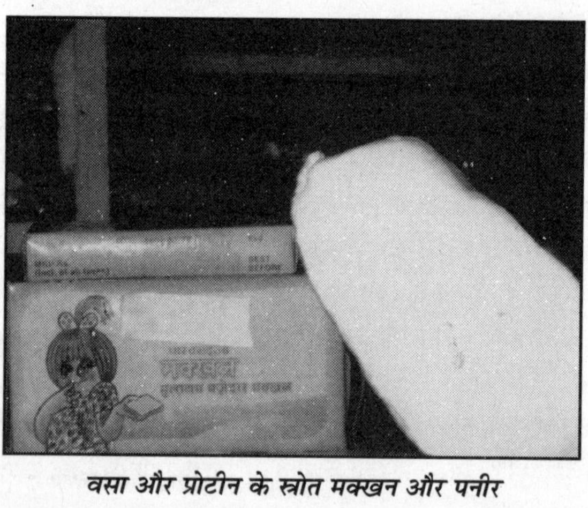

वसा और प्रोटीन के स्रोत मक्खन और पनीर

वानस्पतिक प्रोटीन, प्राणिज प्रोटीन से सस्ते होते हैं, साथ ही ये आसानी से मिल जाते हैं। चना, मूंग, अरहर जैसी दालों में अधिकतम 25 प्रतिशत प्रोटीन होता है, लेकिन सोयाबीन जैसी दलहन में 48 प्रतिशत तक प्रोटीन होता है और यह उच्च दर्जे का। अत: बहुत सीमा तक यह प्राणिज प्रोटीन की जगह ले सकता है।

प्राय: वानस्पतिक प्रोटीन में मानव के लिए आवश्यक आठ एमीनो एसिड्स में से एक या कुछ की कमी रहती है। इसी कारण इन्हें प्राणियों से प्राप्त प्रोटीन से निम्न स्तर का मानते हैं, लेकिन कई तरह के वानस्पतिक प्रोटीन को एक साथ लेने से कुछ सीमा तक प्राणिज प्रोटीन की कमी दूर की जाती है।

वयस्कों के लिए उनके वजन के प्रति किलोग्राम, एक ग्राम प्रोटीन चाहिए होता है, जबकि शिशुओं, बच्चों और गर्भवतियों को इससे अधिक प्रोटीन की आवश्यकता होती है।

प्रोटीन की कमी के दुष्परिणाम—ये हो सकते हैं—

(1) यदि गर्भणी को पर्याप्त प्रोटीन नहीं मिलता तो उसका शिशु दुबला अथवा मृत पैदा होता है।

(2) **प्रोटीनयुक्त आहार की कमी से बच्चों में कम वजन, कमजोर पेशियाँ और शरीर की वृद्धि रुक जाने जैसी शिकायतें हो सकती हैं। इसके अलावा क्याशिर्योकर एवं मरासमस (सूखा रोग) जैसे रोग हो जाते हैं।**

(3) वयस्कों में प्राटीन की कमी से वजन कम होना, खून की कमी, पतले दस्त होना, कमजोरी, शरीर और पेट में सूजन इत्यादि रोग हो सकते हैं।

प्रोटीन की कमी से शरीर की रोगों से लड़ने की शक्ति में भी कमी आ जाती है। अतएव प्रोटीन भी भोजन का एक हिस्सा होना चाहिए। छोटे बच्चों के लिए माँ का दूध एक आदर्श प्रोटीनयुक्त आहार है।

(3) वसा

वसा घी, मक्खन, नारियल के तेल और कई तरह के वनस्पति तेलों में पाई जाती है। मूँगफली और तिल्ली इत्यादि में भी वसा होता है। इसका कार्य शरीर में चर्बी को बनाना होता है। इसके अलावा घी और मक्खन में विटामिन 'ए' पाया जाता है, जो आँखों की रोशनी के लिए आवश्यक है, वसा की शरीर में कमी से वजन कम होता एवं शरीर का विकास कम हो जाना, जैसे लक्षण पैदा होते हैं तथा आँखों की बीमारियाँ भी हो सकती हैं। वसा दो तरह की होती है संतृप्त वसा और असंतृप्त वसा। जमनेवाले घी, तेल संतृप्त वसा हैं। वानस्पतिक तेल असंतृप्त वसा हैं।

सामान्यत: एक व्यक्ति को प्रतिदिन 40–50 ग्राम वसा पर्याप्त होती है, लेकिन

संतृप्त वसा के अधिक सेवन से रक्त में कोलेस्ट्रॉल की मात्रा बढ़ जाती हैं, जिससे हृदय रोग उत्पन्न होते हैं। वसा की एक ग्राम मात्रा से नौ कैलोरी मिलती है। हमें वसा की अधिकांश मात्रा वनस्पति के रूप में लेनी चाहिए, न कि घी या मक्खन के रूप में।

शर्करा, विटामिंस एवं खनिज लवणों के स्त्रोत विभिन्न फल

खनिजों एवं विटामिंस तथा फाइबर्स की स्त्रोत विभिन्न हरी सब्जियाँ एवं सलाद

(इनमें एंटी आक्सीडेंट भी होते हैं)

जैसा कि विदित है **1 ग्राम वसा से हमें 9 किलो कैलोरी ऊर्जा प्राप्त होती है।** वसा या चर्बी भी हमें प्रोटीन की तरह दो स्रोतों से प्राप्त होती है और ये स्रोत हैं—प्राणिज एवं वानस्पतिक/वसा प्राणिज वसा एवं नारियल के तेल में संतृप्त फैटी एसिड्स होते हैं। डालडा या वनस्पति घी भी इसमें शामिल हैं। लेकिन सरसों, तिल्ली, मूँगफली, सोयाबीन, सूर्यमुखी इत्यादि वानस्पतिक तेलों में असंतृप्त वसाएँ होती हैं, जो शरीर के लिए नुकसानदायक नहीं होतीं। देशी घी, मांस इत्यादि में संतृप्त वसाएँ होती हैं, जो अधिक मात्रा में नुकसानदायक हैं।

वसा के प्रमुख कार्य

1. शरीर में आवश्यकता पड़ने पर ऊर्जा उत्पन्न करती है।
2. वसा चर्बी के रूप में इकट्ठी होकर एक सीमा तक शरीर को सुंदर बनाती है, लेकिन अधिक चर्बी मोटापा भी ला सकती है।
3. वसा में घुलनशील चार विटामिन ए, डी, ई और होते हैं। वसा इनको घोलकर शरीर में एकत्र रखती है।
4. वसा अम्ल या फेटी एसिड्स के रूप में एक अति आवश्यक वसा अम्ल, लाइनोलेक एसिड होता है। यह अम्ल त्वचा को खुरदुरा या शल्की होने से रोकता है तथा अन्य वसा अम्ल त्वचा को स्वस्थ एवं सुंदर बनाए रखते हैं।
5. त्वचा के नीचे जो चर्बी एकत्र होती है, वह शरीर का तापमान स्थिर रखने में सहायक होती है।

वनस्पति घी—यह तेलों के उद्जनीकरण (Hydrogenation) से तैयार किया जाता है। इस प्रक्रिया में असंतृप्त वसा अन्य संतृप्त वसा अम्लों में बदल जाती है। अतः यह घी शरीर में कोलेस्ट्रेरॉल बढ़ाता है। पोषण विशेषज्ञों ने वसा को दो प्रकार से विभाजित किया है—(1) प्रत्यक्ष वसा और (2) अप्रत्यक्ष वसा।

प्रत्यक्ष वसा वह है, जो हमें दिखती है, जैसे मक्खन, घी, तेल इत्यादि। अप्रत्यक्ष या परोक्ष वसा वह होती है, जो हमें दिखती नहीं है, लेकिन हमारे खाद्यों में मौजूद होती है, जैसे दूध, अंडे, मांस एवं गिरियों की वसा हमें दिखती नहीं है। एक व्यक्ति के लिए प्रत्यक्ष वसा की 15–20 ग्राम मात्रा पोषण विशेषज्ञों ने निर्धारित की है। शेष वसा की पूर्ति अप्रत्यक्ष वसा से होती है।

(4) विटामिंस

विटामिन से शरीर को कोई ऊर्जा प्राप्त नहीं होती, लेकिन ये शरीर के लिए अत्यंत उपयोगी होते हैं। इनकी थोड़ी सी मात्रा रोगी पर चमत्कारी प्रभाव दिखलाती है और शरीर

के **ठीक तरह से कार्य करने के लिए विटामिंस बहुत ही जरूरी होते हैं। ये शरीर के विकास के साथ ही हमें रोगों से भी बचाते हैं।** इस तरह विटामिंस हमारे परम हितैषी होते हैं, लेकिन हमें यह भी ध्यान रखना चाहिए कि विटामिंस की अधिक मात्रा नुकसानदेह होती है और इस कारण भी बीमारियाँ पैदा हो सकती हैं। विटामिंस रोगों से शरीर की रक्षा भी करते हैं।

किस खाद्य पदार्थ से कितनी ऊर्जा मिलेगी

तालिका शाकाहारी

क्र.	खाद्य पदार्थ	मिलने वाली ऊर्जा (कैलोरी में)
1.	1 चपाती (रोटी)	100
2.	1 टुकड़ा पाव रोटी	80
3.	1 कटोरी चावल	200
4.	1 कटोरी दाल	160
5.	10 कटी हुई आलू की फांके	177
6.	1 छोटी चम्मच शक्कर	20
7.	1 प्याला दूध	165
8.	1 चम्मच मूँगफली का तेल	124
9.	1 बड़ा चम्मच घी	110
10.	1 मसाला डोसा	150
11.	1 इडली	60
12.	1 समोसा (60 ग्राम)	150
13.	1 प्याला खीर	600
14.	1 प्याला रबड़ी	1000
15.	40 ग्राम बर्फी	250
16.	1 बिही (अमरूद)	70
17.	1 प्याला पपीते के टुकड़े	70
18.	1 केला	80

19.	1 सेब (औसत आकार)	70
20.	1 प्याला संतरे का रस	105
21.	1 प्याला सेब का रस	125
22.	1 प्याला टमाटर का रस	125
23.	1 प्याला पपीते के टुकड़े	70
तालिका मांसाहारी		
1.	मुरगी का अंडा (1)	170
2.	100 ग्राम मांस (बकरे का)	120
3.	100 ग्राम मछली	100

कई तरह के विटामिन के नाम अंग्रेजी की वर्णमाला के शुरू के अक्षरों को लेकर दिए गए हैं, जैसे ए, बी, सी, डी, ई, के इत्यादि। विटामिन बी-कांपलेक्स में छह प्रकार के विटामिंस जैसे बी-1, बी-2 इत्यादि शामिल हैं। अभी लगभग तेरह विटामिन खोजे जा चुके हैं। प्रमुख विटामिंस का संक्षिप्त में विवरण निम्नलिखित है। ये सभी संतुलित भोजन का अंग हैं।

(I) विटामिन-ए (रेटीनाल)—यह प्रमुख विटामिन आँखों की रोशनी के लिए अत्यंत जरूरी होता है, साथ ही यह स्वस्थ त्वचा के लिए भी जरूरी होता है। बहुत सी खाने योग्य वस्तुओं में जैसे—घी, मक्खन, दूध, अंडा, मछली के तेल पनीर एवं गाजर हरी पत्तेदार भाजियों तथा गोभी, टमाटर इत्यादि में विटामिन 'ए' पाया जाता है। गरीब घर के बच्चों में **कुपोषण के कारण अकसर इस विटामिन की कमी हो जाती है और वे रतौंधी और यहाँ तक कि अंधेपन के भी शिकार हो जाते हैं**। विटामिन के अभाव में त्वचा में भी परिवर्तन होकर वह कांतिहीन हो जाती है। अत: स्वस्थ त्वचा के लिए भी विटामिन 'ए' जरूरी होता है। हमारे यहाँ 8 प्रतिशत बच्चों में विटामिन 'ए' की कमी है। बच्चों में 300 से 600 माइक्रोग्राम विटामिन 'ए' जरूरी होता है। बड़ों को 750 माइक्रोग्राम मात्रा जरूरी है।

(II) विटामिन बी कांप्लेक्स—जैसा कि बतलाया गया है कि इसमें कई तरह के विटामिंस शामिल हैं, जो शरीर के लिए अत्यंत जरूरी हैं।

(अ) विटामिन 'बी-1' या थायमाइन—यह ताजे फलों और सब्जियों में मिलता है, इसका कार्य शरीर के तंत्रिका तथा हृदय को सक्षम एवं स्वस्थ्य रखना है। इसकी कमी के कारण बेरी-बेरी नामक रोग हो जाता है। यह विटामिन जल में

घुलनशील होता है। इसके कार्य है—तंत्रिका तंत्र का कुशल संचालन एवं कार्बोहाइड्रेट्स के चयापचय में सहायता करना।

(ब) नियासिन—इसे निकोटिनिक अम्ल भी कहते हैं। विटामिन 'बी' समूह का यह विटामिन अंकुरित अनाज, जैसे गेहूँ का चोकरयुक्त आटा, मटर, छिलकेवाली दालों, बादाम, पत्तेदार सब्जियों, टमाटर एवं मांस में पाया जाता है। नियासिन अनाज की बाहरी पर्त में विशेष रूप से मिलता है, अत: इस परत को अलग नहीं करना चाहिए। इस विटामिन की कमी से मानसिक विकार हो सकते हैं।

इस विटामिन का कार्य कार्बोहाइड्रेट्स अर्थात् गेहूँ, चावल, आलू इत्यादि द्वारा मिलनेवाले भोज्य पदार्थों का शरीर में उपयोग करना है एवं आमाशय, आँतों तथा तंत्रिकाओं के ठीक से कार्य करने के लिए भी यह विटामिन आवश्यक होता है।

इस विटामिन के अभाव में पाचन क्रिया में दोष उत्पन्न होता है तथा व्यक्ति मानसिक रूप से कमजोर हो जाता है। **पैलाग्रा नामक बीमारी भी निकोटिनिक अम्ल की कमी के कारण हो जाती है।**

नियासिन की दैनिक आवश्यकता 60 मिग्रा./71000 कैलोरी ऊर्जा पर है।

(स) विटामिन बी-2 या रिबोफ्लेबिन—विटामिन बी समूह का यह भी प्रमुख है और यह दूध एवं उससे बनी चीजों जैसे—रबड़ी, मलाई, पनीर में तथा हरी सब्जियों और अंडे, मांस एवं खमीर में होता है। यह अंकुरित दालों में भी होता है।

यह विटामिन शरीर के विकास तथा त्वचा एवं मुँह को स्वस्थ्य रखने के लिए आवश्यक होता है। आँखों के स्वस्थ्य के लिए भी रिबाफलेविन जरूरी होता है। इसकी कमी से आँखों तथा जीभ का लाल होना, मुँह में छाले, होंठों के कोने फटना, नजर धुँधली होना इत्यादि परेशानियाँ होती हैं।

(द) विटामिन-बी (पाइरीडॉक्सिन)—यह विटामिन प्राय: सभी छिलके सहित अनाजों, फलीयुक्त सब्जियों, जैसे मटर, फरासबीन तथा केले इत्यादि में पाया जाता है। मांसाहारी आहार लेनेवालों को यकृत (कलेजी) से यह प्राप्त होता है। इस विटामिन की कार्बोज के चयापचय में भूमिका है। इस विटामिन की तंत्रिका तंत्र की कोशिकाओं को पोषण देकर उन्हें ठीक रखने में भूमिका होती है। इसके अलावा यह शरीर में खून बनाने में भी सहायता करता है।

पाइरीडॉक्सिन की कमी के कारण खून की कमी त्वचा रोग (डरमेटाइटिस) एवं तंत्रिका तंत्र के रोग जैसे न्यूराइटिस हो सकते हैं।

(इ) विटामिन बी-12 (बायोसिन)—यह बी कांप्लेक्स समूह का प्रमुख विटामिन है, जो रक्त बनाने में सहायक होता है। यह डी.एन.ए. के संश्लेषण में भी जरूरी है।

यह विटामिन फलों, हरी सब्जियों, अंडों तथा मांस मछली में पाया जाता है। इसकी

कमी से भी खून की कमी की शिकायत हो जाती है। कुछ तंत्रिका तंत्र संबंधी गड़बड़ियाँ भी हो जाती हैं।

(फ) फॉलिक अम्ल—यह शरीर में रक्त निर्माण में सहायक होता है तथा हरी सब्जियों, दालों तथा कलेजी से प्राप्त होता है। फॉलिक अम्ल भी रक्त बनाने के लिए अत्यंत आवश्यक होता है। अत: इसकी कमी से अकसर गर्भवती स्त्रियों और छोटे बच्चों में रक्ताल्पता अर्थात् खून की कमी हो जाती है। (कई वैज्ञानिक फॉलिक अम्ल को विटामिन नहीं मानते हैं।)

(III) विटामिन सी—यह शरीर के लिए जरूरी और महत्त्वपूर्ण विटामिन है। इसे एस्कार्बिक अम्ल भी कहते हैं। विटामिन सी—आँवला, नीबू, संतरा, अमरूद जैसे फलों में बहुतायत से पाया है। इसके अलावा टमाटर, हरी मिर्च, पत्तेदार सब्जियों, अंकुरित अनाजों इत्यादि में भी यह पाया जाता है। यह विटामिन शरीर की रोग प्रतिरोधक शक्ति बढ़ाने के साथ ही शरीर की कोशिकाओं में वृद्धि तथा रक्त उत्पादन में सहायक होता है। यह मसूड़ों को भी स्वस्थ रखता है। विटामिन 'सी' की कमी से रोग प्रतिरोधक शक्ति में कमी अर्थात् रोगों से लड़ने की क्षमता कम होना तथा स्कर्वी नामक रोग हो जाते हैं। शरीर का विकास भी इसमें बाधित होता है। स्कर्वी रोग सबसे पहले उन नाविकों में पाया गया था, जो लंबे समय के लिए समुद्री यात्रा पर जाते थे। उस दौरान उन्हें ताजे फल या हरी सब्जियाँ नहीं मिल पाती थीं, अत: स्कर्वी रोग हो जाता था। इसकी बड़ों के लिए मात्रा 40 मिग्रा. प्रतिदिन और बच्चों के लिए अनुशंसित दैनिक जरूरत 20 से 40 मिग्रा. है।

(IV) विटामिन-डी, डी-2 और डी-3 (कोलोकेल्सीफेराल एवं Ergocalciferol)—विटामिन 'डी' कई तरह का होता है, लेकिन पोषण के महत्त्व से यह विटामिन हड्डियों के विकास एवं दाँतों के लिए जरूरी होता है। इसकी कमी से बच्चों में रिकेट्स तथा बड़ों में आस्टोमेलेसिया हो जाता है। इसका वर्णन आगे किया गया है। वयस्कों के लिए 2.5 माइक्रोग्राम मात्रा जरूरी होती है। बच्चों एवं महिलाओं में 10 माइक्रोग्राम तक आवश्यक होता है।

यह विटामिन धूप अर्थात् सूर्य की किरणों से शरीर में स्वयं बन जाता है। इसके अलावा यह मछली के तेल, अंडा, दूध में भी होता है तथा घी, मक्खन भी इसके प्रमुख स्रोत हैं।

(V) विटामिन-ई (अल्फा टोकोफेरॉल)—यह महत्त्वपूर्ण विटामिन स्वस्थ यौन संबंधों के लिए जरूरी होता है। विटामिन 'ई' मधुमेह के रोगियों में रोग की जटिलताओं से बचाव करता है। यह गाजर के अलावा सूरजमुखी, बिनौले के तेल इत्यादि में होता है। अभी इस विटामिन की पूरी जानकारी नहीं है।

विटामिन 'ई' की कमी के कारण नपुंसकता, बाझपन, पिंडलियों में दर्द इत्यादि होता है।

विटामिन-के—इस विटामिन को शरीर में आँतें, जीवाणुओं द्वारा उत्पन्न करती हैं। इसके अलावा यह हरी पत्तेदार सबिजयों एवं फलों से भी मिलता है। वैसे इस विटामिन की कमी होती नहीं है।

विटामिन 'के' रक्त को जमाने के कार्य में सहायक होता है। इसकी कमी से मस्तिष्क एवं आँतों से खून रिसना तथा चोट लगने पर शीघ्र रक्त का बहना बंद न होना इत्यादि लक्षण उत्पन्न होते हैं

(5) खनिज लवण

जिस तरह शरीर को चुस्त-तंदुरुस्त रखने के लिए विभिन्न प्रकार के विटामिंस आवश्यक हैं, उसी तरह विभिन्न खनिज लवण भी जरूरी हैं। ये खनिज पदार्थ हैं—सोडियम (खाने के नमक में होता है) पोटेशियम, कैल्शियम, फास्फोरस, लोहा, ताँबा, आयोडीन, जिंक, मैग्नीज इत्यादि। इनकी शरीर की क्रियाओं और उसके विकास में महत्त्वपूर्ण भूमिका है। ये पदार्थ अलग से बीमारी की स्थिति में लिये जाते हैं। वरना इनकी पूर्ति हम जो साग-भाजी, ताजे फल, दूध इत्यादि लेते हैं, उनसे हो जाती है। खनिज शरीर की हड्डियों एवं दाँतों का निर्माण, रक्त का निर्माण इत्यादि में सहायक होते हैं।

कुछ खनिज लवणों की जानकारी निम्नानुसार है—

(अ) सोडियम क्लोराइड—इसे बोलचाल की भाषा में नमक कहते हैं। ये जीवन के आवश्यक लवण हैं। नमक रक्तचाप का स्तर बनाए रखने के लिए जरूरी है। आजकल इसके साथ आयोडीन की कुछ मात्रा मिल जाती हैं। आयोडीन भी बल बुद्धि और मानसिक विकास के लिए अत्यंत जरूरी है। अत: आयोडीनयुक्त नमक ही इस्तेमाल करना चाहिए। कुछ नमक सब्जियों, फलों, दूध, अंडा, मांस इत्यादि में भी होता है। इसकी दैनिक आवश्यकता 10 ग्राम से 25 ग्राम तक होती है।

(ब) लोहा—लोहा रक्त की लाल कोशिकाओं का निर्माण करता है। अर्थात् शरीर में खून बढ़ाता है। लोहा गुड़, खजूर, किसमिस, अंजीर, अंकुरित मेंथी में प्रचुर मात्रा में होता हैं। इसके अलावा यह पालक की भाजी तथा अन्य हरी सब्जियों, दूध तथा अंडे में भी पाया जाता है। इसकी कमी से शरीर में रक्ताल्पता हो जाती है। इस कारण शरीर कमजोर हो जाता है। लोहा रक्त में हीमोग्लोबिन बनाता है।

(स) कैल्शियम—दाँतों एवं हड्डियों की वृद्धि एवं उन्हें मजबूत बनाने के लिए सफेद खनिज कैल्शियम भी एक उपयोगी पदार्थ है, जो दूध एवं दूध से बनी चीजों तथा हरी पत्तेदार सब्जियों, दालों तथा अंडों में होता है। इसकी पर्याप्त मात्रा लेना शरीर के लिए परम आवश्यक है, वरना कैल्शियम के अभाव में बच्चों में सूखा रोग तथा बड़ों में हड्डियों को कमजोर बनानेवाले रोग हो जाते हैं।

शरीर के कुल वजन में कैल्शियम का हिस्सा 1.5 से 2.0 प्रतिशत तक रहता है अर्थात् एक वयस्क व्यक्ति में कुछ 850 ग्राम से 1400 ग्राम तक कैल्शियम हो सकता है और शरीर का लगभग 99 प्रतिशत कैल्शियम हड्डियों में होता है। रक्त में भी यह होता है। एक वयस्क को 500 मिग्रा. कैल्शियम भोजन के रूप में लेने की जरूरत होती है, वहीं गर्भवती स्त्री एवं स्तन्यकाल में 1500 मिग्रा. मात्रा लेना जरूरी रहती है।

(द) फास्फोरस—अस्थियों और दाँतों के लिए यह जरूरी है। सभी प्रमुख शारीरिक चयापचय संबंधी क्रियाओं में भी फास्फोरस की महत्त्वपूर्ण भूमिका होती है। इसकी कमी बहुत कम देखने को मिलती है।

सूक्ष्म मात्रिक तत्त्व (Trace Elements)

ये भी खनिज है और इनकी बहुत ही थोड़ी मात्रा शरीर के लिए आवश्यक होती है। इनमें आयोडीन, पलोसीन, ताँबा, कोबाल्ट, मैग्नीशियम इत्यादि शामिल हैं। कुछ तत्त्वों के तो शरीर में कार्य अभी ज्ञात भी नहीं हैं। वैसे इनमें से अधिकतर तत्त्व हमें संतुलित भोजन से प्राप्त हो जाते हैं। कुछ का वर्णन निम्न हैं—

(अ) आयोडीन—शरीर में गले के आगे स्थित थायराइड ग्रंथि द्वारा तैयार हार्मोन थायराक्सिन के निर्माण में इसकी प्रमुख भूमिका है।

स्त्रोत—आयोडीन समुद्र जल में एवं समुद्री नमक में होता है। कुछ मात्रा समुद्री मछलियों एवं कार्ड लिवर तेल में भी पाई जाती है।

कमी के लक्षण—आयोडीन की कमी से गले की थायरायड ग्रंथि का आकार बढ़ जाता है और गलगंड या घेंघा रोग हो जाता है। रोग से बचाव के लिए आयोडीन-युक्त नमक लेने की सलाह दी जाती है। वैसे अब सरकार ने बिना आयोडीन के नमक की बिक्री पर रोक लगा दी है।

(ब) फ्लोरीन—यह हड्डियों और दाँतों में पाया जाता है। यह उनकी सुरक्षा के लिए आवश्यक सूक्ष्म मात्रिक तत्त्व है।

स्त्रोत—पेयजल में कुछ मात्रा में फ्लोरीन होता है, लेकिन कहीं-कहीं यह मात्रा पेयजल में अधिक होती है। ऐसे जल को पीने से फ्लुरोसिस नामक खतरनाक रोग हो जाता है। जल के अलावा यह समुद्री मछली, पनीर तथा चाय में भी होता है।

कमी का प्रभाव—इसकी कमी से दाँतों का क्षय अथवा क्षरण होता है और अधिकता से हड्डियों का फ्लुरोसिस हो जाता है, जिससे शरीर अपंग हो जाता है।

(6) पानी

शुद्ध जीवाणुरहित जल भी जीवन के लिए परम आवश्यक होता है। अतः इसे पर्याप्त मात्रा में पीना चाहिए, लेकिन **भोजन करते वक्त कम पानी पिएँ और भोजन के दो घंटे पश्चात् पानी की अधिक मात्रा लें। एक स्वस्थ व्यक्ति को चौबीस घंटे में 8 से 10 गिलास पानी पीना चाहिए। छोटे बच्चों को भी पर्याप्त पानी पिलाते रहना चाहिए।**

वर्षा एवं सर्दियों में कम पानी की जरूरत पड़ती है, जबकि गरमियों में अधिक। कुछ बीमारियों, जैसे **दस्त लगने या उल्टी होने पर अधिक पानी की जरूरत पड़ती है।**

हमारे देश में बहुत सी पेट एवं लीवर की बीमारियाँ अशुद्ध पानी द्वारा ही होती हैं। अतः **पानी की शुद्धता का ध्यान रखना बहुत ही आवश्यक है।**

गहराई में स्थित हेड पंपों का पानी शुद्ध माना गया है (बशर्ते उसमें फ्लोराइड की मात्रा अधिक न हो)। नदियों का बहता पानी प्रायः शुद्ध होता है। नल का फिल्टर द्वारा छना हुआ क्लोरीन मिला जल भी पीने की दृष्टि से शुद्ध माना जाता है, **लेकिन तालाबों तथा असुरक्षित कुओं का पानी पीने के लिए सुरक्षित नहीं होता।** हाँ कुओं में पर्याप्त मात्रा में क्लोरीन अर्थात् ब्लीचिंग पाउडर समय-समय से डाला जाए तो वह पीने लायक बन जाता है। यह ध्यान रखें, आसपास की गंदगी कुएँ में न जाए तथा कुएँ में पत्ते इत्यादि न गिरें। न ही उसमें बरतन धोए जाएँ। अच्छा होगा कि कुँओं को ढककर रखा जाए और समय-समय पर उसके पानी की जाँच की जाए।

एंटी आक्सीडेंट—नई खोजों के अनुसार एंटी आक्सीडेंट तत्त्व शरीर के लिए अत्यंत उपयोगी पाए गए हैं। ये उम्र के असर को कम करते हैं। कैंसर से बचाते हैं। ताजे फलों और सब्जियों में भी ये पाए जाते हैं, जैसे गाजर, नीबू मौसमी इत्यादि में मौजूद होते हैं। अतः फल और सब्जियाँ अवश्य खाएँ।

संतुलित भोजन कैसे लें ?—बेहतर स्वास्थ्य के लिए हमें अपने भोजन में ऊपर बतलाए गए पोषक तत्त्वों का उचित मात्रा में समावेश करना चाहिए। यहाँ कुछ प्रमुख रोजमर्रा के उपयोग में आनेवाले खाद्य पदार्थों की सूची और उनसे प्राप्त होनेवाली ऊर्जा की जानकारी एक तालिका में दी जा रही है।

एक वयस्क पुरुष को ऊर्जा प्राप्त करने के लिए औसतन 2800 केलोरी ऊर्जा भोजन द्वारा लेने की आवश्यकता होती है तथा स्त्री को 2300 कैलोरी, लेकिन गर्भवती माता को 2600 कैलारी की जरूरत पड़ती है। इसी तरह अपने बच्चों को दूध पिलानेवाली स्त्रियों को 2800 से 3000 कैलोरी तक भोजन के रूप में लेना चाहिए। बच्चों को उनकी उम्र के अनुसार 1 हजार से लेकर 2400 कैलोरी तक की जरूरत होती है (4 से 5 वर्ष

तक 1000 कैलोरी, 6 से 7 वर्ष 1300 कैलोरी, 10 से 11 वर्ष 1500 कैलोरी तथा 12 से 15 वर्ष 2400 कैलोरी।)

एक ग्राम प्रोटीन और एक ग्राम कार्बोहाइड्रेट्स से क्रमशः 4-4 कैलोरी ऊर्जा प्राप्त होती है तथा एक ग्राम घी, तेल या चर्बी (वसा) से 9 कैलोरी ऊर्जा के रूप में प्राप्त होते हैं।

केवल दो-तीन खाद्य पदार्थों से सभी चीजें प्राप्त नहीं हो सकतीं, अतः यह ध्यान रखना चाहिए कि रोटी, चावल, दाल के साथ ही हरी सब्जियों, फलों, सलाद तथा दूध अथवा अंडों का भी समावेश किया जाए। गाँवों में बच्चों तथा स्त्रियों में कुपोषण का एक बड़ा कारण यह भी है कि प्रायः वहाँ के लोग दो-तीन तरह के अनाजों के अलावा ताजे फलों या हरी सब्जियों, सलाद एवं दूध, अंडों का उपयोग न के बराबर करते हैं, वे सोयाबीन भी नहीं खाते।

एक वयस्क व्यक्ति के 24 घंटे के भोजन में निम्नलिखित खाद्य पदार्थ होना चाहिए।

बना हुआ अनाज (रोटी-चावल)	350 ग्राम
दालें (दली हुईं)	75 ग्राम
दूध (अथवा 1 अंडा)	250 ग्राम
पत्तेदार भाजी/हरी सब्जी	80 ग्राम
अन्य सब्जियाँ/सलाद	90 ग्राम
फल	80 ग्राम
शक्कर/गुड़	40 ग्राम
तेल/घी (वसा)	20-40 ग्राम

उम्र के अनुसार बच्चों को भी यही खाद्य पदार्थ मात्रा कम करके देना चाहिए। यह ध्यान रखना होगा कि बच्चों को कुपोषण से बचाने के लिए उक्त खाद्य पदार्थ थोड़ी-थोड़ी मात्रा में कई बार खिलाए जाएँ, विशेषकर उन्हें प्रोटीनयुक्त आहार तो अवश्य ही दें।

❑

25

सस्ता और अच्छा पौष्टिक आहार कैसे प्राप्त करें?

सामान्यत: आम लोगों की धारणा है कि अच्छा पौष्टिक भोजन बहुत महँगा होता है और गरीबों के वश की बात नहीं है, जबकि यह धारणा गलत है। **एक निम्न मध्यमवर्गीय परिवार भी यदि जानकारी हो तो संतुलित एवं पौष्टिक आहार आसानी से जुटा सकता है और हमें यह भी सोचना चाहिए कि कुपोषण के अभाव में हमें या हमारे परिवार के सदस्य को कोई गंभीर रोग हो, इससे बेहतर है, हम शुरू से ही पौष्टिक और संतुलित आहार की तरफ ध्यान दें।**

यहाँ एक बात और समझ लें कि कोई गोलियाँ या टॉनिक की शीशी संतुलित आहार की जगह नहीं ले सकतीं। दवाई बीमारी की दशा में मददगार भले हो, लेकिन भोजन की जगह इस्तेमाल नहीं की जा सकती। अत: हमें अपने आहार में ही सुधार करना होगा, ताकि भोजन के सभी आवश्यक घटक हमें प्राप्त हो सकें। अब हम आपको बतलाएँगे किन वस्तुओं से आप सस्ता और अच्छा भोज्य पदार्थ सरलता से प्राप्त कर सकते हैं, ताकि कुपोषण और उसके रोगों से बचे रह सकें।

(1) कार्बोहाइड्रेट्स

ऊर्जा के इस प्रमुख स्रोत को गेहूँ के आटे या चावल से प्राप्त किया जा सकता है। ये बहुत ज्यादा महँगे नहीं हैं। **गेहूँ का आटा बगैर उसका चोकर निकाले** (छिलका उतारे) **इस्तेमाल करना चाहिए।**

इसी प्रकार **चावल का माँड़ भी अलग कर नहीं फेंकना चाहिए।** इसमे विटामिन बी और खनिज तत्त्व होते हैं। **इस माँड़ को भी सब्जियों को पकाने या आटा गूँथने में प्रयोग किया जा सकता है।** जिन क्षेत्रों में गेहूँ, चावल उपलब्ध नहीं होता, वहाँ ज्वार-बाजरा का आटा प्रयोग किया जा सकता है।

इसके अलावा आलू में भी पर्याप्त कार्बोहाइड्रेट्स होता है और यह सस्ता भी है।

अतः हरी सब्जियों के साथ इसका उपयोग किया जा सकता है। **फलों के रूप में केले भी कार्बोज का अच्छा स्त्रोत हैं** और अन्य के अपेक्षाकृत ज्यादा महँगा भी नहीं होता।

शक्कर एवं गुड़ में भी कार्बोज भरपूर होता है। **गुड़ में तो लोहा, कैल्शियम एवं अन्य खनिज भी होते है।** अतः इन्हें भी आवश्यकतानुसार प्रयोग किया जा सकता है। ये अपेक्षाकृत ज्यादा महँगे भी नहीं हैं और इनसे शरीर को अधिक ऊर्जा प्राप्त होती है। इसी तरह **पिंडखजूर भी सस्ता होने के साथ इसमें शर्करा की मात्रा खूब होती है, साथ ही आयरन भी होता है।** इसे नाश्ते में इस्तेमाल कर सकते हैं। (यह प्रायः 60 से 80 रुपए किलो तक बिकता है।)

सोयाबीन प्रोटीन और वसा का अपेक्षाकृत सस्ता और अच्छा स्त्रोत है

मूँगफली भी प्रोटीन और वसा का सस्ता और सर्वसुलभ स्त्रोत है

(2) प्रोटीन

आहार में प्रोटीन की व्यवस्था करना जरूर कुछ महँगा है, लेकिन सोयाबीन और विभिन्न दालों में प्रचुर मात्रा में प्रोटीन होता है। **सोयाबीन में तो 48 प्रतिशत अर्थात् अंडा, मांस, दूध इत्यादि से अधिक प्रोटीन पाया जाता है। अतः जो लोग पर्याप्त दूध अथवा मांस की व्यवस्था नहीं कर सकते, उन्हें सोयाबीन को विभिन्न तरह से प्रयोग करना चाहिए।** उदाहरणार्थ उसको परिष्कृत कर आटे के रूप में पिसवाकर गेहूँ के आटे में मिलाया जा सकता है। सोयाबीन की बनी बड़ियाँ और बिस्किट इस्तेमाल कर सकते हैं। बड़े शहरों में सोयाबीन का दूध 'सोयामिल्क' के नाम से भी उपलब्ध रहता है। चने में भी अच्छा प्रोटीन होता है और यह सस्ता भी है। इसे मूँग के साथ अंकुरित करके सुबह नाश्ते में स्वयं भी ले सकते हैं और बच्चों को भी दे सकते हैं। इसका एक फायदा यह भी है कि अंकुरित अनाज में विटामिन 'ए' भी मिल जाता है। चावल के साथ दालों को खाया जा सकता है, लेकिन उच्च श्रेणी का प्रोटीन हमें अंडा, घी, मांस-मछली एवं सोयाबीन से ही मिल सकता है। प्राणिज प्रोटीन उच्च दर्जे का होता है।

मूँगफली एवं अन्य महँगे मेवों के पोषक पदार्थों की तुलना
(100 ग्राम खाद्य भाग में उपस्थिति)

	मूँगफली	बादाम	काजू	अखरोट
प्रोटीन	31.5 मिग्रा.	20.8	21.2	15.6
वसा	39.8 मिग्रा.	58.9	46.9	64.5
खनिज लवण	2.3 मिग्रा.	2.9	2.4	1.8
कार्बोज	19.2 मिग्रा.	12.2	23.6	3.6
कैलोरी	56.1 मिग्रा.	65.5	59.6	68.7
कैल्शियम	50 मिग्रा.	230	50	100
फास्फोरस	440 मिग्रा.	490	450	380
लौह	0.3 मिग्रा.	4.5	5.0	48
विटामिन 'ए'	0 इ.यू.	0.50	100	10
विटामिन 'डी'	0.39 इ.यू.	0.24	0.63	0.45
विटामिन 'बी-1'	0.13	0.15	0.19	0.12
निकोटिनिक अम्ल	8.8 इ.यू.	2.5	2.1	1.6
विटामिन 'सी'	0 इ.यू.	0	0	0

मूँगफली के पोषक तत्त्व, विशेषकर प्रोटीन तो बादाम और काजू जैसे महँगे मेवों से बेहतर है। तभी इसे गरीबों का मेवा कहा जाता है। मूँगफली का दूध बनाकर भी बच्चों को दिया जा सकता है। मूँगफली प्रोटीन और वसा दोनों की कमी पूरी कर सकती है।

यदि सोयाबीन का समुचित उपयोग करना संभव नहीं है तो फिर कम-से-कम एक पाव दूध (जो कि भैंस, गाय, बकरी का हो सकता है) की व्यवस्था की जा सकती है और यदि दूध लेने में भी मुश्किल है तो फिर कम-से-कम एक अंडा प्रतिदिन लेने की व्यवस्था करें। इससे उच्च श्रेणी के प्रोटीन की पूर्ति हो सकेगी, लेकिन साथ में दालें भी खाई जाएँ, यह भी ध्यान रखना होगा। **छोटे बच्चों (छह माह के ऊपर) को भी दाल और दाल का पानी पर्याप्त मात्रा में देना चाहिए। बच्चों को प्रोटीन की ज्यादा जरूरत होती है।**

शिशुओं और छोटे बच्चों को जब तक उपलब्ध हो, माँ का दूध पिलाएँ। इसमें उच्च स्तर के प्रोटीन के साथ ही कई जीवनरक्षक पदार्थ होते हैं, जो उनको बीमारियों से बचाते हैं और आवश्यक प्रोटीन, कार्बोहाइड्रेट, वसा इत्यादि की तो पूर्ति करते ही हैं।

जैसा कि कहा गया है, मूँगफली गरीबों का मेवा है। यह प्रोटीन का अच्छा स्रोत तो है, ही इसमें वसा भी होती है। **अतः काजू, पिस्ता, बादाम जैसे महँगे मेवे न खरीदकर सस्ती मूँगफली से बखूबी काम चलाया जा सकता है। ठंड की ऋतु में गुड़ के साथ पट्टी बनाकर प्रयोग करने से प्रोटीन के साथ कार्बोहाइड्रेट्स, वसा एवं खनिज लवण भी प्राप्त हो जाते हैं।**

(3) वसा

वसा, जैसा कि बतलाया गया है, घी, तेल, मांस इत्यादि से प्राप्त होती है। मक्खन, देशी घी, या मांस खरीदना तो सबके वश की बात नहीं है, ये महँगे भी पड़ते हैं। अतः वसा की पूर्ति वनस्पति तेलों जैसे सोयाबीन, सूर्यमूखी, सरसों, तिल्ली, मूँगफली इत्यादि के तेल द्वारा की जा सकती है। ये घी, मक्खन से सस्ते होते हैं तथा रक्त में चर्बी (कोलेस्ट्रोल) की मात्रा भी नहीं बढ़ाते हैं।

विटामिंस एवं खनिज लवण

सेब जैसे महँगे फलों में ही विटामिन नहीं होते, बल्कि सस्ते मौसमी फलों में भी भरपूर विटामिंस होते हैं। उदाहरणार्थ आँवला और अमरूद, सेब की अपेक्षा बहुत सस्ते हैं। लेकिन इनमें विटामिन 'सी' बहुत अच्छी मात्रा में होता है। इसी तरह नीबू

में भी विटामिन 'सी' पर्याप्त मात्रा में होता है। केले में कैल्शियम होता है। अतएव इनका भरपूर उपयोग करें।

इसी तरह **पत्तेदार हरी भाजियाँ भी हमारे यहाँ बहुत सस्ती बिकती है**, लेकिन इनमें विटामिन ए तथा बी समूह के कई विटामिंस तथा विटामिन 'सी' भी अच्छी मात्रा में होता है। इसके अलावा इनमें आवश्यक खनिज लवण भी पर्याप्त मात्रा में मौजूद होते हैं। जैसे पालक की भाजी में लोहा के अलावा कैल्शियम भी होता है। ये खनिज प्राय: सभी पत्तेदार भाजियों में भी होते हैं। **लाल भाजी में कैंसर से सुरक्षा प्रदान करनेवाला पदार्थ होता है।** अच्छे स्वास्थ्य के लिए ये भाजियाँ निम्न वर्ग को भी सहज ही उपलब्ध है। अत: इनका खूब उपयोग करना चाहिए, लेकिन हरी सब्जियों को बहुत तलना-भुनना नहीं चाहिए। छोटे बच्चों को थोड़ी मात्रा में इनका सूप दिया जा सकता है।

विटामिन 'ए' एवं 'ई' का अच्छा स्रोत गाजर भी है, जिसको सलाद या रस के रूप में लिया जा सकता है। गाजर या उसका रस भी महँगा नहीं होता। मटर में विटामिन 'बी' होते हैं। ठंड के मौसम में यह भी सहज रूप से उपलब्ध होती है। इसकी सब्जी बनाकर या कच्चा ही खाया जा सकता है, साथ में टमाटर का उपयोग किया जाता है। यह भी अकसर सस्ता ही होता है। सब्जियों का पानी फेंकना नहीं चाहिए तथा उन्हें ढककर उबालना चाहिए। पपीता और आम में विटामिन 'ए' होता है। सीताफल अथवा शरीफा में बहुत ही अच्छी मात्रा में विटामिन 'बी-1', 'बी-2' और नियासीन के अलावा विटामिन 'सी' तथा शर्करा भी भरपूर होती है। इन सभी फलों में खनिज लवण भी होते ही हैं और ये फल अन्य फलों की तुलना में सस्ते ही बिकते हैं।

अमरूद जैसे मौसमी फल विटामिन 'सी' से युक्त सस्ते और लाभकारी खाद्य हैं

खजूर बहुत सस्ता बिकता है, यह शर्करा (Carbohydrates)
और खनिजों का बेहतर स्रोत है

अत: संतुलित भोजन के लिए उपर्युक्त वर्णित ताजे फलों एवं हरी सब्जियों का उपयोग पर्याप्त रूप से करना चाहिए। ये विटामिंस एवं खनिज लवणों की मात्रा की पूर्ति आसानी से करेंगी।

इसके अलावा गोभी में विटामिन 'ए' पाया जाता है। इसे सलाद के रूप में पालक, गाजर, प्याज, खीरा, मूली, टमाटर के साथ खाया जा सकता है। सलाद भी विटामिंस और खनिज लवणों से भरपूर होते हैं। ठंड में पत्ता गोभी खूब सस्ती बिकती है। अत: कम आयवाले परिवार इसका उपयोग पर्याप्त मात्रा में कर सकते हैं।

इस तरह हम देखते हैं कि कुपोषण से बचने के लिए संतुलित भोजन जुटाना उतना महँगा और कठिन नहीं है। इसके लिए बहुत ज्यादा नाप-तौल करने की भी जरूरत नहीं है। हम जो भोजन करते हैं, उसमें दो-चार बातों का ध्यान रखें तो कुपोषण से स्वयं भी बच सकते हैं और अपने परिवार को भी बचा सकते हैं—

रोज के भोजन में पेट भर रोटी, चावल, सब्जी, दाल और थोड़े से घी-तेल के अलावा ये चीजें भी शामिल कर लें—

1. भोजन में रोज कम-से-कम आधा पाव पत्तेदार भाजी तथा आधा पाव सलाद लें।
2. **मौसमी फल जैसे**—अमरूद, आँवला, संतरा, केला, पपीता, चीकू, आम इत्यादि में से जो भी उपलब्ध हो, प्रतिदिन सेवन करें।
3. रोज कम-से-कम डेढ़-दो पाव दूध या किसी भी रूप में लगभग 100 ग्राम सोयाबीन और ये दोनों उपलब्ध न हों तो 1 या 2 अंडे लें।

खाने में उपरोक्त तीन बातों को ध्यान में रखकर हर तरह के कुपोषण से दूर रहकर आप स्वस्थ रह सकते हैं। (बच्चों में उक्त खाद्यों की मात्रा उम्र के अनुसार कम कर दें।)

भोजन एवं खाद्य वस्तुओं के संबंध में भ्रांतियाँ एवं अंधविश्वास

हमारे यहाँ कुपोषण का एक बड़ा कारण कई भ्रांतियाँ एवं अंधविश्वास भी हैं, जिन्हें दूर करना भी आवश्यक है। उदाहरणार्थ कुछ ग्रामीण अंचलों में यह अंधविश्वास है कि छोटे बच्चों को दूध के अलावा कुछ भी नहीं खिलाना चाहिए, वरना लिवर बढ़ जाता है, जबकि हकीकत यह है कि 6 महीने की उम्र के बाद शिशु की आहार संबंधी जरूरतें केवल दूध से पूरी नहीं हो पाती। अत: उसे दाल, चावल, दलिया इत्यादि देना चाहिए। इसी प्रकार कुछ लोग टमाटर जैसे पौष्टिक और सुपाच्य फल को तथा कटहल को मांस के समान दिखने के कारण नहीं खाते। दक्षिण भारत में यह धारणा प्रचलित है कि भैंस का दूध पिलाने से बच्चे का दिमाग ठस हो जाएगा, इस कारण बच्चा उच्च कोटि के प्रोटीनवाले आहार से वंचित रहकर कुपोषण की गिरफ्त में चला जाता है। एक और दुर्भाग्यपूर्ण अंधविश्वास भी भारत के कुछ क्षेत्रों में प्रचलित हैं—वह यह है कि **गर्भवती स्त्री के भोजन में कटौती कर देनी चाहिए, जबकि वास्तविकता यह है कि गर्भावस्था के दौरान स्त्री को और अधिक आहार की जरूरत होती है।** अपर्याप्त भोजन के अभाव में माँ एवं गर्भस्थ शिशु दोनों कुपोषण के शिकार हो जाते हैं तथा शिशु के जन्म के समय उनकी मृत्यु की संभावना बढ़ जाती है।

इसी तरह बच्चों को दस्त लगने पर कोई आहार, यहाँ तक कि पानी भी नहीं दिया जाता, इस कारण भी उनकी जान खतरे में पड़ जाती है! इसी तरह भोज्य पदार्थों के बारे में भी गलत धारणाएँ प्रचलित हैं। जैसे लोग मानते हैं कि अमुक वस्तु ठंडी होती है तो नहीं देनी चाहिए या अमुक वस्तु गरम है तो इसे नहीं दिया जाना चाहिए, मसलन कई उपयोगी मौसमी फलों को लोग स्वयं भी नहीं खाते और अपने बच्चों को भी इस कारण मना करते हैं कि वे ठंडे होते हैं। इसी तरह आम के लिए कहा जाता है कि गरम होता है। गुड़ को भी गरम समझा जाता है। चावल तथा दही या मट्ठे को ठंडा मानकर खाने से

मना किया जाता है, तो कुपोषण का एक कारण ये भ्रांतियाँ भी हैं। डिब्बे बंद खाद्यों की बजाय प्राकृतिक खद्यों का प्रयोग करें—

आँवला विटामिन 'सी' का सबसे सस्ता स्त्रोत है

हरी पत्तेदार भाजियाँ सस्ती और खनिजों और विटामिंस से भरपूर होती हैं

आजकल डिब्बेबंद खाद्य पदार्थों, बेबी फूड, पाउडर, मिल्क पाउडर, फास्ट फूड इत्यादि का खूब प्रचलन बढ़ रहा है। इनके आकर्षक विज्ञापन विभिन्न चैनलों एवं पत्र-पत्रिकाओं में खूब बढ़ा-चढ़ाकर आते हैं। खाद्य या पेय पदार्थ, जो वर्षों तक डिब्बों में बंद रहते हैं और जिनमें विभिन्न तरह के नुकसानदेह रंग और कृत्रिम रसायन रक्षक (Preservetives) के रूप में मिले रहते हैं, उन्हें ताजा बतलाया जाता है। ये खाद्य महँगे भी होते हैं और स्वास्थ्य के लिए अधिक उपयोगी भी नहीं होते। इसी तरह डिब्बेवाला दूध भी विशेष गुणकारी नहीं होता।

अतएव हमें प्राकृतिक रूप से उगाई गई सब्जियों और फलों और ताजे दूध का प्रयोग करना चाहिए और संभव हो तो स्वयं का छोटा से बगीचा बनाकर उसमें गोबर की खाद का प्रयोग कर बगैर कीटनाशकों के छिड़काव के शाक-भाजी उगाना चाहिए। यह बाजारू सब्जियों से ज्यादा गुणकारी और सुरक्षित रहेगी। अनाज भी इसी तरह का उगाया जाए तो और भी अच्छा।

❑

26

जीवन रक्षक घोल (O.R.S.)

शरीर में जल की कमी के कारण ही देश में प्रतिवर्ष लाखों बच्चों और बड़ों की जानें जाती हैं। **मानव शरीर में जल की मात्रा पूरे जल का लगभग 70 प्रतिशत होती है, वयस्क व्यक्ति की प्रतिदिन दो से लेकर तीन लीटर तक पानी की जरूरत होती है, कुछ विशेष परिस्थितियों में शरीर में पानी की कमी हो जाती है। यह देखा गया है कि दस्त-उल्टी की बीमारियों में बच्चों के शरीर में पानी की कमी शीघ्र होती है।**

पानी की कमी के कारण

शरीर में पानी की कमी के प्रमुख कारण हैं—उल्टी एवं दस्त के लक्षणवाले रोग, जैसे आंत्रशोथ, जिसे अंग्रेजी में ग्रेस्ट्रोएंट्राइटिस भी कहते हैं। इसी तरह बासी भोजन, विषाक्तता या फूड पॉयजनिंग में भी रोगी को कै-दस्त होते हैं, जिससे शरीर में पानी की कमी हो जाती है। कुछ बीमारियों जैसे—लू लगना, तेज बुखार इत्यादि में भी शरीर में निर्जलीकरण की स्थिति बन सकती है, लेकिन शरीर में पानी की कमी का प्रमुख कारण दस्त एवं उल्टियाँ होना ही है।

शरीर में पानी की कमी से क्या खतरा हो सकता है?

पानी की कमी से रोगी के जीवन तक को बड़ा खतरा उत्पन्न हो जाता है। आपको यह जानकर आश्चर्य होगा कि **दुनिया में 40 हजार बच्चे प्रतिदिन केवल पानी की कमी के कारण मौत के मुँह में चले जाते हैं। इसी तरह हमारे देश में प्रतिवर्ष लगभग 15 लाख बच्चे दस्त एवं उल्टी की बीमारी के कारण पानी की कमी से ग्रस्त होकर मृत्यु को प्राप्त होते हैं।** पानी की कमी की समस्या केवल बच्चों में ही नहीं, बड़ों में भी घातक होती है। अतः इसका इलाज शीघ्र करवाना बेहतर रहता है, वरना यह स्थिति जानलेवा सिद्ध होती है।

पानी की कमी अथवा निर्जलीकरण की पहचान क्या है?

शरीर में पानी की कमी के लक्षण हैं—मुँह सूखना, आँखों का धँस जाना, पेशाब कम और पीले रंग का होना अथवा पेशाब बंद हो जाना, त्वचा ठंडी एवं झुर्रियोंयुक्त हो जाना, शरीर का तापमान कम हो जाना, छोटे बच्चों में खोपड़ी के ऊपर का कोमल हिस्सा अदर धँस जाना भी निर्जलीकरण का एक लक्षण है, रोगी का मुँह सूखता है और वह बार-बार पानी की माँग करता है।

निर्जलीकरण से ग्रस्त रोगी के पेट की चमड़ी को चुटकी में दबाकर छोड़ें तो, वह धीरे-धीरे अपनी सामान्य अवस्था में लौटती है, जबकि स्वस्थ व्यक्ति में चमड़ी को चुटकी में दबाकर छोड़ने पर वह एकदम यथास्थिति में आ जाती है। शरीर में डिहाइड्रेशनवाला रोगी चिकित्सा के अभाव में बेहोश हो जाता है और शॉक या सदमे की स्थिति में भी पहुँच सकता है। अतः ऐसे रोगी को तुरंत नजदीक के अस्पताल में ले जाना चाहिए, लेकिन इसके पूर्व जीवन रक्षक घोल पिलाना शुरू कर देना चाहिए।

डिहाइड्रेशन का सही इलाज क्या है?

चिकित्सा विशेषज्ञों की राय में शरीर में पानी की कमी को दूर करने के लिए पानी एवं खनिज लवणों की पूर्ति जीवन रक्षक घोल पिलाकर की जा सकती है। यह यथानाम तथा गुण है, जीवन रक्षक घोल निर्जलीकरण की समस्या से निपटने के लिए बहुत ही उपयोगी साबित हुआ है। इससे दुनिया में प्रतिवर्ष लगभग तीस लाख बच्चों एवं वयस्क रोगियों की जानें बचाई जा रही हैं। विश्व स्वास्थ्य संगठन जीवन रक्षक घोल के प्रसार एवं प्रचार पर कई वर्षों से विशेष ध्यान दे रहा है। जीवन रक्षक घोल को ओरल रिवाड्रेशन सेल्यूदान अथवा ओ.आर.एस. भी कहा जाता है। डिहाइड्रेशन का मतलब है शरीर में पानी की कमी को दूर करनेवाली चिकित्सा और इस चिकित्सा में जीवन रक्षक घोल सफल साबित हुआ है।

इस घोल में उपलब्ध हो तो आधा नीबू निचोड़ा जा सकता है।

टिप्पणी—घर में जीवन रक्षक घोल बनाने की यह एक सरल विधि है, लेकिन घरेलू विधि में नमक और शक्कर की मात्रा कम-ज्यादा होने से बच्चे को हानि हो सकती है, अतः आजकल **विश्व स्वास्थ्य संगठन की सिफारिश के अनुसार बने-बनाए ओ.आर.एस. के पैकेट ही इस्तेमाल करें।**

जीवन रक्षक घोल या ओ.आर.एस. क्या है?

जैसा कि बतलाया जा चुका है कि शरीर में निर्जलीकरण दूर करने के लिए पानी के

साथ ही आवश्यक खनिज लवणों को भी शरीर में पहुँचाते हैं, क्योंकि दस्त एवं उल्टी की बीमारी में पानी के साथ जरूरी खनिज लवण जैसे नमक, पोटेशियम इत्यादि भी निकल जाते हैं। जीवन रक्षक घोल के एक पैकेट में 20 ग्राम ग्लूकोज, साढ़े तीन ग्राम नमक, ढाई ग्राम खाने का सोडा एवं डेढ़ ग्राम पोटेशियम क्लोराइड होता है।

जीवन रक्षक घोल (Oral Rehydration Solution)

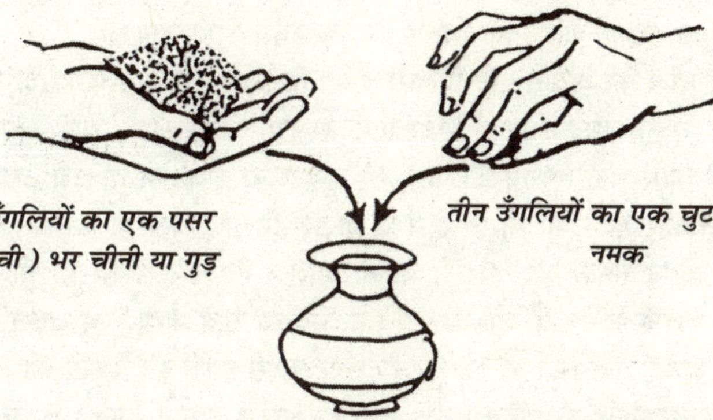

और इन दोनों चीजों को एक लीटर उबालकर ठंडे किए हुए पानी में मिला दें
उपलब्ध हो तो आधा नीबू भी निचोड़ा जा सकता है

पूरे पैकेट को पाँच गिलास शुद्ध पानी अथवा एक लीटर पानी में पूरा-पूरा घोलते हैं, यह तैयार घोल तब तक थोड़ा-थोड़ा पिलाते हैं, जब तक रोगी के शरीर में पानी की कमी दूर नहीं हो जाती। यदि फिल्टर या आरओ का जल मिलाना संभव न हो तो घोल बनाने के लिए नल का पानी उबाल लें, यदि देर लगे तो पानी बगैर उबाले प्रयोग कर सकते हैं।

जीवन रक्षक घोल की कितनी मात्रा पिलानी जरूरी है ?

वयस्क रोगी को जीवन रक्षक घोल 3 से लेकर 4 लीटर तक पिला सकते हैं, जबकि छह माह के शिशु को दो से तीन पाव तक एवं आठ वर्ष के बच्चे को चार से पाँच पाव तक जीवन रक्षक घोल पिलाया जा सकता है, इसके बावजूद यदि बच्चा या वयस्क रोगी और भी घोल पीने की इच्छा व्यक्त करे तो उसे कुछ मात्रा और दी जा सकती है। पलकों में सूजन आने लगे तो घोल पिलाना बंद कर देना चाहिए। जीवन रक्षक घोल के पैकेट कई नामों से मेडिकल स्टोर्स में भी उपलब्ध रहते हैं, जैसे रेलाइट, इलेक्ट्राल, स्पीडोराल इत्यादि।

यदि जीवन रक्षक घोल किसी कारण वहाँ उपलब्ध न हो तो क्या घरेलू वस्तुओं से तैयार किया जा सकता है?

घरेलू जीवन रक्षक घोल

इसे घरेलू चीजों से घर पर भी तैयार कर सकते हैं। इसके लिए एक लीटर शुद्ध साफ पानी में आठ चम्मच शक्कर, एक छोटा चम्मच नमक, एक छोटा चम्मच मीठा सोडा या खाने का सोडा मिलाते हैं। यदि उपलब्ध हो तो आधा नीबू भी इसमें डाल सकते हैं। यह ध्यान रखना चाहिए कि मिश्रण अधिक खारा न हो जाए।

इसी घोल को केवल एक गिलास बनाने के लिए एक पाव पानी, दो उँगलियों की चुटकी से भरकर नमक मिलाएँ, फिर एक चम्मच शक्कर घोलें, यदि शक्कर न हो तो गुड़ से भी काम चल सकता है। पानी की शुद्धता पर शंका हो तो उसे उबाल लें। यदि घर में नीबू और खाने का सोडा भी न हो तो इसे मिलाए बिना भी काम चल सकता है। इस तरह जीवन रक्षक घोल घर में बनाना आसान है। वैसे **संभव हो तो प्रत्येक घर में जीवन रक्षक घोल के दो-तीन पैकेट अवश्य रखे जाएँ, जो वक्त जरूरत पर काम आ सकें।** एक बात का भी ध्यान रखना जरूरी है कि इन पैकेटों को उपयोग करने की अवधि के भीतर ही प्रयोग करना चाहिए। अवधि निकल जाने पर इन्हें अलग कर देना चाहिए।

इस तरह यदि सही वक्त पर जीवन रक्षक घोल रोगी को पिलाया जाए तो उसकी जान का खतरा टल सकता है।

❑

27

स्कूलों में मध्याह्न भोजन

बच्चों के पोषण पर विशेष ध्यान देना इसलिए जरूरी होता है, क्योंकि उनकी शारीरिक वृद्धि बड़ी तेजी से होती है और उनकी भीतरी शारीरिक क्रियाओं और परिवर्तनों के लिए अतिरिक्त ऊर्जा की आवश्यकता होती है। अतएव इसके लिए उन्हें अतिरिक्त प्रोटीन के साथ ही खनिज लवणों और विटामिंस की भी जरूरत होती है। क्या आपको पता है केवल विटामिन 'ए' की कमी के कारण प्रतिवर्ष देश में कई हजार बच्चे अंधे हो जाते हैं और असंतुलित एवं अपर्याप्त भोजन के कारण देहातों में लगभग आधे बच्चे कुपोषणग्रस्त हैं। अत: बच्चों के बाल्यकाल में ही उनकी पर्याप्त खुराक पर ध्यान देना जरूरी है। बहुत से परिवार तो अपने बच्चों को पर्याप्त प्रोटीनयुक्त संतुलित आहार की व्यवस्था भी गरीबी के कारण नहीं कर पाते हैं और बहुत से परिवार जानकारियों के अभाव में यथोचित पोषणयुक्त आहार न स्वयं ले पाते हैं और न अपने बच्चों को खिला पाते हैं। इस कारण कई बच्चे स्कूल जाने की उम्र में ही कुपोषण और उसके कारण उत्पन्न कई गंभीर रोगों के शिकार बन जाते हैं। इस कारण बेचारे शिक्षा से भी वंचित रह जाते हैं।

शुरुआत मध्याह्न स्कूल भोजन की

स्कूली बच्चों की औसतन आयु 5 वर्ष से 15 वर्ष मानी गई है और यह किसी भी राष्ट्र की जनसंख्या का बड़ा और महत्त्वपूर्ण भाग होता है। स्कूली बच्चों के निरीक्षणों से यह तथ्य पता चला है कि यह वर्ग अकसर प्रोटीन, कैलोरी और अन्य खाद्यों की कमी से ग्रस्त होता है। अत: शासन एवं माननीय न्यायालय की मंशा के अनुसार इन मासूम छात्रों को स्कूल में ही पौष्टिक आहार उपलब्ध करवाने का सोचा गया।

कब शुरू हुआ ? भारत में बहुत पहले सन् 1925 में मद्रास (चेन्नई) में नि:शुल्क स्कूल भोजन व्यवस्था आरंभ की गई थी। भारत सरकार द्वारा नियुक्त स्कूल हेल्थ कमेटी ने भी सन् 1960 में मध्याह्न भोजन की सिफारिश की थी। वैसे आजकल अनेक देशों में स्कूल भोजन, शिक्षा व्यवस्था का अंग बन चुका है।

स्कूलों में ही भोजन व्यवस्था क्यों ?

इसके निम्न कुछ कारण गिनाए जा सकते हैं, जैसे कि—

(1) भारत में कुल स्कूली बच्चे जनसंख्या का एक तिहाई भाग हैं।

(2) बच्चों के तेजी से शारीरिक और मानसिक विकास के लिए उन्हें अतिरिक्त पोषण की जरूरत होती है।

(3) स्कूल में चूँकि बच्चे इकट्ठे रहते हैं, अत: उनको भोजन कराना सरल है।

(4) बच्चों के साथ-साथ भोजन करने से उनमें मित्रता और समानता की भावना आती है और पोषण शिक्षा की जानकारी भी होती है।

(5) ऐसा समझा जाता है कि बच्चों के पोषण स्तर में सुधार होगा तो शिक्षा के स्तर में भी सुधार होगा।

शालेय भोजन कार्यक्रम के कुछ सर्वमान्य सिद्धांत

1. भोजन घर के भोजन से अलग हो। अभिप्राय यह कि जो जरूरी खाद्य उन्हें घर पर उपलब्ध नहीं हो पाते, वे उन्हें स्कूल भोजन में दिए जाएँ।
2. इस भोजन द्वारा प्रोटीन की कुल दैनिक आवश्यकता का आधा भाग और कार्बोहाइड्रेट्स (कैलोरी) का एक तिहाई भाग पूरा हो।
3. भोजन का मूल्य बजट अनुसार हो।
4. भोजन आसानी से शाला में तैयार हो सके।
5. जहाँ तक संभव हो, सरलता से उपलब्ध स्थानीय खाद्यों का इस्तेमाल हो।
6. भोजन की सूची को बदलते रहना चाहिए। ताकि बच्चों में भोज्य पदार्थों के प्रति विरक्ति उत्पन्न न हो या एकरसता न हो।

जानकारी के लिए मध्याह्न स्कूल की आदर्श भोजन सूची नीचे दी जा रही है—

तालिका

खाद्य		मात्रा (ग्रामों में)
अनाज	—	80-100
दाल	—	30
पत्तीवाली सब्जियाँ	—	30
बिना पत्तीवाली सब्जियाँ	—	30
दूध या उसकी जगह प्रोटीनयुक्त अन्य आहार	—	150-200 मिली.

वैसे राष्ट्रीय पोषण संस्थान हैदराबाद ने उत्तर और दक्षिण भारतीयों के लिए उपयुक्त स्कूल भोजन की आदर्श सूचियाँ बनाई हैं, इन्हें भी प्राप्त किया जा सकता है।

इस संबंध में कुछ सुझाव—लेखक के मतानुसार स्कूली भोजन के मीनू को लंबा-चौड़ा न कर उसमें प्रमुख रूप से प्रोटीन और विटामिंस एवं खनिजों पर ध्यान दिया जाना चाहिए, क्योंकि इस उम्र के अधिकतर बच्चों में इन्हीं की कमी के कारण कुपोषण होता है। अत: बच्चों में अच्छे किस्म के बने-बनाए सोया बिस्कुट अथवा दूध बाँटा जा सकता है, साथ ही मौसमी फल भी उन्हें दिए जा सकते हैं। इसमें उनकी विटामिंस और खनिजों की आवश्यकताएँ पूर्ण होंगी और खाद्य अलग से तैयार भी नहीं करने पड़ते हैं। इसके अलावा इनको वे सुरुचिपूर्वक खाते भी हैं।

इसी तरह एक सुझाव लेखक का यह भी है कि मध्याह्न भोजन लड़के, वर्ष में 365 दिन में से दो सौ दिन के आसपास ले पाते हैं, बाकी दिन उसे घर में ही जो खाना उपलब्ध होता है, उसे खाकर गुजारा करना पड़ता है, उसके घर के सभी सदस्य और वे भाई-बहिन भी, जो स्कूल नहीं जाते, वही घर का खाना खाते हैं और यह खाना पौष्टिक तत्त्वों से युक्त संतुलित नहीं होता। तब कोई आश्चर्य नहीं कि स्कूली आहार लेनेवाले बच्चे की माँ और अन्य भाई-बहिन कुपोषणग्रस्त हो। वैसे भी भारत में प्रत्येक तीन स्त्रियों में एक स्त्री रक्ताल्पता से ग्रस्त है और आधे से ज्यादा बच्चे कुपोषित हैं, तो इन तथ्यों के मद्देनजर क्यों न ऐसी व्यवस्था बनाई जाए कि स्कूलों में पढ़नेवाले बच्चों के ऐसे परिवारों को भी पौष्टिक भोजन उपलब्ध हो, जो स्वयं अपनी आर्थिक स्थिति कमजोर होने के कारण यह व्यवस्था नहीं कर सकते। इस संदर्भ में मैं यह कहना चाहूँगा कि क्या शासकीय मदद और बड़े उद्योगपतियों के सहयोग से प्रत्येक गाँव-शहर के मुहल्लों में ऐसे साफ-सुधरे भोजनालय नहीं चलाए जा सकते, जो गरीबों को पाँच-दस रुपयों में (संभव हो तो बिलकुल नि:शुल्क) पौष्टिक भोजन उपलब्ध करवाएँ। पढ़ने या सोचने में यह बात असंभव सी लग सकती है, लेकिन हमारी युवा शक्ति को इस दिशा में लगाया जाए और ईमानदारी से प्रयास हो तो शायद देश में कोई बच्चा भूखा नहीं सोएगा और कुपोषण बीते युग की बीमारी बन जाएगी। वैसे भी भूख और कुपोषण हमारे आगे बढ़ते देश के लिए बदनुमा धब्बों की तरह हैं, जबकि कुपोषण अमेरिका जैसे विकसित देशों में न के बराबर है।

❑

28

टीकों द्वारा बच्चों की खतरनाक रोगों से सुरक्षा

बहुत से खतरनाक और जानलेवा रोगों पर काबू पाने में सफलता केवल टीकों के आविष्कार के कारण मिली है। संक्रामक रोग, जैसे बड़ी माता, प्लेग इत्यादि के नियंत्रण या समाप्ति में टीके की प्रमुख भूमिका रही है, अब पोलियो जैसी बच्चों में अपंगता उत्पन्न करने वाली बीमारी का भी उन्मूलन (पल्स पोलियो अभियान के अंतर्गत) टीकों द्वारा करने का प्रयास चल रहा है और टीकों के द्वारा एड्स जैसे भयानक रोग पर भी नियंत्रण के प्रयास किए जा रहे हैं। भारत में एड्स रोग के टीके का प्रथम चरण का मनुष्य परीक्षण पूरा कर लिया है; और पोलियो का रोग लगभग उन्मूलित हो चुका है।

टीके क्या हैं ?

टीकों द्वारा रोगों से प्रतिरक्षा कैसे होती है ? इसको जानने के पूर्व वास्तव में टीके या वेक्सीन क्या होते हैं, इसको जानना जरूरी है। किसी रोग का टीका उस रोग को उत्पन्न करनेवाले रोगाणुओं अथवा उसके रोगाणु विष (एंटीजन) से तैयार किया जाता है। जब इसे रोगाणुओं से तैयार करते हैं तो रोगाणु (बैक्टीरिया या वाइरस) मृत अथवा जीवित, दोनों अवस्थाओं में हो सकते हैं। टीके के लिए यदि रोगाणु जीवित अवस्था में लिये जाते हैं तो उन्हें विभिन्न प्रक्रियाओं द्वारा इतना कमजोर बना दिया जाता है कि वे शरीर में जाकर रोगों से प्रतिरक्षा के लिए एंटीबॉडीज तो उत्पन्न करें, लेकिन बीमारी नहीं। टीकों में उपस्थित एंटीजन या कमजोर अथवा मृत रोगाणु जब शरीर में प्रवेश करवाए जाते हैं, तो ये रोग उत्पन्न न करके शरीर के प्रतिरक्षा तंत्र को उस रोग से लड़ने के लिए सक्षम बनाते हैं, जिसका कि टीका लगाया जाता है। होता यह है कि जब कम मात्रा में रोग के एंटीजन रक्त में पहुचते हैं तो खून में उपस्थित टी-कोशिकाएँ इन एंटीजंस को पहचान कर बी-कोशिकाओ को संदेश भेजती हैं। बी-कोशिकाएँ एटीजंस को प्रभावहीन बनाने

के लिए आवश्यकतानुसार एंटीबॉडीज (प्रतिपिंड) तैयार करती हैं और इस तरह शरीर का प्रतिरक्षा तंत्र टीकों द्वारा संबंधित रोग से लड़ने के लिए प्रशिक्षित हो जाता है।

कुछ टीके जीवाणुओं (बैक्टीरिया) के खोल में उपस्थित एंटीजन से बनाए जाते हैं, जैसे मस्तिष्क शोथ का टीका, जबकि पोलिया मीजल्स, टॉइफाइड आदि बीमारियों से रक्षा करनेवाले टीके जीवित रोगाणुओं को कमजोर करके बनाए जाते हैं। इसी तरह हैजा, कुकरखाँसी, यकृत शोथ इत्यादि रोगों के टीके मृत विषाणुओं से तैयार किए जाते हैं।

मृत अथवा जीवित विषाणुयुक्त टीके

विभिन्न तरह के टीके—

(अ) जीवित (कमजोर किए गए) बैक्टीरिया अथवा वाइरसयुक्त टीके—

—बी.सी.जी. (क्षय रोग का टीका)

—टॉयफाइड (मुँह द्वारा लिया जानेवाला)

—प्लेग

—पोलियो (मुँह द्वारा लिया जानेवाला)

—यलो फीवर

—मीजल्स

—रबेला

—मम्प्स

—इंफ्लूएंजा

—टाइफस

(ब) बैक्टीरिया या वाइरसयुक्त टीके—

—टॉयफाइड

—हैजा

—कुकर खाँसी

—मस्तिष्क ज्वर

—प्लेग

—रेबीज

—शॉक पोलियो

—इंफ्लूएंजा

—हेपेटाइटिस-बी

—जापानी एन्सेफेलाइटिस

(स) टॉक्साइड—

—घटसर्प (डिफ्थीरिया)

—टिटनेस

(द) वेनम/सीरम—

—एंटी स्नेक वेनम (A.S.V.)

—एंटी टिटनेस सीरम (A.T.S.)

संक्रामक रोगों से बचाव

ताबीज से नहीं

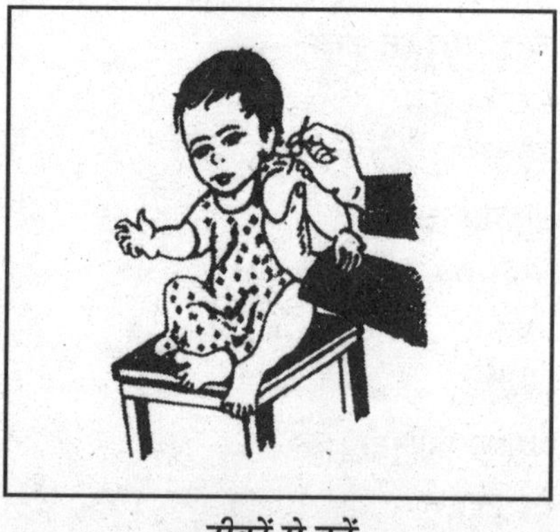

टीकों से करें

याद रखें खतरनाक संचारी रोगों पर विजय टीकों द्वारा ही संभव हो सकी है।

टीके रोगों से कैसे सुरक्षा करते हैं ?

विभिन्न रोगों से सुरक्षित रखने में टीकों का महत्त्वपूर्ण योगदान रहा है। कई भयानक रोग जैसे—हेपेटाइटिस-बी (विषाणुजन्य यकृत शोथ), टिटनेस, रैबीज एवं गलघोंटू या घटसर्प जैसी बीमारियों से बचाव, टीके के कारण ही संभव हुआ है। टीका लगवाने के पश्चात् यदि व्यक्ति पर संबंधित रोग का जीवाणु अथवा विषाणु आक्रमण करता भी है तो टीके द्वारा पहले से ही रक्त में उत्पन्न एंटीबॉडीज उन रोगाणुओं के विषैले तत्व एंटीजन को पहचान कर उसे निष्क्रिय या प्रभावहीन बना देते हैं और रोग नहीं हो पाता। वास्तव में टीके शरीर के प्रतिरक्षा तंत्र को संबंधित रोग से लड़ने के लिए पूर्व से ही प्रशिक्षित करने का कार्य करते हैं।

मृत रोगाणुओं से बनाए गए टीकों की अपेक्षा जीवित रोगाणुओं से बनाए गए टीकों का प्रभाव अधिक होता है।

टीकों के खतरे एवं कुप्रभाव

टीके लगवाने के सामान्य तौर पर कोई खतरे नहीं हैं। अपवादस्वरूप ही कोई परेशानी अथवा प्रतिक्रिया होती है, जिसका इलाज तुरंत किया जाए तो वहीं ठीक हो जाती है। टीकों द्वारा उत्पन्न कुछ लक्षण या परेशानियाँ निम्न हैं—

1. सामान्य परेशानियाँ—टीके जिस जगह लगाए जाते हैं, उस स्थान पर सूजन और दर्द हो सकता है या छोटी सी गाँठ बन सकती है। कभी-कभी इस जगह मवाद भी पड़ सकती है।

2. गलत तरीके से लगाए जाने पर टीकों द्वारा परेशानियाँ सही ढंग से सुइयाँ या पिचकारी न उबाले जाने पर या सुइयाँ दूषित होने से अन्य बीमारियों, जैसे हेपेटाइटिस-बी, एड्स एवं कुछ बैक्टीरियाओं द्वारा संक्रमण हो सकता है। बुखार या सिरदर्द इत्यादि भी हो सकते हैं।

3. अति संवेदनशीलता के कारण प्रतिक्रियाएँ टिटनेस के लिए ए.टी.एस. देने से कई बार रिएक्शन के कारण शॉक की स्थिति बन जाती है। कुछ विषाणुयुक्त टीकों को बनाने के लिए एंटीबायोटिक्स का उपयोग किया जाता है। इनके कारण भी रिएक्शन हो सकता है। इंफ्लूएंजा के टीके से भी प्रतिक्रियाएँ हो सकती हैं। इसके अलावा इनसे सीरम सिकनेस हो सकती है, जिसमें बुखार, शरीर पर दाने, सूजन, जोड़ों में दर्द इत्यादि लक्षण उत्पन्न हो जाते हैं। ये लक्षण इंजेक्शन लगाए जाने के 7-12 दिनों पश्चात् मिलते हैं।

4. तंत्रिका तंत्र संबंधी रोग—जैसे एन्सेफेलाइटिस इत्यादि रेबीज या बड़ी माता का टीका लगाने के पश्चात् हो सकता है, इसलिए रिएक्शन से बचने के लिए कुछ टीके, जैसे

ए.टी.एस. इत्यादि का शरीर पर टेस्ट करने के पश्चात् लगाते हैं। इस बारे में डॉक्टर की सलाह ले लेनी चाहिए।

अब लोग टीकों के महत्त्व को समझने लगे हैं, लेकिन अधिकतर पढ़े-लिखे व्यक्ति भी पूर्ण रूप से यह नहीं जानते कि **बच्चों को कब, कौन से टीक लगवाना उचित रहता है एवं टायफाइड, हेपेटाइटिस-बी इत्यादि के टीके भी जरूरत पड़ने पर लगवाए जा सकते हैं।** बहुत सी महिलाएँ अज्ञानता अथवा आलस्यवश बच्चों को उचित टीके नहीं लगवा पाती हैं या प्रतिरक्षा के इस सस्ते साधन की उपेक्षा कर देती हैं और परिणामस्वरूप जब उनके बच्चों को पोलियो या अन्य कोई गंभीर बीमारी हो जाती है तो उन्हें अपनी गलती का अहसास होता है। यदि बच्चे या छोटे शिशु को स्वास्थ्य कार्यकर्ता टीके लगाने न आएँ तो उसका ज्यादा इंतजार न करते हुए स्वयं अस्पताल जाकर टीके लगवाने चाहिए। इसी तरह **मस्तिष्क ज्वर, हैजा, पीलिया इत्यादि फैलने पर चिकित्सक के परामर्श से इन खतरनाक बीमारियों के भी टीके लगवाए जा सकते हैं।** गर्भवती महिला को गर्भावस्था के दौरान टिटेनस टॉक्साइड के दो टीके अवश्य लगवाने चाहिए, इससे माता और होनेवाला बच्चा दोनों टिटेनस की खतरनाक बीमारी से सुरक्षित रहते हैं।

बी.सी.जी. का टीका—जन्म लेनेवाले शिशु को जन्म के तुरंत पश्चात् अथवा एक सप्ताह के अंदर बी.सी.जी. का टीका लगवाना चाहिए। **यदि इस वक्त न लगवा पाएँ तो 9 महीने के अंदर कभी भी यह टीका लगवाया जा सकता है। बी.सी.जी. का टीका क्षय रोग (टी.बी.) से बच्चे की रक्षा करता है।** यह कंधे के मसल पर लगाया जाता है। **इंजेक्शन लगाते वक्त डेटाल या स्प्रिट का उपयोग नहीं करते।** टीका लगने के पश्चात् 2 से 3 सप्ताह पश्चात् एक छोटी सी गाँठ सरीखी बनती है, जो आकार में बढ़कर लगभग 5 सप्ताहों में 4 से 8 मिमी. हो जाती है। फिर यह अपने आप बैठ जाती है या इस जगह एक छाला बन जाता है, जो बाद में भर जाता है, लेकिन एक गोलाकार छोटा निशान छोड़ जाता है। इन बातों की चिंता नहीं करनी चाहिए।

कुछ असामान्य मामलों में टीके के स्थान का छाला भरता नहीं है या अन्य प्रतिक्रियाएँ, जैसे लसिका ग्रंथियों का बढ़ना या हड्डियों में संक्रमण इत्यादि हो सकता है। ऐसी स्थिति में चिकित्सक को शीघ्र दिखलाना चाहिए। वह आवश्यक इलाज देगा।

क्षय रोग या टी.बी. से बचाव के लिए बच्चों को उनके जन्म के बाद बी.सी. जी. का टीका अवश्य लगवाएँ।

उक्त बी.सी.जी. का टीका 15-20 वर्ष तक सुरक्षा प्रदान करता है। यह विवादास्पद तथ्य है कि फिर इसके बाद पुनः टीका लगवाना चाहिए कि नहीं और वह आगे भी टी.बी. से सुरक्षा प्रदान करेगा कि नहीं। कुछ विशेषज्ञ स्कूली बच्चों को पुनः बी.सी.

जी. का टीका लगवाने की सलाह देते हैं, ताकि वयस्क प्रकार के रोग से रक्षा हो सके। एक्जिमा एवं कुछ अन्य बीमारियों में बी.सी.जी. का टीका नहीं लगाते, यह ठीक होने पर लगाते हैं।

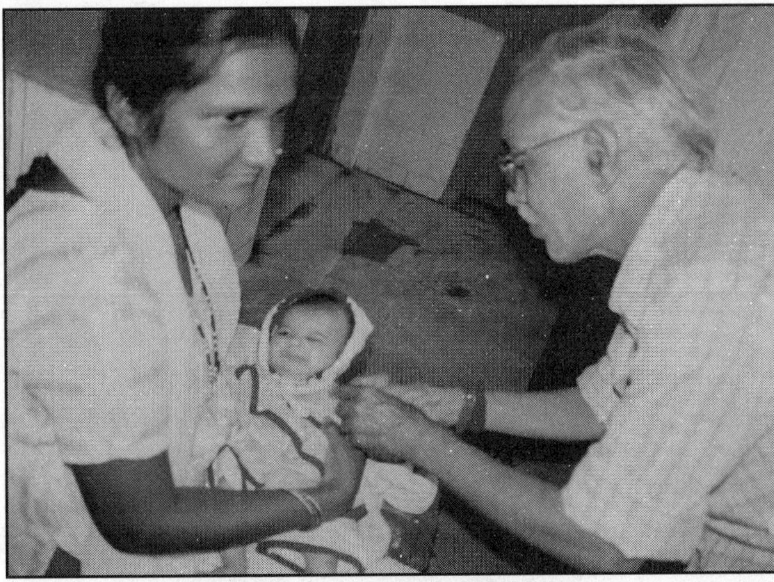

यह टीका शिशु को कंधे पर लगाया जाता है

पोलियो एवं ट्रिपल वेक्सीन (डी.पी.टी.)/पेंटावेंलेंट वेक्सीन

पोलियो की खुराक शिशु के जन्म के समय बी.सी.जी. के साथ ही देने की सलाह, ई.पी.आई. कार्यक्रम के अंतर्गत विश्व स्वास्थ्य संगठन द्वारा दी जाती है और 6 सप्ताह होने पर पोलिया के साथ डी.पी.टी. की मात्राएँ देते हैं। डी.पी.टी. का पूरा नाम डिफ्थीरिया, परट्यूसिस और टिटेनस है। यह बच्चे की घटसर्प, कुकर खाँसी तथा धनुषटंकार नामक तीन खतरनाक रोगों से रक्षा करता है। **अब इसकी जगह पेंटावेलेंट टीका लगाते हैं, जो अन्य दो बीमारियों (हेपेटाइटिस 'बी' और इंफ्लूएंजा से सुरक्षा देता है)**

फिर 9-12 माह के बीच मीजल्स का टीका शिशुओं को लगवाना चाहिए। यह मीजल्स से सुरक्षा प्रदान करता है। इसके पश्चात् पुन डेढ़ बाद और दो वर्ष की उम्र में पोलियो और डी.पी.टी. की एक-एक खुराक और देते हैं। इसे बूस्टर डोज अथवा प्रभावी मात्रा कहते हैं।

5-6 वर्ष के बीच जब बच्चा स्कूल जाने लगता है तो उसे डी.टी. जो डिफ्थीरिया और टिटेनस के लिए होता है, पुनः लगवाते हैं, साथ ही टायफाइड का टीका भी लगवाते

हैं। दस और सोलह वर्ष की उम्र में पुनः टायफाइड एवं टिटेनस के टीके लगवाते हैं।

यहाँ यह बात ध्यान देने योग्य है कि यदि भूलवश माताएँ डेढ़ माह की उम्र से पेंटावेलेंट और पालियो देना शुरू नहीं कर पातीं तो वे 9 माह के भीतर कभी भी 4-4 सप्ताह के अंतर से इनकी 3 खुराकें दे सकती हैं। जैसा कि ऊपर बतलाया है, अब एक साथ पाँच रोगों से सुरक्षा के लिए (गलघोंटू, काली खाँसी, टिटनेस और हेपेटाइसि-बी तथा हीमोफिलिस इंफ्लूएंजा-बी) **पेंटावेलेंट टीका 6 सप्ताह, 10 सप्ताह और 14 सप्ताह पूर्ण होने पर लगवाते हैं।**

कुछ ध्यान देने योग्य बातें

1. टीके की दो खुराकों में कम-से-कम 4 सप्ताहों का अंतर होना चाहिए।
2. हल्के बुखार, सर्दी, खाँसी में भी बच्चे को टीके लगवाए जा सकते हैं।
3. यदि शिशु का जन्म अस्पताल या नर्सिंग होम में होता है तो उसे जन्म के समय ही बी.सी.जी. का टीका लगवा देना चाहिए।

देश में पोलियो (बाल पक्षाघात), जैसे बच्चों को अपंग बनानेवाले रोग का उन्मूलन केवल रोग को रोकनेवाली इस दो बूँद दवा (टीका) से ही संभव हो पाया है।

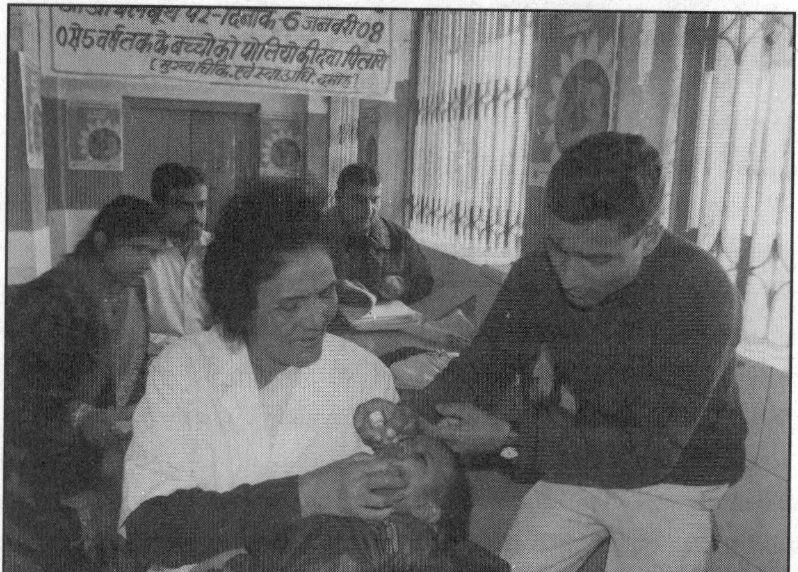

अपने बच्चों को पैदा होते ही, उनकी बाल पक्षाघात से सुरक्षा के लिए, पोलियो की दवा पिलवाना शुरू कर दीजिए।

विशेष परिस्थितियों में टीकाकरण

कई बार किन्हीं-किन्हीं क्षेत्रों में हैजा, प्लेग, टायफाइड, फ्लू इत्यादि का संक्रमण सामूहिक रूप से (एपिडेमिक्स) होता है, तब उस क्षेत्र विशेष में बड़े पैमाने पर टीकाकरण करना होता है। इसी तरह मेलों में हैजा जैसी बीमारी से बचाव के लिए, मेले में प्रवेश करनेवालों को भी टीका लगाया जाता है। यहाँ कुछ ऐसे टीकों का संक्षिप्त विवरण दिया जा रहा है, जो विशेष परिरिस्थितियों में लगवाए जाते हैं।

1. हैजा (कालरा)—हैजा का टीका इंजेक्शन द्वारा त्वचा के नीचे लगाया जाता है। इसकी दो मात्राएँ 4 से 6 सप्ताहों के अंतर से लगवाई जाती हैं, लेकिन जब बड़े पैमाने पर इसे लगाते हैं तो केवल एक खुराक, जो एक मिली. की होती है, लगाते हैं। टीके लगने के 6 दिन पश्चात् रोग प्रतिरोधक शक्ति विकसित हो जाती है। प्रभावी मात्रा प्रत्येक 6 महीने में लगवाने की सलाह चिकित्सा विशेषज्ञों द्वारा दी जाती है।

2. प्लेग—यह टीका भी जहाँ प्लेग फैलता है या उसका खतरा रहता है, ऐसे स्थानों के लोगों को लगाया जाता है। त्वचा के नीचे या मांसपेशियों में 7 से 14 दिनों के अंतर से लगाते हैं। टीके द्वारा रोग प्रतिरोधकता 5 से 7 दिनों में विकसित होती है, जो 6 महीने तक बनी रहती है।

3. टॉयफाइड बुखार—इसकी दो मात्राएँ शरीर की त्वचा के नीचे 4-6 सप्ताहों के अंतर से लगाई जाती हैं रोग प्रतिरोधकता 10-19 दिनों के बीच विकसित होती है। जिन लोगों को इस रोग का खतरा होता है, उन्हें प्रत्येक वर्ष इसकी प्रभावी मात्रा लगवानी चाहिए। ऐसे परिवार के सदस्य जहाँ टॉयफाइड का रोग किसी को हुआ हो तो सभी सदस्यों को टीके लगवा लेने चाहिए।

उपरोक्तानुसार इंफ्लूएंजा, यलो फीवर इत्यादि के टीके भी विशेष परिस्थितियों में आवश्यकतानुसार लगाए जाते हैं।

सार्वभौमिक टीकाकरण कार्यक्रम (यूनिवर्सल इम्यूनाइजेशन प्रोग्राम)

इसे यू.आई.पी. भी कहते हैं। विश्व स्वास्थ्य संगठन और यूनिसेफ की मदद से पूरे विश्व में छह बीमारियों—डिफ्थीरिया, कुकर खाँसी, टिटेनस, पोलियो, मीजल्स एवं क्षयरोग के विरुद्ध टीकों द्वारा पूर्णत: नियंत्रण के लिए एक अभियान चलाया जा रहा है। इसके अंतर्गत सन् 2000 तक विश्व के सारे बच्चों को उक्त बीमारियों से सुरक्षित बनाने का लक्ष्य था। अब ट्रिपल वेक्सीन की जगह पेंटावेलेंट वेक्सीन बच्चों को लगाई जाती हैं, जो डी.पी.टी. के साथ ही (इन्फ्लुएंजा-बी) और हेपेटाइसिस-बी रोगों से भी सुरक्षा देती है।

बच्चों की नई टीकाकरण तालिका

क्र.	समय-सारणी	टीका	किन रोगों से सुरक्षा प्रदान करते हैं
1.	जन्म के समय	बी.सी.जी. हेपेटाटिस बी, पोलियो खुराक (ओपीवी-0)	क्षय रोग (टी.बी.), पीलिया (यकृत शोथ), पोलियो (बालपक्षाघात)
2.	6 सप्ताह, फिर 10 सप्ताह और 14 सप्ताह होने पर	पेंटावैलेट (डीपीटी + हेपेटाइटिस बी + बि), पोलियो खुराक (ओपीवी)	गलघोंटू, काली या कुकर खाँसी, टिटनेस हीमोफिलिस न्यूमोनिया (हिब) पोलियो
3.	9-12 माह में	खसरा (और विटामिन ए की खुराक)	खसरा रोग (विटामिन 'ए' अंधत्व से बचाता है)
4.	10-24 माह	डीपीटी का बूस्टर, पोलियो का बूस्टर. खसरे का दूसरा टीका	गलघोंटू, काली खाँसी, टिटनेस और पोलियो, खसरा
5.	5-6 वर्ष	डीपीटी की बूस्टर मात्रा	गलघोंटू काली खाँसी, टिटनेस

- खसरे का दूसरा टीका या एम एम आर (कुछ चुने हुए राज्यों में)
- छोटे बच्चों के टीकाकरण के लिए शिशु रोग विशेषज्ञ अथवा स्वास्थ्यकर्मी की सलाह लें।

टिप्पणी : नई तालिका पृष्ठ 199 पर दी गई है, उसे देखें।

भारत में सार्वभौमिक टीकाकरण कार्यक्रम 19 नवंबर, 1995 को श्रीमती इंदिरा गांधी की याद में शुरू किया गया। इसके तहत टीकाकरण को राष्ट्रीय स्वास्थ्य नीति में प्राथमिकता दी गई।

पल्स पोलियो अभियान

सन् 1988 में विश्व स्वास्थ्य संगठन में पोलियो जैसे खतरनाक रोग को पूरे विश्व से उन्मूलन के लिए प्रस्ताव पारित किया था। इसका उद्देश्य है कि एक भी ऐसा मामला, जिसमें पोलियो का वायल्ड वाइरस (जो बीमारी फैलाता है) हो, नहीं मिलना चाहिए।

पल्स पोलियो के अंतर्गत अतिरिक्त पोलियो की दो खुराकें सारे देश के बच्चों को पिलाई गईं। (शुरू में यह कार्यक्रम प्रयोग के तौर पर केवल दिल्ली में प्रारंभ किया गया था।)

इस तरह एक साथ पोलियो के टीके की खुराकें बच्चों को पिलाने से बायल्ड वायरस, वेक्सीन वायरस में बदल जाएगा, जिससे पोलियो का उन्मूलन हो सकेगा, ऐसा चिकित्सा विशेषज्ञों का विश्वास था और यह विश्वास अब खरा भी उतरा है, क्योंकि अब हमारा देश पोलियोमुक्त हो चुका है।

इम्यूनोग्लोब्यूलिंस

टीकों के अलावा किसी रोग के विरुद्ध रोग प्रतिरोधक क्षमता बढ़ाने के लिए इम्यूनोगलोब्यूलिंस दिए जाते हैं। उनमें से कुछ प्रमुख हैं—हेपेटाइटिस-बी (पीलिया), रेबीज, रतेला, टिटनेस आदि।

इम्यूनोगलोब्यून लिंस कुछ एलर्जी संबंधी रोगों एवं दमा इत्यादि में भी दिए जाते हैं। इन्हें इंजेक्शन के रूप में मसल्स या नसों में देते हैं।

एंटीसीरा या एंटी टॉक्सिंस

ये वे पदार्थ हैं, जो मनुष्य के अलावा अन्य जानवरों जैसे—घोड़ा, बंदर इत्यादि के रक्त से तैयार किए जाते हैं। टिटनेस (ए.टी.एस.) डिफ्थीरिया, गैस गेंगरीन एवं सर्प के काटने के लिए ये एंटीसीरा उपयोग में लाए जाते हैं। एंटीसीरा सावधानीपूर्वक उपयोग में लाते हैं, क्योंकि इनसे रिएक्शन का खतरा होता है। आजकल इनकी जगह इम्यूनोग्लोब्यूलिंस का उपयोग करते हैं।

इस तरह हमने देखा, टीके कई खतरनाक रोगों से बच्चों एवं बड़ों की रक्षा करने में महत्त्वपूर्ण भूमिका निभाते आ रहे हैं। अत: प्रत्येक परिवार के मुखिया और माता का कर्तव्य है कि वे उपर्युक्त वर्णित सभी आवश्यक टीके समय से बच्चों को लगवाएँ, क्योंकि जानलेवा रोग से बचाव लाख गुना बेहतर है, उन्हें रोगों के टीके पहले से लगवा दिए जाएँ। रोग फैलने पर बड़ों को भी बतलाए अनुसार हैजा, प्लेग, टॉयफाइड इत्यादि के टीके लगवा लेने चाहिए।

❑

29

सुरक्षा बच्चों की, विभिन्न दुर्घटनाओं से

देश में खनिज के तेल के विकल्प के रूप में रतन जोत के बीजों की खेती की जाती हैं, इनके कई औषधीय उपयोग भी हैं, लेकिन इसके बीज जहरीले होते हैं। इसकी खेती करनेवाले किसान सुरक्षा की दृष्टि से खेत के चारों ओर बाड़ भी नहीं लगाते हैं, क्योंकि इसमें खर्च और मेहनत भी अधिक लगती है। इस तरह की खेती मेरे शहर के पास के गाँवों में भी होती है। मेरी ड्यूटी के दौरान एक इससे संबंधित घटना घटी, जिसका मैं उल्लेख करना चाहता हूँ।

एक दिन पाँच से दस वर्ष के बीच के कई बच्चे उल्टी, पेट-दर्द जैसी शिकायतों के साथ भरती किए गए। पूछने पर मालूम हुआ कि उन्होंने स्कूल से लौटते वक्त रतनजोत के बीज खा लिए थे और तुरंत इलाज मिलने से सभी बच्चे बचा लिये गए, लेकिन यदि इलाज न मिलता तो कुछ बच्चों की जान भी जा सकती थी। चूँकि ये बीज काफी जहरीले होते हैं, अतएव बच्चों को इनसे सावधान करने की जरूरत है। रतन जोत को अंजनकेसी, रक्तदल, महारंगा नाम से भी देश के विभिन्न हिस्सों में पुकारते हैं।

इसी प्रकार खेल-खेल में कभी-कभी धतूरा के बीज भी बच्चे खा लेते हैं। ये बीज भी अत्यंत जहरीले होते हैं, इलाज के अभाव में इनका सेवन करना जानलेवा हो सकता हैं। धतूरा के पौधे खाली पड़ी जगहों पर आसानी से उग आते हैं। जानकारी के अभाव में अबोध बच्चे इनके फलों में से बीज निकालते हैं और कभी-कभी खेल-खेल में खा भी लेते हैं तो बच्चों के माता-पिता को इस तरह के पौधों और बीजों के बारे में बतलाते हुए उन्हें सावधान करना चाहिए ताकि उनके बच्चों के साथ ये अप्रिय घटनाएँ न हों, साथ ही जहरीले, खतरनाक पौधों को बढ़ने से रोक देना चाहिए।

कभी-कभी कोई पाखंडी साधु या बाबा अपहरण या अन्य गलत उद्देश्य से छोटे बच्चों को प्रसाद या चाकलेट अथवा बिस्कुट में नशीले पदार्थ भी खिला देते हैं। इसी प्रकार ट्रेन में जहरखुरानी की घटनाओं के शिकार बच्चे भी हो जाते हैं। इसलिए इस तरह

के खतरों के प्रति भी बच्चों के पालक या माता-पिता सावधान रहें। वे अपने छोटे बच्चों को समझाएँ कि किसी भी अनजान व्यक्ति द्वारा दिया हुआ प्रसाद या चाकलेट-बिस्कुट बिलकुल न खाएँ और ट्रेन में भी किसी अपरिचित द्वारा दी हुई वस्तुओं का सेवन न करें। न ही **उनके बहकावे में आकर उनके साथ कहीं जाएँ।** ये बातें छोटे बच्चों को समझाना अत्यंत जरूरी है, साथ ही इन मामलों में उनकी देख-रेख भी जरूरी है।

मेरे पड़ोस में एक मिस्त्री रहता है। एक दिन जब काम पर गया था और पत्नी घर के कामों में लगी हुई थी, तभी उसका लगभग एक साल का बच्चा पास रखे पानी के बड़े और गहरे टब में पानी से खेलने लगा और वह उस टब में कब डूब गया, माँ को पता ही नहीं चला और अन्य किसी ने भी उसे नहीं देखा। पत्नी जब काम करके वापस आई तो बच्चा उस टब में डूबा मिला। इसलिए बड़े हौज या टब, छोटे बच्चों की पहुँच से दूर रखने चाहिए और बच्चों के खेलते समय उनका ध्यान रखना चाहिए। इसी प्रकार तेल की गरम कड़ाही या बरतन में उबलते हुए पानी या दूध या खाद्य पदार्थों से भी छोटे बच्चों के साथ दुर्घटनाएँ होती देखी गई हैं। अतएव इन मामलों में सावधान रहने की जरूरत है। और कम उम्र के बच्चों को ऐसी जगह अकेला न छोड़ें।

छोटे शिशुओं को अकेले पलंग पर लिटाकर काम में लग जाने पर ये शिशु यदि 6 माह से ज्यादा उम्र के होते हैं तो उनके गिरने की घटनाएँ भी घट सकती हैं, क्योंकि छोटे शिशु भी पलंग पर जब खिसकने लगते हैं तो उनके गिरने का भय बना रहता है। इस तरह से गिरने से भी उन्हें गंभीर चोटें आ सकती हैं, अतएव इस मामले में भी सावधान रहें।

कई बार दंपती छोटे बच्चों को अकेले घर में बंद करके बाहर किसी के यहाँ बैठने या काम पर चले जाते हैं और घर में देख-रेख के अभाव में भी दुर्घटनाएँ घट जाती हैं, जिनके समाचार अकसर हम समाचार-पत्रों में पढ़ते रहते हैं। अभी एक दिन मैंने समाचार पढ़ा कि एक दंपती अपने छोटे बच्चे को अपनी ए.सी. कार में बंद कर शपिंग मॉल में चले गए और काफी देर तक वहाँ खरीददारी करते रहे, लेकिन वे जब वापस लौटे तो बच्चे की कार में दम घुटने से मौत हो चुकी थी। इसलिए बच्चों को कार में बंद करके कभी न जाएँ।

अकसर घरों में दवाइयों की शीशियाँ और गोलियाँ यहाँ-वहाँ रखी (या पड़ी) रहती हैं। लोग भूल जाते हैं कि इनका अधिक सेवन भी बच्चों को मौत के मुँह में ढकेल सकता हैं। विभिन्न तरह के जहरीले कीटनाशक और चूहामार जैसी दवाएँ घरों में न रखें। उपयोग के बाद शेष बचे जहर को सुरक्षित रूप से नष्ट कर दें, ताकि अनजाने में बच्चे या कोई बड़ा इनका सेवन न कर सके। इस मामले में बहुत ही सावधानियों की जरूरत होती है।

इनके अलावा त्योहारों में पटाखों का चलन भी आजकल बहुत है। ये प्रदूषण तो फैलाते ही हैं, साथ बच्चों द्वारा गलत तरीके से उपयोग होने पर भयंकर दुर्घटनाएँ भी

होते देखी गई हैं। इनसे जलने या आँखें जाने तक का भय होता है। पटाखों को डिब्बों या बरतन में बंद करके तो कभी नहीं चलाना चाहिए, इससे भयंकर दुर्घटना घट सकती है। बच्चों को खतरनाक पटाखे चलाने के लिए न देना ही उचित होता है।

अकसर बच्चे बड़ों की नकल करने का प्रयास करते हैं, जबकि वे इसके खतरों से परिचित नहीं होते। यही वजह है कि मौका पाकर बच्चे कार या अन्य वाहन चलाने की कोशिश करते हैं, पर उन्हें उसे चलाना नहीं आता है। इस कारण भी दुर्घटनाएँ घटते देखी गई हैं। अतएव कार की चाबियाँ या अन्य वाहनों की चाबियाँ सुरक्षित जगह पर रखें और वाहनों को हमेशा लॉक करके रखें।

एक और विशेष बात है कि घर में मौजूद कोई हथियार, चाकू इत्यादि बच्चों की पहुँच से दूर रखें, साथ ही बंदूक या पिस्तौल इत्यादि भी घर के ड्राइंग रूम या पूजाघर में सजाने की बजाय उन्हें छुपाकर रखें और उनमें कारतूस तो कतई भरे हुए न रखें, क्योंकि कुछ ऐसी भी दुर्घटनाएँ हुई हैं, जिनमें कम उम्र के बच्चों ने खेल-खेल में पिस्तौल या बंदूक चला दी और उससे निकली गोली किसी साथी बच्चे या अन्य लोगों को लग गई और अनजाने में गंभीर दुर्घटनाएँ घट गईं।

एक बात की चर्चा करना जरूरी है, जब टीचर्स या अन्य लोग छोटे बच्चों को किसी पिकनिक स्पॉट पर लेकर जाएँ तो विशेष देख-रेख और सावधानियों की जरूरत होती है। यह तब तो और भी जरूरी होता है, जब पास में कोई झरना, नदी, तालाब, कुएँ या बाँध हो, क्योंकि ऐसे स्थानों पर भी कुछ भी दुर्घटनाएँ घटते देखी गई हैं। इसीलिए बेहतर हो, छोटे बच्चों को यदि पिकनिक पर ले जाना है तो नदी, नाले, तालाब या बाँध छोड़कर कोई सुरक्षित जगह का चुनाव करें।

इस प्रकार हमने देखा, नादान और छोटे बच्चे अचानक ही कई तरह की दुर्घटनाओं का शिकार हो सकते हैं और स्वयं के साथ घर-परिवार को भी मुसीबत में ही डाल सकते हैं, लेकिन थोड़ी सी सावधानियाँ रखकर लोग बच्चों को दुर्घटनाओं से सुरक्षित रख सकते हैं।

❑

परिशिष्ट-1

जापानी मस्तिष्क शोथ
Japanese Encephalitis
मच्छर द्वारा होनेवाला एक खतरनाक रोग

यह एक मच्छर द्वारा उत्पन्न खतरनाक रोग है, जो क्य्लेक्स ट्राइटिनियोरिंकस (Culex Triteniorhyechus) और क्यूलेक्स विष्नुई (Culex Vishnui) नामक मच्छरों द्वारा फैलाया जाता है और रोग का कारण होता है—बी-अर्बोवाइरस। वास्तव में यह जानवरों और पक्षियों को होनेवाली बीमारी है, जो कभी-कभी मनुष्यों में होती है। एशिया में यह रोग प्राय: सभी एशियाई देशों में होता है। रोग फैलानेवाले मच्छरों को क्यूलीसाइन मच्छर भी कहते हैं।

इस रोग से विश्व में **प्रतिवर्ष लगभग 50 हजार लोग ग्रसित होते हैं और लगभग 11 हजार मृत्यु जापानी मस्तिष्क ज्वर द्वारा होती हैं।** लगभग 85 प्रतिशत बच्चे, जिनकी उम्र 15 वर्ष या इससे नीचे होती है, इस रोग से प्रभावित होते हैं। 10 प्रतिशत 60 वर्ष से ऊपर के वृद्धों में यह रोग होता हैं। इस रोग से लगभग 15 हजार लोग विश्व में विकलांग हो जाते हैं। इस तरह जापानी मस्तिष्क शोथ भी विश्व की एक बड़ी स्वास्थ्य समस्या है।

यह रोग भारत में भी होता है

यह रोग भारत में भी होता है। सन् 1995 में तमिलनाडु में रोग का सर्वे किया गया था। सन् 1999 में इस रोग के 3228 रोगी पाए गए थे। इनमें से 507 रोगियों की मृत्यु हुई। सन् 2003 में 2241 रोगी पाए गए और इनसे 670 रोगियों की मौतें हुईं। इनमें से विशेष रूप से आसाम, आंध्र प्रदेश, बिहार, कर्नाटक, हरियाणा, महाराष्ट्र, तमिलनाडु और उत्तर प्रदेश जापानी मस्तिष्क शोथ से प्रभावित हुए। **लगभग 80 प्रतिशत प्रकरण**

इन्हीं राज्यों में होते हैं। दक्षिण भारत में सिंचित धान के खेतों में रोग को फैलानेवाले मच्छर अंडे देते हैं। अतएव जापानी मस्तिष्क शोथ इन क्षेत्रों में ज्यादा पाया जाता है। सन् 2009 में 4482 प्रकरण कुल पाए गए और 744 मौतों की सूचनाएँ मिलीं, जबकि 2010 में 4686 रोगी मिले और 642 मौतें हुईं। मध्य प्रदेश और छत्तीसगढ़ में भी यह रोग कभी-कभी देखने में आया है। **अभी उत्तर प्रदेश के गोरखपुर जैसे तराई इलाकों में यह बच्चों में ज्यादा पाया जा रहा है। वहाँ इस रोग से कई मौतें भी हुई हैं।**

रोग कैसे होता है ?

जब क्यूलेक्स प्रजाति के मच्छर रोग से ग्रसित सूअर अथवा जंगली पक्षियों का रक्त चूसते हैं तो रोग के वायरस या विषाणु मच्छर में पहुँच जाते हैं और जब ये मच्छर किसी स्वस्थ व्यक्तियों को काटते हैं तो उसके रक्त में रोग के वायरस पहुँच जाते हैं। संक्रमण के शिकार व्यक्ति में रोग के लक्षण 5 से 15 दिनों के बीच मिलते हैं। यह बीच का वक्त 'इंक्यूबेशन पीरियड या उद्‌भवन काल' कहलाता है।

यह बात आश्चर्यजनक है कि वायरसयुक्त मच्छरों द्वारा काटे गए सभी व्यक्तियों में रोग नहीं होता, बल्कि कुछ रोगियों में रोग के लक्षण उत्पन्न होते हैं। ऐसा इस रोग के विषाणु वायरस के प्रति शरीर में रोग प्रतिरोधक क्षमता उत्पन्न होने के कारण होता है।

विषाणु का जीवन चक्र

जापनी मस्तिष्क शोथ का विषाणु प्रमुख रूप से पशुओं और पक्षियों में यह रोग उत्पन्न करता है, फिर मनुष्य को जब विषाणुयुक्त मच्छर काटते हैं तो मनुष्यों में भी यह रोग हो जाता है। जापानी मस्तिष्क शोथ का विषाणु जैसा कि पूर्व में बतलाया गया है कि मानव शरीर में पहुँचने से पहले सूअर में रहता है। फिर वह मच्छर में पहुँचता है, इसके बाद पुनः सूअर में चला जाता है। इसी तरह यह विषाणु जंगली पक्षियों में भी मौजूद होता है, जो क्यूलेक्स मच्छरों द्वारा मनुष्यों में तथा फिर जंगली पक्षियों में चला जाता है। विषाणु सूअरों में सबसे अधिक पाया जाता है। इनके अलावा यह मुर्गी और बत्तखों में भी मौजूद हो सकता है। सूअरों तथा पक्षियों से इस तरह का जीवन-चक्र होता है।

(अ) सूअर ⟶ मच्छर ⟶ सूअर

(ब) अर्डाइड पक्षी ⟶ मच्छर ⟶ अर्डाइड पक्षी

रोग की तीन अवस्थाएँ होती हैं

1. मच्छर द्वारा रक्त में विषाणु पहुँचने के बाद बदन दर्द, सिर दर्द, थकान एवं

बुखार आता है। अकसर इस अवस्था में रोग की पहचान नहीं हो पाती है, क्योंकि लक्षण प्राय: सभी तरह के बुखारों में पाए जाते हैं। इसके अलावा रोगी सुस्त हो जाता है तथा उसे घबराहट भी होती है। रोगी को आँतों में सूजन भी आ सकती है।

2. रोग की दूसरी अवस्था में बहुत तेज बुखार के साथ गरदन में कड़ापन, झटके आना (Convulsion) बेहोशी या मतिभ्रम और पक्षघात तक हो सकता है। इसके अलावा रोगी गहरी बेहोशी (Coma) में भी जा सकता है। शरीर का तापक्रम 38^{0}C से 40^{0}C होता है।

3. रोग की तीसरी अवस्था में बुखार चला जाता है। मस्तिष्क की सूजन भी कम हो जाती है। रोगी की स्थिति बहुत कुछ सुधर जाती है, लेकिन मस्तिष्क संबंधी गड़बड़ी, जैसे लकवा स्थायी रूप से रह सकता है। रोग में मृत्यु दर 30 से 40 तक है।

रोग की जाँचें

इस रोग की जाँचें सुविधा संपन्न प्रयोगशाला में ही हो पाती हैं। अतएव रोगी के रक्त का नमूना प्रयोगशाला में भिजवाया जाता है। वहाँ इसके लिए एलाईजा और पी.सी. आर. जाँचों से इस रोग की पुष्टि होती है, लेकिन **छोटे स्थानों पर लाक्षणिक आधार पर ही रोग का निदान करते हैं।**

रोग का इलाज

रोग का समुचित इलाज नहीं है, इसका लाक्षणिक इलाज करते हैं। यह बहुत ही खतरनाक बीमारी है, जिसमें लगभग 40 प्रतिशत रोगियों की मृत्यु 1 से 9 दिनों के मध्य हो जाती है। अत: रोग का तुरंत इलाज जरूरी है और यह इलाज घर पर संभव नहीं हो पाता है, इसलिए रोगी को मस्तिष्क शोथ के लक्षण मिलने पर तुरंत अस्पताल में भर्ती करना चाहिए, वहाँ इसका आधुनिक इलाज उपलब्ध होता है। इलाज में देरी होने से रोगी की मृत्यु का खतरा बढ़ जाता है। अस्पताल में रोगी की जटिलताओं का इलाज भी संभव होता है।

यदि शीघ्र ही इस रोग की पहचान हो जाए तथा सही समय पर इलाज उपलब्ध हो जाए तो रोगी को बचाया जा सकता है। वैसे प्रयास यह होना चाहिए कि रोग को फैलानेवाले मच्छरों से हमेशा बचा जाए, ताकि यह खतरनाक बीमारी हो ही न।

मच्छरों एवं रोग से बचाव के लिए निम्नलिखित उपाय अपनाए जाते हैं—

A. मच्छरों पर नियंत्रण—मच्छरों पर नियंत्रण के लिए विशेष उपाय अपनाए

जाते हैं, लेकिन मच्छरों पर नियंत्रण सरल कार्य नहीं है। यदि वह इतना आसान होता तो मच्छरों द्वारा उत्पन्न सभी रोगों का नामोनिशान मिटाना संभव हो जाता। मच्छरों को नष्ट करने के लिए कहीं-कहीं वायुयान द्वारा या फिर जमीन से ही बहुत ही कम आयतन में (Ultralow Volume) में कीटनाशकों की फागिंग की जाती है।

क्यूलेक्स मच्छर जहाँ उत्पन्न होते हैं, वहाँ मेलाथिआन नामक कीटनाशक का छिड़काव मच्छरों की पैदाइश पर रोक लगाता है। जिस घर या गाँव में इस रोग के मामले पाए गए हों, तो वहाँ छिड़काव अवश्य करवाना चाहिए, विशेषकर घरों के अंदर भी छिड़काव तथा घरों के आसपास की हरियाली पर भी छिड़काव होना चाहिए।

घरों की खिड़कियों तथा रोशनदानों में मच्छरवाली जालियाँ लगवाएँ तथा सोते समय मच्छरदानी का उपयोग करें। मच्छरदानियाँ भी मच्छरजनित रोगों की रोकथाम में काफी प्रभावी पाई गई हैं। मच्छर भगानेवाले साधनों का प्रयोग करें तथा पूरे बदन को ढकनेवाले कपड़े और जुराबों का इस्तेमाल करें।

B. टीका—भारत में (S.A.-14-4-2-JE) नामक टीके का प्रयोग होता है, जो जीवित विषाणुओं को कमजोर या शिथिल कर बनाया जाता है। जिस गाँव-शहर में रोग फैले, वहाँ सभी लोगों को इसका टीका लगवाना चाहिए। इस रोग का टीका त्वचा में 7 से 14 दिनों के अंतर से दो बार लगाया जाता है। इसकी प्रभावी मात्रा (Boster Dose) भी दो-तीन माह के पश्चात् लगवानी चाहिए। यह टीका तीन वर्ष तक सुरक्षा प्रदान करता है। इसके पश्चात् इसे पुनः लगवाया जा सकता है। बालकों अथवा बच्चों को शुरू में इस टीके की एक खुराक, फिर वर्धक या प्रभावी मात्रा एक वर्ष के अंतर से दी जाती है। यह टीका 1 वर्ष से 15 वर्ष तक बच्चों को दिया जा सकता है। रोग से बचाव में ये टीके सहायक होते हैं। हमारे यहाँ के उत्तर प्रदेश, आसाम, पश्चिम बंगाल और कर्नाटक में 83 जिलों में इन टीकों का प्रयोग किया जाता है, लेकिन टीकों के साथ ही रोग फैलानेवाले मच्छरों की प्रजाति से बचाव और नियंत्रण जरूरी है, ताकि हम जानलेवा रोग से पूरी आबादी को सुरक्षित रख सकें। बच्चों को इस रोग से सुरक्षित रखना विशेष जरूरी है, क्योंकि उन्हें यह रोग होने पर उनकी मृत्यु की संभावना वयस्कों की अपेक्षा अधिक होती है। याद रखें मच्छरों से बचाव यानी कि खतरनाक रोगों से बचाव।

❑

परिशिष्ट-2

शिशुओं/बच्चों के लिए नवीन टीकाकरण तालिका (2017-18)

क्र.	उम्र	नाम	किन रोगों से सुरक्षा मिलेगी
0	जन्म के समय (संस्थागत)	बी.सी.जी., ओ.पी.वी.–0 हेपेटाइटिस–बी	क्षय रोग (टी.बी.) पोलियो और यकृत शोथ–बी
1	6 हफ्ते या 1 $\frac{1}{2}$ माह	ओ.पी.वी.–1, रोटा–1 पेंटावेलेंट–1, एफ.आई.पी.वी.–1	पोलियो, रोटा वाइरस द्वारा दस्त, गलघोंटू, कुकरखाँसी, टिटनेस, न्यूमोनिया, (एच.इंफ्लूएंजा) और हेपेटाइटिस
2	10 हफ्ते या 2 $\frac{1}{2}$ माह	ओ.पी.वी.–2, रोटा–2 पेंटावेलेंट–2 एफ.आई.पी.वी.–2	पोलियो, रोटा द्वारा दस्त की बीमारी, काली खाँसी, टिटनेस, गलघोंटू, न्यूमोनिया (एच. इंफ्लूएंजा), पीलिया या हेपेटाइटिस
3	14 हफ्ते या 3 $\frac{1}{2}$ महीने	ओ.पी.वी.–3, रोटा–3 पेंटावेलेंट–3 एफ.आई.पी.वी.–3	पोलियो, रोटा द्वारा दस्त की बीमारी, काली खाँसी, टिटनेस, गलघोंटू, न्यूमोनिया (एच. इंफ्लूएंजा)

4	9–12 महीने	मीजल्स–1 विटामिन 'ए' की खुराक	खसरा रोग एवं अंधत्व से बचाव
5	16 से 24 महीने	डी.पी.टी. बूस्टर ओ.पी.वी. बूस्टर मीजल्स–2, विटामिन–'ए.	गलघोंटू, काली खाँसी, टिटनेस, खसरा, अंधत्व
6	5–6 वर्ष	डी.पी.टी. बूस्टर–2	गलघोंटू, काली खाँसी, टिटनेस
7	गर्भवती माताएँ	टी.टी.–1 (प्रथम माह में) एवं टी.टी.–2	टिटनेस (धनुस्तंभ) से रक्षार्थ

- विटामिन ए की पहिली खुराक 9 महीने पर, दूसरी 16 महीने पर, फिर 6–6 महीने के अंतर से 5 वर्ष तक देना है।
- टीकाकरण के लिए बच्चे को 6–7 बार तक लाना होता है।
- अब रोटा वाइरस का महँगा टीका भी टीकाकरण कार्यक्रम में शुरू है।
- उक्त सभी खतरनाक रोगों से बच्चों को बचाने के लिए टीकाकरण जरूरी हैं। ओ.पी.वी.=ओरल पोलियो वेक्सीन, रोटा=रोटा वाइरस वेक्सीन, बूस्टर=प्रभावी मात्रा, टी.टी.=टिटनेस टाक्साइड, डी.पी.टी.=डिफ्थीरिया, परट्यूसिस और टिटनेस, पेंटा वेंलेंट=डिफ्थीरिया, परट्यूसिस टिटनेस एवं एच. इंफ्लूएंजा और हेपेटाइटिस।
- बच्चों के टीकाकरण के लिए आवश्यक होने पर चिकित्सक से सलाह लें।

❑❑❑